李清照集

名家精注精评本

王英志 编选

凤凰出版社

图书在版编目(CIP)数据

李清照集 / 王英志编选. -- 南京 : 凤凰出版社,
2014.10(2019.12重印)
(名家精注精评本)
ISBN 978-7-5506-1982-1

Ⅰ.①李… Ⅱ.①王… Ⅲ.①李清照(1084~约1151)—宋词—诗歌欣赏 Ⅳ.①I207.23

中国版本图书馆CIP数据核字(2014)第160668号

书　　名	李清照集
编　　选	王英志
责任编辑	卞　岐　陆　扬
封面设计	徐　慧
出版发行	凤凰出版社(原江苏古籍出版社)
	发行部电话 025-83223462
出版社地址	南京市中央路165号,邮编:210009
出版社网址	http://www.fhcbs.com
照　　排	南京凯建图文制作有限公司
印　　刷	苏州市越洋印刷有限公司
	苏州市吴中经济开发区南官渡路20号,邮编:215000
开　　本	787×1092毫米　1/32
印　　张	7.625
字　　数	158千字
版　　次	2014年10月第1版　2019年12月第6次印刷
标准书号	ISBN 978-7-5506-1982-1
定　　价	32.00元

(本书凡印装错误可向承印厂调换,电话:0512-68180638)

目 录

前　言 ·················· 1

词　集

点绛唇(蹴罢秋千) ············ 1

如梦令(常记溪亭日暮) ·········· 2

浣溪沙·春闺即事 ············ 3

忆王孙(湖上风来波浩渺) ········· 5

鹧鸪天·桂 ··············· 7

浣溪沙(莫许杯深琥珀浓) ········· 8

浣溪沙(小院闲窗春色深) ········· 9

渔家傲(雪里已知春信至) ········· 10

玉楼春(腊前先报东君信) ········· 12

减字木兰花(卖花担上) ·········· 13

浣溪沙·闺情 ·············· 14

如梦令(昨夜雨疏风骤) ·········· 16

瑞鹧鸪·双银杏 ············· 17

怨王孙(帝里春晚) ············ 19

一剪梅(红藕香残玉簟秋) ········· 21

玉楼春·红梅 ······ 22
庆清朝(禁幄低张) ······ 24
行香子·七夕 ······ 26
小重山(春到长门春草青) ······ 28
多丽·咏白菊 ······ 30
青玉案(一年春事都来几) ······ 34
醉花阴(薄雾浓雾愁永昼) ······ 35
忆秦娥(临高阁) ······ 37
新荷叶(薄露初零) ······ 39
凤凰台上忆吹箫(香冷金猊) ······ 41
浣溪沙(髻子伤春慵更梳) ······ 43
木兰花令(沉水香消人悄悄) ······ 45
点绛唇(寂寞深闺) ······ 46
蝶恋花(暖雨晴风初破冻) ······ 48
蝶恋花·昌乐馆寄姊妹 ······ 49
念奴娇(萧条庭院) ······ 51
长寿乐·南昌生日 ······ 53
蝶恋花·上巳召亲族 ······ 56
殢人娇·后庭梅花开有感 ······ 58
河传·梅影 ······ 60
添字丑奴儿·芭蕉 ······ 61
七娘子(清香浮动到黄昏) ······ 63
鹧鸪天(寒日萧萧上琐窗) ······ 64

青玉案·用黄山谷韵 …………………… 65
诉衷情·枕畔闻残梅喷香 …………… 67
菩萨蛮（归鸿声断残云碧） …………… 69
临江仙（庭院深深深几许） …………… 70
临江仙（庭院深深深几许） …………… 72
满庭芳·残梅 …………………………… 74
山花子（病起萧萧两鬓华） …………… 76
浪淘沙（帘外五更风） ………………… 78
孤雁儿（藤床纸帐朝眠起） …………… 79
清平乐（年年雪里） …………………… 81
怨王孙（梦断漏悄） …………………… 82
春光好（看看腊尽春回） ……………… 84
忆少年（疏疏整整） …………………… 85
渔家傲（天接云涛连晓雾） …………… 86
南歌子（天上星河转） ………………… 88
菩萨蛮（风柔日薄春犹早） …………… 89
好事近（风定落花深） ………………… 91
武陵春（风住尘香花已尽） …………… 92
转调满庭芳（芳草池塘） ……………… 93
永遇乐·元宵 …………………………… 95
山花子（揉破黄金万点明） …………… 98
声声慢（寻寻觅觅） …………………… 99
生查子（年年玉镜台） ………………… 101

浣溪沙(楼上晴天碧四垂) ……… 102
丑奴儿·夏意 ……… 103
鹧鸪天(枝上流莺和泪闻) ……… 104
浪淘沙(素约小腰身) ……… 105
品令(零落残红) ……… 106

诗 选
春残 ……… 108
浯溪中兴颂诗和张文潜二首 ……… 109
分得"知"字 ……… 119
感怀 ……… 120
晓梦 ……… 123
乌江 ……… 126
咏史 ……… 127
偶成 ……… 129
上枢密韩公、工部尚书胡公并序 ……… 130
夜发严滩 ……… 144
题八咏楼 ……… 146
贵妃阁春帖子 ……… 147
佚句(四则) ……… 149

文 选
词论 ……… 154

祭赵湖州文	162
投翰林学士綦崇礼启	164
《金石录》后序	175
《打马图经》序	191
打马赋	200
贺人孪生启	213

前　言

李清照(1084—1156?)，自号易安居士，山东章丘人。中国女性文学史上最璀璨的巨星，五代、宋词坛与李煜齐名为双璧，所谓"男中李后主，女中李易安，极是当行本色"(清沈谦《填词杂说》)也。其词"为词家一大宗"(《四库全书总目》卷一百八十九)，卓然自成一家，不在男性词人如秦观、黄庭坚、吴文英之下，人誉为"不徒俯视巾帼，直欲压倒须眉"(清李调元《雨村词话》卷三)。其诗与文虽留传作品比词更少，但也不难看出其"才高学博，近代鲜伦"(宋无名氏《瑞桂堂暇录》)。李清照其人，乃中国文学史的隋侯之珠；其作品，可谓中华民族的和氏之璧。

李清照之所以取得突出的文学成就，自有其天赋因素，但也与其出身书香门第，自幼受到良好的家庭教育有直接关系。"父李格非，母(引者按：指继母，生母早卒)王状元拱辰孙女，皆工文章"(《宋史·文苑传》)。李格非，字文叔，宋神宗熙宁九年(1076)进士及第，曾任郓州(今山东东平)教授、太学博士、秘书省左奉议郎等职，属"天下英俊"，"遂为名流"(宋洪迈《容斋随笔》卷十六)。李格非与大文豪苏轼及"苏门四学士"(黄庭坚、张耒、晁补之、秦观)皆有来往，并得到苏轼的赏识。其名著《洛阳名园记》曾令宋邵博读之流涕，赞曰："文叔出东坡之门，其文亦可观。如论天下之治乱，候于洛阳之盛衰；洛阳之盛衰，候于园圃之废兴。其知言哉!"(宋邵博《闻见后录》卷二十四)受父母的教育与影响,李清照自幼即博览群书,吟诗(词)作文,所以"少年即有诗名,才力华赡,逼近前辈"(宋王灼《碧鸡漫志》卷二),尤工于词,成为婉约词派的大家。李清照兴趣广泛,她还工诗画,精博弈,结婚后更与丈夫赵明诚一起研究金石文物,协助夫婿完成了《金石录》。

李清照一生创作了多少作品乃未知数。宋人朱彧称其"所著有文集十二卷,《漱玉词》一卷"(《萍洲可谈》卷中),宋胡仔《苕溪渔隐丛话》说其"有《漱玉词》三卷行于世"(明《草堂诗馀》后集卷下引),但这些宋刊本今皆失传。"现存作品都是明清以来学者从历代选本和笔记中纂辑而成"(徐培均《李清照集笺注·自序》,上海古籍出版社 2003 年再版本)。目前收集李清照作品最多的是徐培均《李清照集笺注》:词 59 首,佚句 4 则,存疑辨证 7 首(笔者按:其中《瑞鹧鸪》可定为李作,则李存词为 60 首,存疑辨证 6 首);诗 17 首,佚句 14 则,存疑佚句 1 则;文 10 篇(组)。这些显然不是李清照作品的全部。而且有些作品的写作年代也不甚清楚,学界颇有分歧。但我们目前也只能根据现存的这些作品去认识与评价李清照创作的思想与艺术。此实为憾事。

李清照生年 70 馀岁,跨越北宋与南宋,以宋高宗建炎二年(1128)李清照 44 岁南渡为界,明显分为前后两个时期。由于政治背景、生活环境及人生遭际的不同,李清照创作所反映的内容与思想及艺术风格也因之相异。根据"知人论世"的批评原则,评价李清照的创作可从其生活的前后期角度入手。生活决定作家的创作,不同的生活环境与遭际,必然影响创作的内容与风格。粗略划分,李清照今存前期(建炎二年以前)作品有词 32 首,诗 6

首,文1篇;后期(建炎二年及其以后)作品有词28首,诗11首,文9篇(组)。存疑辨证、佚句等忽略不计。从整体上考察李清照前后期的作品(主要是词作),可概括为:题材有小大之别,感情有欢悲之别,思想有浅深之别,意境有窄宽之别,风格有简复之别。

一

李清照前期作品可细分为婚前、婚后两个阶段。

李清照少年阶段,伶俐聪慧,除了刻苦学习,使她"素习义方,粗明《诗》、《礼》"(《投翰林学士綦崇礼启》)外,也有与女伴嬉戏、出游的快乐时光,更有少女青春期对爱情婚姻的渴望与忧虑。因此,李清照婚前引人兴趣的是描述其豆蔻年华生活的作品。有的反映了无拘无束的个性,洋溢着青春欢快的气息,如《忆王孙》、《如梦令》等。后者记与女伴们野游,"沉醉不知归路。兴尽晚回舟,误入藕花深处。争渡,争渡,惊起一行鸥鹭"的富有戏剧性的情景,凸显了天真少女自由任性的情趣,活泼好动的天性。有的透露了青春期少女对爱情的向往,如《点绛唇》写少女,"见客入来,袜刬金钗溜,和羞走。倚门回首,却把青梅嗅",借助生动的细节惟妙惟肖地表现了其春情萌动的羞涩与大胆,可谓"曲尽情悰"(明钱允治《续选草堂诗馀》卷上)。

在封建社会,女子不能自由恋爱,但却有渴望异性的感情,内心常蕴藏着淡淡的忧愁与焦虑,此即所谓"春女思"(汉刘安《淮南子·缪称训》)也。李清照《浣溪沙·春闺即事》、《浣溪沙》(莫许杯深琥珀浓)、《浣溪沙》(小院闲窗春色深)、《玉楼春》(腊前先报东君信)等,都表现了这种情怀,而且常与惜春、伤春的感情交织在一起。盖此时词人已到待嫁之年，不复是天真烂漫的少女矣。如"海燕未来人斗草，江梅已过柳生绵"，"瑞脑香消魂梦断，辟寒金小髻鬟松。醒时空对烛花红"，"梨花欲谢恐难禁"，"惆怅今年春又尽"，感叹花谢春尽的惜春、伤春之情，就是感伤自己青春流逝，寂寞无主，对终身大事的隐隐担忧。

不过上天对李清照是眷顾的，宋徽宗建中靖国元年（1101），李清照18岁时嫁给了21岁的如意郎君赵明诚。从此李清照的命运与赵明诚紧紧相连，两人同甘苦、共忧乐，一起生活了近30年。赵明诚字德父，又作德甫、德夫，结婚时"在太学作学生"（《〈金石录〉后序》）。其父赵挺之时为吏部侍郎。赵明诚聪明博雅，尤好收集金石书画。李、赵婚后琴瑟和谐，夫唱妇随，闲暇时吟诗论词，或出游赏花，或"步入相国寺，市碑文、果实归，相对展玩咀嚼，自谓葛天氏之民也"（同上）。花落赵家、身归明诚后，李清照的诗词自然发生了变化。其词作不乏描写新婚喜悦、爱情甜蜜之作。如《减字木兰花》(卖花担上)、《浣溪沙·闺情》。前词借"卖花担上"买得的一枝娇艳梅花，比拟、衬托少妇的美貌，以"云鬓斜簪，徒要教郎比并看"的动作，表现取悦、爱悦郎君的娇憨风情，充满了新婚的恩爱之情。后者写一位"绣面芙蓉"的美丽女子，捕捉其"眼波才动被人猜"的妩媚与挑逗，表现对爱情的主动与执着，显示了勇敢而真率的"风情"。其中皆有正处于爱情热烈阶段的词人身影。

可惜蜜月般的甜美生活很短暂，夫妻日夜厮守在一起是不现实的。赵明诚由于忙于太学公务，住在官署，与妻聚少离多，因此李清照抒写独守空房的寂寞与对夫婿的思念成为婚后作品的主调。词作《如梦令》道出"浓睡不消残酒"的愁绪,对"绿肥红瘦"、春天即逝的惋惜;《怨王孙》"楼上远信谁传?恨绵绵",是对夫婿的牵挂与幽怨;《一剪梅》充满"一种相思,两处闲愁"的孤"独"之"愁";《行香子·七夕》叹息"离情、别恨难穷";《醉花阴》流露"莫道不销魂,帘卷西风,人比黄花瘦"的伤感,等等。诗作《春残》以"梁燕语多终日在",反衬形影相吊之"恨",与词作异曲同工。词人对爱情的执着与痴情,得到充分的表现。

更有甚者,李清照平静的婚后生活因"元祐党籍"案的发生而被打破。宋崇宁元年(1102)七月,李清照父李格非等17人被籍记元祐党人,李格非被贬谪至广东象郡。李清照乃向时任尚书左丞的公公赵挺之求救,有"何况人间父子情"之诗,令识者哀之;但赵出于个人考虑竟坐视不救,李清照上书又有"炙手可热心可寒"之愤。由于与赵挺之的矛盾,李清照此后曾离开汴京(今河南开封)赵府回故乡多年,直到崇宁五年(1106)正月,宋徽宗大赦元祐党人,李格非回京补了"监庙差遣"之职,李清照才回到赵府。赵挺之炙手可热,与宰相蔡京争权夺利。大观元年(1107)正月,被罢官一年的蔡京恢复相职;三月,赵挺之却被罢免尚书右仆射,且五天后即去世。受赵挺之牵连,不久赵明诚及其兄存诚、思诚等赵氏亲戚皆被拘入狱,虽因查不出罪证,七月即出狱,但京城已不可居。大观二年(1108),赵明诚之母郭氏为避开政治漩涡,乃率赵明诚与李清照等回归丈夫故里青州(今属山东)。

这个阶段的党人之争及赵与蔡的争斗,李清照的诗词皆有所涉及,这说明她前期创作并不是只陷在个人的儿女情长中。上引诗作佚句"何况人间父子情"、"炙手可热心可寒",显然都是与党人之争有直接关系的诗作,可惜已不见全貌。此外大观二年,徽宗大赦天下,李作《新荷叶》(薄露初零)词,虽为向晁补之贺寿之作,但也与党人之争有关。晁本属元祐党人,与清照父李格非交往非浅,此时正闲居。李清照不仅对晁的"德行文章"予以赞扬,更表达了希望晁能乘元祐党人被大赦而渐次起复之机,东山再起,"要苏天下苍生"的殷切期望,反映了李清照的济世之心,难能可贵。而词作如《多丽·咏白菊》、《青玉案》(一年春事都来几)则不无关于赵、蔡之争的政治寄托。《多丽·咏白菊》据徐培均考证作于大观元年(1107)秋,当时明诚等出狱不久。李清照借咏白菊,寄寓对赵氏遭受"无情风雨,夜来揉损琼肌"之政治打击的愤懑,以及要保持"屈平陶令"风韵品格的志向。白菊显然具有象征意义。《青玉案》作于大观二年,词借花事"绿暗红嫣"之景,衬托遭政治劫难之人的"憔悴";抒发"梦魂无据,唯有归来是",被迫返回故里的无奈与不平。二词之矛头当指向蔡京之流。还有一首元符三年(1100)所作的咏史诗《浯溪中兴颂诗和张文潜二首》,是李前期作品中的力作。二诗为七古,"奇气横溢"(明陈宏绪《寒夜录》卷下)。诗人以批判的眼光,深究唐代安史之乱的原因,抨击唐玄宗父子与杨家兄妹及李林甫等"奸雄"腐败误国,以达到"夏商有鉴当深戒"之借古讽今的目的。这就不是一般的咏史,而是具有现实意义的讽喻,很可能也是针对蔡京之流而发的。

李清照与夫婿"屏居乡里十年,仰取俯拾,衣食有馀"(《〈金石录〉后序》)的生活,乃李清照一生最为舒心惬意的阶段。赵明诚因为仕途受到打击,似乎决心隐居林泉,李清照更"甘心老是乡矣"(同上)。于是他们取晋代诗人陶渊明《归去来兮辞》之意,把青州府第命名为"归来堂";李清照又取《归去来兮辞》"倚南窗以寄傲,审容膝之易安"之意,自号"易安居士"。此阶段李清照与赵明诚感情十分融洽,因为他们有共同的精神追求,宋洪迈称其是"同志"(《容斋四笔》卷五),志同道合也。他们的主要精力用于金石书画的搜集与整理研究上。后来李清照回忆这段难忘的生活云:"每获一书,即共同校勘,整集签题。得书画彝鼎,亦摩玩舒卷,指摘疵病,夜尽一烛为率","余性偶强记,每饭罢,坐归来堂烹茶,指堆积书史,言某事在某书某卷第几页第几行,以中否角胜负,为饮茶先后。中即举杯大笑,至茶覆怀中,反不得饮而起","虽处忧患贫穷,而志不屈","乐在声色狗马之上"(《〈金石录〉后序》)。但是赵明诚热衷于搜集金石文物,经常出门远游,留下李清照一人,李所作仍不乏抒发"闲愁暗恨","新来瘦,非干病酒,不是悲秋"(《凤凰台上忆吹箫》),"髻子伤春慵更梳"(《浣溪沙》)等孤寂之感的词作。

李清照屏居青州的政和三年(1113),写下了其前期唯一存留的文章《词论》。这不仅是宋代词坛第一篇系统而有独立见解的词学论文,而且是中国女性文学批评史上首篇文学理论专文。文章虽为"论",但辅以叙事,巧用比喻,生动可读。此文提出词"别是一家"之说,提倡词应该主情致,协音律,善铺叙,重浑成,尚故实,旨在保持词体婉约的传统风格,固守词特有的疆域,与诗划清界限,虽不无偏颇之处,但自有其价值。李清照自己的创作与其理论基本相符。

宋徽宗宣和元年(1119),赵明诚初步完成《金石录》之后,又不甘寂寞,常出游汴京,出入官场,为人们所瞩目。后因有力者荐举,赵明诚被徽宗授山东莱州太守,宣和二年或三年独身赴任。宣和三年八月,李清照亦奔赴莱州,起初因为赵明诚忙于俗务,对自己冷淡,李清照颇有怨言。此时诗歌有《感怀》、《晓梦》二首,反映了诗人追求精神自由的情操,高雅脱俗,富有个性,这显然是作者取得非凡文学成就的内在气质条件。《感怀》云:"寒窗败几无书史,公路可怜合至此。青州从事孔方君,终日纷纷喜生事。作诗谢绝聊闭门,燕寝凝香有佳思。静中我乃得至交,乌有先生子虚子。"诗人为莱州"无书史"的精神匮乏而遗憾,对明诚沉溺美酒金钱、忙于俗务而不满。她只有作诗谢客,闭门构思,在精神世界中遨游,求得与虚想中的高人沟通交流。《晓梦》则展开浪漫想像,写在梦境或曰仙境中与神话传说里的仙人仙女交往:"翩翩座上客,意妙语亦佳。嘲辞斗诡辩,活火分新茶。虽非助帝功,其乐莫可涯。人生能如此,何必归故家?"仙家高雅潇洒的生活情致,正是诗人梦寐以求的。

二

李清照后期作品可细分为赵明诚逝世前与逝世后两个阶段。

宣和六年(1124),赵明诚改任淄州(治所今山东淄博)太守,属于平级调动,令他不满,便不再像在莱州时那样热衷俗务,而对金石文物搜集更加费心,且收获颇丰。但政治风云突变,宣和七年,金兵包围北宋都城汴京,翌年即靖康元年(1126)"金人犯京师"(《〈金石录〉后序》),年底汴京陷落,意味着北宋灭亡。靖康二年春三月,金人俘徽、钦二帝北去。五月康王赵构即位于南京(今河南商丘),是为高宗,改元建炎。十月至扬州。建炎三年正月,因金兵南下,乃渡江至江宁府(今南京),江宁改为建康。

靖康元年,李清照因形势紧张曾回青州整理金石文物,准备转移。翌年三月,赵明诚母逝于江宁,赵奔丧,携带十五车重要金石文物。十二月,金人攻青州,十馀屋的文物化为灰烬。李清照乃逃离青州,于建炎二年(1128)春抵江宁。从此开始了后期南渡后的生涯。

赵明诚于建炎二年九月出任江宁太守,李清照似乎又恢复了以往的平静生活。平日植树观花,冒雪寻诗,似乎很悠闲;其实国土沦丧之悲,离乡背井之痛,时时郁结于怀,从而写下十来首词作宣泄忧愁。但此时之忧愁与前期春愁秋恨的思想内涵已大不相同。如《蝶恋花·上巳召亲族》写春夜亲族宴饮,虽是"春色好","酒美梅酸,恰称人怀抱",但词人却感受到夜宴弥漫着悲凉之雾:"永夜恹恹欢意少,空梦当时,认取长安道。"充满对当年"长安"(汴京)的故国之思。又有《殢人娇·后庭梅花开有感》、《河传·梅影》、《诉衷情·枕畔闻残梅喷香》、《满庭芳·残梅》等咏梅词,《添字丑奴儿·芭蕉》咏芭蕉词,虽都是"咏物之作",但"借物以寓性情,凡身世之感,君国之忧,隐然蕴于其内","非沾沾焉咏一物矣"(清沈祥龙《论词随笔》)。这些词多作于建炎二年抵江宁不久,喜好"岁寒三友"之一的梅花,本是古代文人的传统,此为李清照咏梅词甚多的原因。但当时金兵将南侵,形势紧张,词中一再出现的"羌管"意象(见《殢人娇·后庭梅花开有感》、《河传·梅影》等),就是金兵的象征。因此咏梅词充满忧患意识,词人忧国之思就寄寓在梅花的意象之中。词中的梅多为"残梅",这不只是表示时序,更是词人有意"异化"之,使梅不完美,更适合表现其忧国之情怀。如《诉衷情》云："夜来沉醉卸妆迟,梅蕊插残枝。酒醒熏破春睡,梦断不成归。"残梅陪衬的是借酒浇愁、梦中也不能回归故土的词人,她只能"更挼残蕊,更捻馀香",发泄心中的苦闷。《临江仙》中的梅："为谁憔悴损芳姿?""玉瘦檀轻无限恨,南楼羌管休吹。"对"羌管"满含"恨"意的憔悴残梅意象就是词人的自我形象。而当词人于"伤心枕上"听到"三更雨"敲打着那"中庭"的"芭蕉树","点滴霖霪。点滴霖霪,愁损北人,不惯起来听",则芭蕉不再是"舒卷有馀情"(《添字丑奴儿·芭蕉》)的观赏物,而是成了引发"北人"亡国之思的媒介矣。诗佚句"南渡衣冠少王导,北来消息欠刘琨",乃写于抗金宰相李纲被免职、武将宗泽去世之后,是对投降派继任者的谴责;而诗佚句"南来尚怯吴江冷,北狩应悲易水寒",更揭露了高宗害怕徽、钦回来的自私心理。

建炎三年三月,赵明诚因处理原卫戍部队兵变事失职而被罢免太守职,乃与李清照乘船赴江西赣水隐居。李途经安徽和县时,拜谒了霸王祠,写下千古绝唱《乌江》:"生当作人杰,死亦为鬼雄。至今思项羽,不肯过江东。"借歌咏西楚霸王项羽,暗讽南渡偷安的赵构小朝廷,写得慷慨激昂。

当五月抵安徽池阳(今池州)时,赵明诚又被高宗任命为湖州太守。六月赵独赴诏,但七月途经建康时患疟疾病倒,八月十八日弃世。李清照遭遇了人生最大的打击,国破家亡,痛不欲生。其《祭赵湖州文》曰:"白日正中,叹庞翁之机捷;坚城自堕,怜杞妇之悲深。"既有对亡夫的赞扬,也表达了深切的哀伤。此后悼念亡夫成为其创作的一个重要主题。如《山花子》写于赵明诚去世李清照大病一场之后,开篇"病起萧萧两鬓华,卧看残月上窗纱",就勾勒出自己新寡之虚弱衰老的自我形象,可见夫婿亡故对其打击之大。《浪淘沙》:"帘外五更风,吹梦无踪。画楼重上与谁同?记得玉钗斜拨火,宝篆成空。"写离开夫婿病逝之地建康时的感受,以昔衬今,以乐衬悲,又是国难之际,小悲大悲交织,真是人何以堪?《孤雁儿》乃"梅词",实为借梅花的意象,衬托悼念亡夫的"肠断"之悲:"吹箫人去楼空,肠断与谁同倚?一枝折得,人间天上,没个人堪寄。"

赵明诚去世后,如何保存所剩不多的金石文物,成为李清照的一大心事。建炎三年,清照乃派人送一批文物往洪州明诚妹婿李擢处,但十二月,金人陷洪州,文物散为云烟。此前,外界传"有'颁金'之语,或传亦有密论列者",即听说高宗要购买其文物,以及御医王继先购买过李清照古器事可能引起麻烦,李清照"大惶怖","尽将家中所有铜器等物,欲赴外廷投进"(《〈金石录〉后序》)。于是建炎四年春,李清照带着仅馀的少量文物追随高宗辗转浙东,赴台州,之剡(今浙江嵊州),走黄岩,雇舟入海,往温州。四月之越州(今浙江绍兴)。十一月,至衢州。在追随高宗途中,李清照有《春光好》、《忆少年》、《渔家傲》诸词。前两首词皆写梅花:一是写见"江南早梅",虽然"盈盈玉蕊如裁。更风清、细香暗来",但词人却无心欣赏,因想到局势危急,此花"空使行人肠欲断"而已;一写"羁马萧萧行又急"之时,虽为路边"盈盈脉脉"的梅花所吸引,但"天涯倦牢落,忍一声羌笛",流离的孤寂无托,金人的"羌笛",都使词人无心留恋。二词反映了词人行旅的艰辛寂寞、对时局的忧虑。但《渔家傲》却是别开生面的佳作。因为李清照雇船入海,曾至章安(今属浙江台州),词人似乎看到希望,而构思出神骏腾飞之作:"天接云涛连晓雾,星河欲转千帆舞。仿佛梦魂归帝所,闻天语,殷勤问我归何处。我报路长嗟日暮,学诗漫有惊人句。九万里风鹏正举。风休住,蓬舟吹取三山去。"意境恢宏,格调豪放,"绝似苏、辛派"(梁令娴《艺蘅馆词选》卷乙)。下片先抑后扬,总结自己的大半生似乎有些沉重,但又并不甘心年老无成,特别是在"天帝"面前更振作了精神,而欲有所作为。这反映了词人没有放弃中兴的理想,也显示出其性格中倔强的一面。此年七月金人立汉奸刘豫为帝,国号齐。李清照闻讯即作《咏史》诗斥之:"两汉本继绍,新室如赘疣。所以嵇中散,至死薄殷周。"诗视南宋为正统,斥伪齐如篡位的王莽,表示至死"薄"之的态度。宋朱熹赞此诗云:"如此等语,岂女子所能?"(《朱子语类》卷一百四十)表示钦佩。

绍兴元年(1131),李清照再赴越州。但高宗"已移幸四明(今浙江宁波)"。而金石文物至此也陆续被盗被抢,所剩无几矣!(见《〈金石录〉后序》)绍兴二年,李清照赴杭州,暂时安定下来,期间时有怀乡思夫、渴望中兴之作。但此年发生了李清照轻信"如簧之舌",上当受骗,改嫁张汝舟一事。李清照一失足成千古恨,哀叹"忍以桑榆之晚节,配兹驵侩之下才",但在翰林学士綦崇礼的帮助下终于与之决裂。《投翰林学士綦崇礼启》一文就记叙了她改嫁与离婚的始末,文章写得爱憎分明,文采斐然。

绍兴三年(1133)五月,宋高宗任命韩肖胄、胡松年充大金军前正、副奉表通问使,去通问徽、钦二帝,并向金求和。李清照闻知后乃作《上枢密韩公、工部尚书胡公并序》古、律诗各一章。前诗长达80句,七古与五古兼备,熔叙事、议论、抒情于一炉,既驱遣大量典故，又采用白描手法：一是表面上颂扬高宗是"孝子贤孙"，实际揭露其骨子里惧怕金国；二是赞扬韩、胡二公舍己为公的勇气与品德；三是抒发爱国的激情，充满乡国之思的深情与山河破碎的悲凉，堪称力作。

绍兴四年(1134)十月，"闻淮上警报，江浙之人，自东走西，自南走北"(《〈打马图经〉序》)，四处流散。李清照也溯富春江抵金华避难。在金华大半年时间，有词《武陵春》，写见残春之景，生"物是人非事事休，欲语泪先流"之悲，乃拟郊游散心，但又"只恐双溪舴艋舟，载不动，许多愁"。"物是人非"之"愁"，内涵甚丰，盖国破家亡也。有诗《题八咏楼》，写八咏楼"水通南国三千里，气压江城十四州"，"气象宏敞"(明赵世杰语)，境界开阔；但"江山留与后人愁"，则忧患意识明矣。同期还写下一篇重要文章《〈金石录〉后序》。宋洪迈曾道及李清照写作此文的动机，称赵明诚著《金石录》，"妻易安李居士，平生与之同志。赵没后，愍悼旧物之不存，乃作《后序》，极道遭罹变故本末"(《容斋四笔》卷五)。当然动机并不限于此。此文不仅将对《金石录》的评介与对金石书画劫难之记载联系在一起，更将国家存亡之感与夫妻同志之情、人生聚散之理融于一体。此文又极具史料价值。故明张丑称："迄今学士每读《〈金石录〉后序》，顿令精神开爽。何物老妪，生此宁馨儿，大奇大奇！"(《清河书画舫》申集引《才妇录》)另外，李清照好博弈，其避难金华时"卜居陈氏第。乍释舟楫而见轩窗，意颇适然。更长烛明，奈此良夜何？于是博弈之事讲矣"(《〈打马图经〉序》)，她对"打马"的博弈进行研究，编著了《打马图经》，撰写了《〈打马图经〉序》与《打马赋》，内容新鲜，文字清丽，又是关于古代博彩之戏的宝贵资料。而《打马赋》虽主要是赋"打马之戏",但最后仍借题发挥,表达了渴望北伐中兴之意:"老矣谁能志千里,但愿相将过淮水。"可谓"位卑未敢忘忧国"。

绍兴五年春,金人退兵,李清照大约于五月回到杭州,至老都不忘故土,期盼中兴。此后可知的词作有《转调满庭芳》(芳草池塘)、《永遇乐·元宵》、《声声慢》(寻寻觅觅)等,颇多长调佳作,可见李清照晚年时艺术已进入炉火纯青之境。宋张端义称李清照"南渡以来,常怀京洛旧事,晚年赋元宵《永遇乐》词"(《贵耳集》卷上)。《永遇乐·元宵》作于绍兴九年(1139),虽谓怀旧之作,但意在伤今。不仅元宵已不复当年"中州盛日",自己更是"风鬟霜鬓"的"憔悴"老妇,只能在"帘儿底下,听人笑语",国难给女词人造成巨大的创伤,以致宋词人刘辰翁读后"为之泣下"(《须溪词》卷二《永遇乐》小序)。《声声慢》则堪称压卷之词,被誉为"千古绝调"(清孙原湘语)、"绝世奇文"(清陆以湉语),约作于绍兴十六年(1146)。词借悲秋,表现南渡以来长期郁积的深重的人生痛苦。词人晚年挣扎、冷清、孤寂的生存状态,悲伤、苦闷、忧惧的内心世界,在"寻寻觅觅,冷冷清清,凄凄惨惨戚戚"的哀叹中,在"这次第,怎一个愁字了得"的呼号中,得到淋漓尽致的宣泄。

此后李清照的行迹已难考,只知绍兴二十五年(1155)还在世。一代杰出女词人名不见正史,卒年难定,亦足令人扼腕叹息。

三

清王士禛云:"(明)张南湖论词派有二:一曰婉约,一曰豪放。仆谓婉约以易安为宗,豪放惟幼安称首。"(《花草蒙拾》)又称易安为"词中大家"(《香祖笔记》卷九)。而按传统观点,婉约为词之"正宗",豪放为词之"旁宗"(《古今词统》附徐士俊批王世贞《论诗馀》)。由此可见李清照于中国词史上的正宗之"词家大宗"(《香祖笔记》卷五)地位。

鉴于此,阐释李清照词的艺术特点,就应该围绕婉约的含义进行探究。李清照之前的婉约词皆是"男子而作闺音"(清田同之《西圃词说》),这与"诗庄词媚"的传统观念密切相关。而李清照以"女子作闺音",为婉约之词,乃是发乎自然,合乎情理,非男子可比拟。当然,李清照婉约词的创作,于其前后期表现是有所不同的。

"诗言志",乃千古名训。虽然晋陆机也有"诗缘情以绮靡"(《文赋》)之说,但诗仍无法与词并论。正宗词的本质乃抒情而非言志。所以,婉约词的首要特点正是抒情,而且是女性化的婉转柔美、缠绵悱恻之情。以李清照前期所作三十二首词来看,除了祝寿词《新荷叶》(薄露初零)、《长寿乐·南昌生日》两首,具有政治寄托的《小重山》(春到长门春草青)、《多丽·咏白菊》、《青玉案》(一年春事都来几)三首,寄托人生理想的《鹧鸪天·桂》、《渔家傲》(雪里已知春信至)两首之外,其他基本是:表现闺秀游乐的《如梦令》(常记溪亭日暮)、《忆王孙》(湖上风来波浩渺)等三首,表现春情与爱情感受的《点绛唇》(蹴罢秋千)、《减字木兰花》(卖花担上)、《浣溪沙·闺情》等三四首,表现春思或伤春惜春的《浣溪沙·春闺即事》、《如梦令》(昨夜雨疏风骤)等五六首,表现思念郎君两地别恨离情的《怨王孙》(帝里春晚)、《一剪梅》(红藕香残玉簟秋)、《忆秦娥》(临高阁)、《凤凰台上忆吹箫》(香冷金猊)

等十馀首,还有表现与女伴离别情的《蝶恋花·昌乐馆寄姊妹》一首。由此可见其前期词抒情之概貌。

李清照后期二十八首词,同样也基本属于婉约词,抒发的仍是女性的柔情,但由于其已进入中年与老年,又国破家亡,与前期词的感情形态自然不同。其中前期的离情别绪,已变为悼亡之悲,有《山花子》(病起萧萧两鬓华)、《浪淘沙》(帘外五更风)、《怨王孙》(梦断漏悄)等三四首;惜春伤春已变为忧生之叹,有《临江仙》(庭院深深深几许)其一、《武陵春》(风住尘香花已尽)、《声声慢》(寻寻觅觅)等三四首;而更多的是感伤怀旧的乡国之思,有《鹧鸪天》(寒日萧萧上琐窗)、《菩萨蛮》(归鸿声断残云碧)、《永遇乐·元宵》等六七首。此外李清照后期词颇多咏物抒情之作,仅咏梅词就有《殢人娇·后庭梅花开有感》、《河传·梅影》、《诉衷情·枕畔闻残梅喷香》、《孤雁儿》(藤床纸帐朝眠起)、《忆少年》(疏疏整整)等十多首,还有咏芭蕉的《添字丑奴儿·芭蕉》。李的咏物词皆有所寄托,关乎情性,而且物多具象征意义,已见上述。而象征本是婉约的内涵之一。

说象征是婉约的应有之义,是因为它属于含蓄的范畴。而含蓄是李清照婉约词的重要特性。如前期词《鹧鸪天·桂》,咏桂花"暗淡轻黄体性柔,情疏迹远只香留","自是花中第一流",并以"梅定妒,菊应羞"衬托其"画阑开处冠中秋"的风采。此桂花就寄托着词人对雅淡高洁人格的向往。而如《多丽·咏白菊》、《青玉案》(一年春事都来几)以"白菊"之被"风雨"摧残与花事"绿暗红嫣"之景,影射赵、蔡之争,其政治含义更是含蓄隐晦。后期词《满庭芳·残梅》咏残梅,它虽然"从来知韵胜",但是"难堪雨藉,不耐风揉",这正是词人弱不禁风形象的写照;而其"香消雪减",最终将被"扫迹"一空,又使人想到词人自称的"如今老去无成"(《临江仙》)的遗憾;最后写梅"疏影尚风流",也有词人自我慰藉的意思。但这些含义须结合时代背景与词人遭际思而得之。又如后期词中多次出现的"羌管"或"羌笛",则含有金人威胁的寓意,也含蓄出之。

李词多借景抒情,或寓情于景,同样具含蓄蕴藉之致而显婉约之美。如早期词《浣溪沙·春闺即事》全篇写春日之景,"淡荡春光"、沉水残烟,"江梅已过柳生绵。黄昏疏雨湿秋千"。描写春光的流逝,实际寄寓着女主人公青春消失、独守空闺的幽怨,只是词中无一语道破而已。晚期词《鹧鸪天》"寒日萧萧上琐窗,梧桐应恨夜来霜",秋末冬初阳光惨淡,梧桐披霜的萧条肃杀之景,乃是词人因北宋沦丧,背井离乡,内心凄冷的外化,其悲凉之意尽在不言中。李词大半皆属此类,不胜枚举。

李清照婉约词的结构婉转缜密、情思曲折真切,读来不单调,富有情致。如前期词《小重山》围绕"春"字作文章。上片先点出"春到长门",似乎是扬,但又说是江梅还"未开匀"的寒冷早春,而且词人有"晓梦"、"惊破"的馀悸,此乃一抑。下片写"花影压重门"、"好黄昏",毕竟"春"已降临,要"着意过今春",则再一扬。词以"春"始,又以"春"终,构思缜密巧妙。全词抑扬跌宕,实际是反映经历赵、蔡之争的劫难后返归青州时的复杂心情。又如《凤凰台上忆吹箫》写离愁别恨,极尽婉转之致。开篇先描写晨起"慵自梳头"的慵懒之态,已暗示其心中充满"闲愁暗恨"。但又说"生怕闲愁暗恨,多少事、欲说还休"。此为一转。接下却说"新来瘦,非干病酒,不是悲秋",她还是"说"了一半。此是一小转。过片索性大转,"休休",说出来痛快,于是以"武陵人远,烟锁秦楼"的典故,道出词旨乃是离愁别恨。用典之后,再转向景物描写"唯有楼前流水,应念我,终日凝眸",以"深一层写法"(夏承焘语),抒发思君之情。最终以"新愁"与上片"新来瘦"呼应。可谓婉转缠绵。后期词这个特点也很明显。如《菩萨蛮》,开头还说早春来临,"夹衫乍着心情好",但忽然又觉气候"微寒"、"梅花鬓上残",心绪则发生了变化。而且词人忽然想起了"故乡",却故意问"故乡何处是",似乎忘了故乡。但故乡怎能忘,于是赶紧说"忘了除非醉"。因故乡之思太痛苦,为了"忘了"故乡,竟真的喝醉了,"香消酒未消"。短短小令,把乡愁写得千回百转。而晚年《永遇乐·元宵》"含蓄委婉,全用铺叙"(缪钺《论李清照词》,《灵溪词说》,上海古籍出版社1987年版)。李词长调皆有善"铺叙"的特点,与其《词论》的主张相符。

李清照婉约词的语言也特点鲜明。主要是清新自然,浅近多口语,所谓"以寻常语度入音律"(宋张端义《贵耳集》卷上),达到化俗为雅,不见斧凿痕迹的境地。如被"天下称之"(宋陈郁《藏一话腴》甲集卷一)的前期词《如梦令》"绿肥红瘦"之句,《念奴娇》"宠柳娇花寒食近"之句,"肥"与"瘦"、"宠"与"娇",皆普通的俗语,但一旦用以形容绿与红、柳与花,就人工天巧,顿显语新意隽,生典雅之致。《浣溪沙·闺情》"眼波才动被人猜",也是本色语,"摹写娇态,曲尽如画"(明赵世杰《古今女史》卷十二)。此外如"如今憔悴,但馀双泪,一似黄梅雨"(《青玉案·用黄山谷韵》),"试灯无意思,踏雪没心情"(《临江仙》),"只恐双溪舴艋舟,载不动许多愁"(《武陵春》),"如今憔悴,风鬟霜鬓,怕见夜间出去。不如向,帘儿底下,听人笑语"(《永遇乐·元宵》),"守着窗儿,独自怎生得黑"(《声声慢》),皆属"用浅俗之语,发清新之思,词意并工"(清彭孙遹《金粟词话》)之句。

李词清新雅致,还表现在词中典故甚多,如其《词论》所谓"尚故实",此类例句俯拾即是,不必赘言。另外,她常化用前人诗文成语,推陈出新,如《念奴娇》"清露晨流,新桐初引",巧用《世说新语·赏誉》成句,浑成脱化,宛如己出,写出可以"游春"的初春美景。《永遇乐·元宵》"暮云合碧,人在何处",乃化用梁江淹《休上人怨别》"日暮碧云合,佳人殊未来"句意,写出佳节之际对赵明诚的思念。而《临江仙》二首开头皆是"庭院深深深几许",此乃南唐冯延巳(李误为宋欧阳修)词句,李"酷爱之"(小序)而采用,十分贴切。盖因此句善用叠字,柔情回肠,甚为新鲜也。李好用叠字当受其影响。

李清照好用叠字,倍增其词婉约之致。著名的如《声声慢》上片"寻寻觅觅,冷冷清清,凄凄惨惨戚戚"连用十四叠字,前无古人,造语新警,极写词人晚年心绪的寂寞无依、冷清凄凉与忧惧,又有"大珠小珠落玉盘"的音韵之美。下片"到黄昏,点点滴滴",又用四叠字,也妙语天成,写出深秋"细雨"的阴冷绵长,衬托出内心的凄凉。又如《如梦令》"知否知否",写出妇人声口,叠得有趣。《行香子》"牵牛织女,莫是离中?甚霎儿晴,霎儿雨,霎儿风",三个"霎儿"叠用,写出天气多变,牵牛织女难以相会的情景,也很别致。此外《添字丑奴儿》之"点滴霖霪。点滴霖霪",《诉衷情》之"人悄悄,月依依",《浣溪沙》之"影沉沉","月疏疏",《蝶恋花》之

"千千遍","永夜恹恹",等等,皆叠得有味,添婉约之美。

李清照《词论》强调"协音律",其婉约词正是如此。对此词学大家夏承焘有细致的分析,认为李词多用双声叠韵字,典型的是《声声慢》,其用舌声的有15字,用齿声的有42字,全词97字,而这两声却占半数以上。尤其是末了几句:"梧桐更兼细雨,到黄昏,点点滴滴,这次第、怎一个愁字了得!"20多个字里,舌齿两声交相重叠,这应该是有意用啮齿叮咛的口吻,写自己忧郁惝恍的心情(参见《李清照词的艺术特色》,《月轮山词论集》,中华书局1979年版)。

婉约阴柔是李清照词的主体风格,但其也有少量豪放阳刚之作。如《渔家傲》之"天接云涛连晓雾,星河欲转千帆舞","九万里风鹏正举。风休住,蓬舟吹取三山去"。意境阔大,气势雄浑,绝无钗粉气,"绝似苏、辛派,不类《漱玉集》中语"(梁令娴《艺蘅馆词选》乙卷)。又如两首贺寿词《新荷叶》、《长寿乐·南昌生日》,也都写得浑成大雅,"有丈夫气"(清沈曾植《菌阁琐谈》)。此类词与其婉约小令不可并论。虽然此类作品留存不多,但可见李清照艺术造诣的多元化。

李清照诗文留存较少。其诗作明显的是遵循"诗言志"的古训,内容多关乎社稷国运,寄托着政治理想,主体风格是阳刚苍劲一类。其文反映了生活的行迹、爱好,颇具史料价值,文笔也老到,又多四六句式,文字清丽。其诗文的一个共同特点是典故络绎,可见作者腹笥甚丰,才高学博。上述已涉及,不赘。

由于李清照留存的作品比较少,因此凡有价值的作品尽可能选入。词60首全部纳入,另外还有6首存疑之作,供读者参考。

诗选入12首,佚句4则;文选入7篇(其中1篇实为佚句),诗文作品也基本选入。作品按写作先后排列。

撰写本书的参考文献,主要有上面提及的徐培均《李清照集笺注》(本书徐氏评论均见此书),另有王仲闻《李清照集校注》(人民文学出版社1979年版)、邓红梅《李清照新传》(上海古籍出版社2005年版),其中《李清照集笺注》惠我尤多。一并在此表示感谢。另外,内子周嫣女士在书稿的抄写、资料的搜集、核对方面皆付出不少劳动,也在此表示谢忱。

最后以清人王僧保的《论词绝句》(《古今词辩》)结束此《前言》:

> 易安才调美无伦,百代才人拜后尘。
> 比似禅宗参实意,文殊女子定中身。

王英志　于苏州大学凌云斋

词　集

点绛唇

蹴罢秋千,①起来慵整纤纤手。②露浓花瘦,③薄汗沾衣透。　　见客入来,袜刬金钗溜,④和羞走。倚门回首,却把青梅嗅。⑤

【注释】

①蹴(cù):踩,踏。此指荡(秋千)。　②慵整:懒洋洋地收拾。五代鹿虔扆《思越人》:"玉纤慵整云散。"纤纤手:形容女子柔美的双手。《古诗十九首》:"纤纤出素手。"　③花瘦:形容花枝上花瓣已凋零。宋秦观《如梦令》:"无奈玉销花瘦。"　④袜刬:即刬袜。未穿鞋,只着袜子行走。南唐李煜《菩萨蛮》:"刬袜步香阶,手提金缕鞋。"金钗溜:指头戴的金钗滑落。金钗,妇女的一种金首饰。李煜《浣溪沙》:"佳人舞点金钗溜。"　⑤青梅:刚长成的梅子。唐李白《长干行》:"郎骑竹马来,绕床弄青梅。""青梅"与"竹马"有两小无猜、两情相悦之意。

【品评】

此词为词人早年之作。词作尚较稚嫩,且不无模仿前人之句,如下阕就被清贺裳批评为"直用(韩偓)'见客入来和笑走,手搓梅子映中门'二语演之耳,语虽工,终智在人后"(《皱水轩词笺》)。但词作表现春情萌动少女的心理与情态却惟妙惟肖,大胆真率,生动有趣。

上片貌似写少女嬉戏场景,实是含蓄地抒发暮春时节少女思春、惜春情怀。因为思春,心情不爽,故借荡秋千以排遣,但"蹴罢"仍觉"慵"懒无聊,甚至产生好"花"不再开、时不我待的一丝焦虑。此为铺垫,下片乃拓出柳暗花明之新境。"见客入来",顿时搅乱了少女的心绪,此"客"当与其终身幸福有关,是她所思的人。其惊喜、羞怯、渴望、等待的复杂情感,如波澜泛起,全在"袜刬"、"钗溜"、"羞走"、"回首"嗅梅的系列细节中,淋漓尽致地表现出来,可谓"曲尽情悰"(明钱允治《续选草堂诗馀》卷上),生动如画。

如 梦 令

常记溪亭日暮,①沉醉不知归路。兴尽晚回舟,误入藕花深处。②争渡,③争渡,惊起一行鸥鹭。④

【注释】

①溪亭:泛指临溪亭台。一说为山东济南城西之泉名与地名,濒临西湖。 ②藕花:荷花。唐孟郊《送吴翱习之》:"新秋折藕花,应对吴桥语。" ③争渡:勉力渡水。北朝庾信《春赋》:"拥河桥而争渡。"一说为"怎渡"之意。 ④鸥鹭:鸥与鹭,皆水鸟名。

【品评】

此词作年人们说法不一,但所写为少女时代的一次野游当不会有异议。

开篇"常记"二字道出此词所写野游乃是一种回忆;而词人之所以"常记"不忘,实是因为此次野游富有戏剧性,很刺激,很有趣。词人写自己与女伴出游,于溪亭畅饮,直至"沉醉"得不认回家的路,极写出青春少女无拘无束、任性自由的天性。正因为少女们都"沉醉"了,才发生荡舟回家竟"误入藕花深处"的戏剧性一幕。开始时她们当会为鲜艳的荷花、湖中的鸥鹭而赞叹,但当她们兴尽欲归,发现找不到出路时,酒就全醒了,心也着急了,于是拼命荡舟,四处乱闯。本来正在悠闲浮游的鸥鹭,被不速之客的"回舟"惊扰,鸣叫着腾飞起来,顿时出现一天鸥鹭的奇观。这是少女们所未料到的,对此她们一定惊呆了,甚至为之欢呼雀跃起来,又忘了迷路的焦虑。

短短33字的小令,以白描的笔法、浅白的文字,既写出夏日傍晚美丽奇妙的湖景,又表现出少女快乐的生活、天真的情趣,确是一首绝妙好词。

浣 溪 沙

春 闺 即 事

淡荡春光寒食天,①玉炉沉水袅残烟。②梦回山枕隐花钿。③　海燕未来人斗草,④江梅已过柳生绵。⑤黄昏疏雨湿秋千。

【注释】

①淡荡:形容和煦。唐陈子昂《修竹篇》:"春风正淡荡,白露已清泠。"寒食:节令名。在清明前一天或两天。南朝梁宗懔《荆楚岁时记》:"去冬节一百五日,即有疾风甚雨,谓之寒食,禁火三日,造饧、大麦粥。"　②玉炉:熏炉的美称。唐胡曾《七老会》:"白头仍爱玉炉熏。"沉水:香料名。唐罗隐《香》:"沉水良材食柏珍,博山烟暖玉楼春。"袅:形容香料烟气缭绕上升。　③梦回:梦醒。南唐李璟《摊破浣溪沙》:"细雨梦回鸡塞远,小楼吹彻玉笙寒。"山枕:中间凹进、两端突起的一种枕头。唐温庭筠《更漏子》:"山枕腻,锦衾寒,觉来更漏残。"花钿(diàn):用珠宝金翠等制成的首饰。唐白居易《长恨歌》:"花钿委地无人收。"　④海燕:即燕子。古人以为燕子春天从海上飞来,故称。斗草:梁宗懔《荆楚岁时记》:"五月五日,四民并踏百草,又以斗百草之戏。"是妇女一种用野草赌输赢的游戏。　⑤江梅:梅的泛称。绵:柳絮。

【品评】

　　此词当为早年之作,或者后来回忆早年"春闺"生活,不类写渡江后的"即事"。全词基本上是写景,但字里行间分明伫立着一个怀春少女的形象。

　　词首句点出时令正是"寒食天",暮春之"淡荡春光",渲染出春日的明丽、春光的和煦。阳春三月的美景显示着生命的勃发，这构成"春女思"的背景。次句由自然界深入到深闺，玉炉烟气袅袅，芳香怡人，构成温馨幽寂的环境，与词中女主人公的身份正相宜。然后写她从春睡中醒来，一边回味梦境，一边倚于山枕遐思，形象非常美丽。上片层层渲染，皆在推出一个情思萌发的青春少女的形象。下片写少女醒来瞭望室外所见，至此才借景透露其内心春思的淡淡忧愁。过片两句对仗工整，写出少女失落、寂寞的心境。海燕还没有飞来，女伴们则正忙于"斗草"游戏，使自己显得分外孤寂；江梅已经凋零，柳絮已经飘飞，春光渐渐消失，而少女的青春年华亦在慢慢流逝。她一定想到了梦中的憧憬，而那是虚幻的，现实却是至今独守空闺，心中闺怨乃油然而生。歇拍是进一步写法，排遣忧愁的"秋千"，已被疏雨打湿，意味少女的忧愁已无法消除，真是无可奈何，抑郁之至！

此词由于基本是写景，主观春思几乎不加显露，用词亦讲究，"袅"、"隐"、"湿"字皆生动而典雅。故可称是婉约词的典型之作。

忆王孙

湖上风来波浩渺。①秋已暮、红稀香少。②水光山色与人亲，③说不尽、无穷好。　　莲子已成荷叶老。清露洗、蘋花汀草。④眠沙鸥鹭不回头，似也恨、人归早。

【注释】

①浩渺:水面辽阔。唐许浑《郑秀才东归凭达家书》:"秋泛楚江吟浩渺。" ②红稀:当指荷花稀少。 ③水光山色:据徐培均笺注,水指山东章丘绣江,山指章丘东之长白山。首句之"湖",当为绣江水面。金元好问词有"长白山前绣江水,展放荷花三十里"(《泛舟大明湖》)之句,则可见绣江水面宽阔似湖。与人亲:《世说新语·言语》:"会心处不必在远,翳然林水,便自有濠濮间想也,觉鸟兽禽鱼自来亲人。"此将山水拟人化。 ④蘋:水生植物,也称四叶菜,夏季开小白花。汀(tīng):水边平地。

【品评】

此词为年少之作。徐培均认为是咏故乡绣江之景。词中所写貌似湖景,实为绣江之景。

上片以疏朗大笔写"湖"暮春全景,烟波浩渺,"红稀香少",但词人并无伤秋之悲,而是感到山水皆"与人亲"而心旷神怡,只觉"湖"景之壮美。这与词人当时年轻,心境单纯、乐观相关。下片则以细致工笔写湖中小景,是几个"特写镜头":荷叶虽枯败,但莲子结实,蘋花汀草,十分清新,鸥鹭飞翔,富有情致。

全词之深秋"湖"景充满了生命的活力,这亦与词人正处青春的生命期相吻合。词还妙在收束时把鸥鹭拟人化,为"人归早"而遗憾,旨在反衬"湖"景之值得留恋也。此词与词人后来大量悲秋伤怀之作意趣迥然,别具一格。

鹧鸪天

桂

暗淡轻黄体性柔,①情疏迹远只香留。②何须浅碧轻红色,自是花中第一流。　　梅定妒,菊应羞。画阑开处冠中秋。③骚人可煞无情思,④何事当年不见收?⑤

【注释】

①体性柔:指桂花本性柔和。　②情疏:性情疏淡。迹远:远离人迹。　③画阑:即画栏,有雕饰的栏杆。唐李贺《金铜仙人辞汉歌》:"画栏桂树悬秋香。"冠中秋:为中秋时节诸花之冠,亦即"花中第一流"之意。　④骚人:指创作了《离骚》的楚国诗人屈原。可煞:可是,疑问词。　⑤"何事"句:意谓《离骚》为何不提及桂花,小觑桂花。此与宋陈与义《清平乐·咏桂》"楚人未识孤妍,《离骚》遗恨千年"同义。按:《离骚》实有"杂申椒与菌桂兮"、"矫菌桂以纫蕙兮"之句,"菌桂"乃桂花之一种。此处作者失察。

【品评】

此词属咏物词。清沈祥龙《论词随笔》云:"咏物之作,在借物以寓性情。凡身世之感、君国之忧,隐然蕴于其内,斯寄托遥深,非沾沾焉咏一物矣。"

此词上片咏桂花,即描绘其"暗淡轻黄"之体貌,更凸显其疏淡清远之性情,以赞美其"花中第一流"的品位。下片则以梅、菊之"妒"与"羞",反衬桂花"冠中秋"的风采,并因骚人"当年不见收"而为之抱不平,进一步夸饰桂花在词人心目中乃众花魁首的地位。其实作者歌咏的不只是桂花,更是寄托其宛如桂花的雅淡高洁人格的向往之情。

浣溪沙

莫许杯深琥珀浓,①未成沉醉意先融。②疏钟已应晚来风。　　瑞脑香消魂梦断,③辟寒金小髻鬟松。④醒时空对烛花红。⑤

【注释】

①莫许:有学者认为当为"莫诉",因形近而误。诉,辞酒不饮。唐韦庄《菩萨蛮》有"莫诉金杯满"句。琥珀:喻酒色红褐如同琥珀。唐李白《客中作》:"兰陵美酒郁金香,玉碗盛来琥珀光。"　②意先融:指心中苦闷已先消融。　③瑞脑:一名龙脑,今称冰片,一种香料。魂梦断:梦醒。　④辟寒金:指饰金头饰簪梳类。晋王嘉《拾遗记》:"昆明国贡嗽金鸟,形如雀而色黄,羽毛柔密,常吐金屑如粟,铸之可以为器。此鸟畏霜雪,乃起小屋处之,名曰辟寒台。宫人争以鸟吐之金用饰钗珮,谓之辟寒金。"　⑤"醒时"句:本南唐李煜《玉楼春》:"归时休放烛花红。"

【品评】

　　此词作于词人未婚时,抒写深闺少女青春期的寂寞情怀,反映出词人对爱情的憧憬,真切而含蓄。

　　上片开篇即点出琥珀色的美酒。此乃全词之中心意象,与词人的心境密切相关。酒乃浇愁之物,而且似也十分有效,果然词人尚未沉醉愁已先消,那晚风送来的钟声似乎也变得动听了。可惜词人的愁绪只是暂时被抑制而已,当"瑞脑香消",梦断酒醒之后,现实依然如故,美酒并未"融意",孤单慵懒的少女,面对的是一朵寂寞烛花。酒醒后的苦闷更甚于未醉之时。

　　词采用先扬后抑的笔法,从而达到表现苦闷倍增的艺术效果。

浣　溪　沙

　　小院闲窗春色深,重帘未卷影沉沉。①倚楼无语理瑶琴。②　　远岫出云催薄暮,③细风吹雨弄轻阴。④梨花欲谢恐难禁。⑤

【注释】

　　①重(chóng)帘:多层的帘幕。唐温庭筠《菩萨蛮》:"重帘悄悄无人语。"沉沉:形容光影浓重。　②理:指弹奏。瑶琴:琴的美称。南朝鲍照《拟古》:"明镜尘匣中,瑶琴生网罗。"　③远岫(xiù)出云:语本晋陶渊明《归去来兮辞》:"云无心以出岫。"岫,山

峦。薄暮:黄昏。屈原《天问》:"薄暮雷电,归何忧?" ④轻阴:天色略阴。 ⑤禁:阻止。

【品评】

　　此词或作于待嫁汴京之时,反映的是惜春、伤春的心绪,其中更蕴藉了少女对青春的留恋,对爱情的担忧。春天是爱情萌发的季节,"春女思"也。但词人却仍待字闺中,心中不能不郁勃着深深的寂寞无奈,淡淡的忧愁。

　　上片写窗外小院"春色深",窗内帘影沉,构成寂寞压抑的气氛。虽未写人,但写出词人的感觉,一位少女连"重帘"都懒得卷起,而在帘影下枯坐发呆,实在是百无聊赖。她又起身登上闺楼,姑且弹奏一曲瑶琴,弹罢或许可暂时得以解闷释怀。但下片写她抬头展望时,看到的是薄暮中远山飘出的乌云,天空忽而转阴,细风吹来雨丝;更看到风雨中的梨花在抖动,在飘零,词人的心情顿时又沉重起来。她一定是产生了联想:自己的青春不就是雨中梨花吗?花无百日红,自己还有几多青春呢?未来的命运如何呢?淡语中自有怨情。正如清陈廷焯所评:"中有怨情,意味自永。"(《词则·别调集》卷二)"怨"确实是这首小令的词旨。

渔 家 傲

　　雪里已知春信至,①寒梅点缀琼枝腻。②香脸半开娇旖旎。③当庭际,玉人浴出新妆洗。④　　造化可能偏有意,⑤

故教明月玲珑地。⑥共赏金尊沉绿蚁。⑦莫辞醉,此花不与群花比。

【注释】
　　①春信:春天到来的信息。唐郑谷《梅》:"江国正寒春信稳,岭头枝上雪飘飘。"　②琼枝:形容负雪蜡梅枝如美玉。屈原《离骚》:"折琼枝以继佩。"腻:蜡梅枝色泽滑润。　③香脸:喻梅花。娇旖旎:娇艳美好。五代魏承班《玉楼春》:"艳色韶颜娇旖旎。"④玉人浴出:用唐白居易《长恨歌》杨贵妃"春寒赐浴华清池,温泉水滑洗凝脂"典,比喻梅花娇媚之态。　⑤造化:指大自然。唐杜甫《望岳》:"造化钟神秀,阴阳割昏晓。"　⑥玲珑:晶莹明亮。唐李白《玉阶怨》:"却下水晶帘,玲珑望秋月。"　⑦金尊:金制酒杯。绿蚁:酒面上的细泡沫,指代酒。唐白居易《问刘十九》:"绿蚁新醅酒,红泥小火炉。"

【品评】
　　此词为早期咏蜡梅之作。词并非泛泛地描写蜡梅,而是专写早春蜡梅,故敏锐地捕捉住其个性特点。此蜡梅于"雪飘飘"之时即绽放,不是唐齐己《早梅》诗所谓的"一枝开",而是花朵"香脸半开",更形象地写出这位春天使者报春之"早",敢为天下先之精神的可贵。
　　词人不仅凸显蜡梅的内美,还刻画其娇艳的风姿。她枝条滑润,花朵旖旎,宛如光彩照人的出浴美人;特别是在玲珑明月的映照下,更是妍丽绰约,如同仙女。当词人于月下边品酒、边观赏

"玉人"之时,怎能不发出"此花不与群花比"的由衷赞叹!

早梅的丰姿与品格,显然是词人心目中所向往的淑女的象征。全词采用拟人手法来写蜡梅的形象,正透露了这一信息。

玉 楼 春

腊前先报东君信,①清似龙涎香得润。②黄轻不肯整齐开,③比着江梅仍更韵。④　　纤枝瘦绿天生嫩,可惜轻寒摧挫损。⑤刘郎只解误桃花,⑥惆怅今年春又尽。

【注释】

①腊:腊月,农历十二月。东君信:春天的信息。东君,春神。②龙涎:香料名。清吴震方《岭南杂记》:"龙涎于香品中最贵重,出大食国西海之中。"是抹香鲸的分泌物。　③黄轻:指代淡黄色蜡梅。宋晁补之《谢王立之送蜡梅五首》:"且看轻黄傲雪枝。"④仍更韵:更有韵致、气度。宋陈与义《同家弟赋蜡梅诗得四绝》:"韵胜谁能舍,色在那得亲。"　⑤摧挫:损害。损:副词,极。指损害程度大。　⑥"刘郎"句:唐刘禹锡元和十年(815)在长安玄都观咏桃花,后被贬出京,十四年后被召还再游玄都观,桃花已无存。其《再游玄都观》有"前度刘郎今又来"句。误,迷惑。

【品评】

此词当作于出嫁前,时在汴京,与前词《渔家傲》同时。

此词亦咏蜡梅。蜡梅冬季开,故先点出"腊前先报东君信"的特点。全词于蜡梅外在形态上笔墨较多,如以"龙涎"比喻其清香之味,又写其"黄轻"之花朵,以及"瘦绿"的"纤枝",可谓面面俱到。但亦不忘赞其韵致、气度胜于"江梅"。可见蜡梅之姿态与韵致皆为词人所欣赏。正因为极喜蜡梅,故惋惜其被"轻寒摧挫",又埋怨"刘郎"只知"解误桃花",而不懂欣赏蜡梅,更遗憾蜡梅受损,"今年春又尽"。蜡梅凋损并不意味春尽,此乃夸饰之词,极力表达词人爱春、惜春之情;而词中显然有词人对自己青春年华流逝的惋惜,并寄托于蜡梅身上。

减字木兰花

卖花担上,买得一枝春欲放。①泪染轻匀,②犹带彤霞晓露痕。③　　怕郎猜道,④奴面不如花面好。⑤云鬓斜簪,⑥徒要教郎比并看。⑦

【注释】

①一枝春:指梅花。南朝陆凯《赠范晔》:"折梅逢驿使,寄与陇头人。江南无所有,聊赠一枝春。"　②泪染:指花上露珠。　③彤霞:红霞。唐曹唐《小游仙》:"红草青林日半斜,闲乘小凤出彤霞。"　④郎:郎君,夫婿。　⑤奴:古代女子的谦称。　⑥斜簪(zān):斜插上一朵梅花。簪,原指首饰,此作动词"插"用。　⑦徒:只。比并:相比。敦煌词《苏幕遮》:"莫把潘安,才貌比并看。"

【品评】

此词作于宋徽宗建中靖国元年(1101)词人与赵明诚新婚大喜之后。词的构思是借花写人,以花衬人,以表现新婚少妇艳比梅花的美貌,以及取悦、爱悦郎君的娇憨风情,从而营造出新婚燕尔、伉俪情深的幸福氛围。

上片借助"泪"与"彤霞"的妙喻,极力渲染含苞待放的梅花之娇嫩与红艳,此乃一种铺垫。下片则推出词的主角——欲与梅花"比并看"的女主人公。先写其心理活动,担心夫君欣赏"花面"而不喜"奴面",这一醋意或妒意反映出女主人公对丈夫的挚爱。后写动作细节,在云鬟上斜插"一枝春",但不是为了"人面梅花相映红",而是"教郎"看看到底谁更美丽。这一撒娇的动作与心理,活脱脱刻画出新娘子天真可爱与幸福自信的自我形象。

此词曾被赵万里讥为"词意浅显"、不类李清照他作。"词意浅显"说明此词有民歌风味,词本来就是从民间来的,不足为奇;而且"浅显"本为词之一体,并非每首词都须有微言奥意。若以此而否定此词为李清照之作,实乃大谬。

浣 溪 沙

闺　情

绣面芙蓉一笑开,①斜飞宝鸭衬香腮。②眼波才动被人猜。③　　一面风情深有韵,④半笺娇恨寄幽怀。⑤月移花影约重来。⑥

【注释】

①绣面芙蓉:刺绣的荷花。此喻女子俏丽的面容。 ②斜飞宝鸭:指香炉升起的袅袅香烟。宝鸭,鸭形香炉。唐孙鲂《夜坐》:"坐久烟销宝鸭香。"香腮:指女子芳香秀美的面颊。唐温庭筠《菩萨蛮》:"鬓云欲度香腮雪。" ③眼波才动:形容目光流动如水波,脉脉传情,恰如《西厢记》所云"临别那秋波一转"。唐韩偓《偶见背面是夕兼梦》:"眼波向我无端艳,心火因君动地燃。" ④一面:满脸。风情:男女相爱之情。南唐李煜《柳枝词》:"风情渐老见春羞,到处芳魂感旧游。"此指女子因爱而表现的娇媚之态。韵:标致。宋周辉《清波杂志》卷六:"盖时以妇人有标致者曰韵。" ⑤笺:信纸。此指书信。幽怀:深藏内心的情思。唐皇甫枚《三水小牍·步飞烟》:"兼题短叶,用寄幽怀。" ⑥"月移"句:用唐元稹《莺莺传》诗"待月西厢下,迎风半户开。拂墙花影动,疑是玉人来"之意。月移花影,指男女幽会之夜,正皓月东升,花影摇曳。

【品评】

此词作于词人新婚之后。词写热恋中的青春女子,对爱情热切的渴望,特别是突出其主动与执着,大胆而真率。

上片不仅写女子的美丽,面如"芙蓉","香腮"似雪;而且表现其天性活泼,笑口常开,是"阳光美女"。更令人惊叹的是这位女子,竟然以其摄人神魄的"眼波",主动向意中人传情放电,期待着一次令她心跳的幽会,至于幽会情景,词留出艺术空白,由读者去想像。故下片乃跳脱至"风情"女子幽会之后的心境。幽会不仅给女子带来了甜蜜的回忆,而且激发了不能朝夕厮守的怨恨,以及与意中人再次幽会的期盼,于是乃有借"半笺"抒写衷情,重约意中人幽会的举动。此词由于写得大胆开放,清末大词人王鹏运认为是他人伪托,以污易安。王氏实不了解李清照乃一风流蕴藉之人也。

全词语言自然本色,毫不雕琢,但并不平淡乏味,"眼波才动被人猜"的白描之笔,颇获众词论家赞誉,"传神阿堵,已无剩美"(清沈谦《填词杂说》)之评,可谓深中肯綮。

如 梦 令

昨夜雨疏风骤,①浓睡不消残酒。②试问卷帘人,③却道海棠依旧。④知否,知否?应是绿肥红瘦。⑤

【注释】

①雨疏风骤:雨点稀少而风势猛烈。 ②残酒:残留的醉意。 ③卷帘人:天亮时卷起窗帘的丫环。 ④海棠:春季开花,暮春开始凋落。花蕾呈深红色,开后呈淡红色。 ⑤绿肥红瘦:绿叶繁茂而红花稀疏。

【品评】

此词作于新婚后的宋崇宁元年(1102)。这首脍炙人口的小令,虽然化用了唐韩偓《懒起》"昨夜三更雨,临明一阵寒。海棠花在否?侧卧卷帘看"词意,但意境已是新创。韩诗写得闲适平淡,近乎"无我之境";而此词则感情与环境冲突,主观色彩鲜明,实为"有我之境"。

词开篇首句写"昨夜雨疏风骤",为下文"绿肥红瘦"埋下伏笔,亦借以烘托心境的失衡;次句写"浓睡"仍不能消除"残酒",则意味主人公昨晚曾借酒浇愁。此愁何来,并未明言,但造成悬念。接下以女主人公与"卷帘人"对话的形式展开词意。丫环漫不经心地回答"海棠依旧",引出女主人的强烈的反驳。"知否?知否?"叠语甚妙,不满情态宛然可见。而终篇"绿肥红瘦"的断语,不仅形象地勾勒出暮春时的自然景象,而且又流露出浓郁的惜春之情。词不仅惜春,亦有女主人公自惜之意。盖词人虽是新婚,但亦由海棠之"瘦"而想到自己红颜易老,何况夫婿又身在太学,自己独守空房,难免有虚度光阴之忧。

明李攀龙称云:"语新意隽,更有丰情"(《草堂诗馀集》卷二),良有以也。而清人称其"一片伤心,缠绵凄咽"(陈廷焯《词则·别调》卷二),更是直捣黄龙之评。

瑞鹧鸪

双银杏

风韵雍容未甚都,①樽前甘橘可为奴。②谁怜流落江湖上,玉骨冰肌未肯枯。③　　谁教并蒂连枝摘,醉后明皇倚太真。④居士擘开真有意,⑤要吟风味两家新。⑥

【注释】

①"风韵"句:用《史记·司马相如传》"相如之临邛,从车骑,雍容闲雅甚都"典。风韵,指风度、韵致。雍容,形容温良优雅。都,美丽。《诗·郑风·有女同车》:"洵美且都。" ②甘橘可为奴:用《三国志·吴书·孙休传》注引《襄阳记》典:李衡欲治家,其妻不听,乃密派人种甘橘千株。临死对儿子说:"汝母恶吾治家,故穷如是。然吾州里有千头木奴,不责汝衣食,岁上一匹绢,亦可足用耳。"儿子告诉其母,母曰:"此当是种甘橘也……"后橘长成,"岁得绢数千匹,家道殷足"。唐李商隐《陆发荆南始至商洛》:"青辞木奴橘,紫见地仙芝。" ③玉骨冰肌:比喻女子身段苗条,肌肤洁白润滑。宋杨无咎《柳梢青》以"玉骨冰肌"喻梅花。 ④"醉后"句:明皇,指唐明皇,即唐玄宗。太真,指杨贵妃,字太真。据五代王仁裕《开元天宝遗事》卷下:"明皇与贵妃幸华清宫,因宿酒初醒,凭妃子肩同看木芍药。上亲折一枝,与妃子递嗅其艳。"此句喻银杏"并蒂连枝",两相依倚。 ⑤居士:信奉佛教但未落发出家者。李清照自号易安居士,此自指。擘(bò)开真有意:语本宋苏轼《席上代人赠别》"莲人擘开须见忆"。擘开,指剖开银杏。忆,谐"意"音,剖开银杏分食,当有吉利之意。 ⑥新:当谐音"心"。

【品评】

此词当为与赵明诚新婚后之作。词借咏双银杏,反映人生理想,表现伉俪之爱。

上片赞颂银杏。先活用司马相如之典赞银杏风韵温雅,好不艳丽。此称赞银杏品格超俗。又用甘橘奴之典,然后借助比喻写银杏冰肌玉骨,外形清丽。这其中寄托着词人的人生追求。下片则赞"双银杏"之相依为命。先以"并蒂连枝"喻之犹嫌不足,更借唐明皇与杨贵妃之故事相比。最后咏银杏果,以谐音手法,表现"双银杏"之情真意深,两心相依。其中无疑寓有其夫妻恩爱之意。

此词表现手法甚丰富,运用拟人、用事、比喻、谐音等修辞格皆纯熟自如,恰到好处。此词有人疑为是两首绝句,亦有人认为此调本是七言律诗,因唐人歌之,而成为词调,可供参考。但此词为李清照之作已被很多人认可。

怨 王 孙

帝里春晚,①重门深院。②草绿阶前,暮天雁断。③楼上远信谁传?恨绵绵。④　　多情自是多沾惹,⑤难拼舍。⑥又是寒食也,⑦秋千巷陌人静,⑧皎月初斜,浸梨花。⑨

【注释】

①帝里:京城。唐杜甫《寄彭州高三十五使君适……三十韵》:"无钱居帝里,尽室在边疆。"此指北宋都城汴京(今河南开封)。　②重(chóng)门:多层设门。汉张衡《西京赋》:"重门袭

固,奸宄是防。" ③暮天:傍晚时的天空。唐王昌龄《三路府客亭寄崔凤童》:"山钟摇暮天。"雁断:反用《汉书·苏武传》雁足传书典,意无书信传来。 ④恨绵绵:遗憾悠长。唐白居易《长恨歌》:"此恨绵绵无绝期。" ⑤沾惹:招惹。宋柳永《斗百草》:"刚被风流沾惹,与合垂杨双髻。" ⑥拼舍:抛弃。宋周邦彦《凤来朝》:"待起难舍拼。" ⑦寒食:节令名。一般以清明节前一日或两日为寒食节。 ⑧巷陌:街巷。唐刘禹锡《题王郎中宣义里新居》:"门前巷陌三条近,墙内池亭万境闲。" ⑨浸梨花:形容月光映照梨花。宋谢逸《南歌子》:"帘外一眉新月,浸梨花。"

【品评】

此词作于婚后二年即宋崇宁二年(1103),时词人在汴京,独自居家。夫婿赵明诚寄居太学斋舍,半月才得回家一天,聚少离多。当寒食节来临,词人仍是形影相吊,不禁倍增思夫之情,乃有此作。

此词词眼乃是一个"恨"字,此"恨"并非仇恨,而是一种遗憾、一种幽怨。而"恨"之根源乃在于"多情",在于词人对丈夫的怀念思恋。上片写傍晚时分词人自闭于"重门深院"内,只见阶前草绿;而登楼则望尽"暮天雁断",夫婿归来的音讯全无。如此孤寂无聊,而引出"恨绵绵"一语,实乃水到渠成。"绵绵"极写此"恨"之深长,是长时寂寞的形象表现。下片自责"多情"难抛舍,乃是"恨"极之反语。此时为寒食节之夜,四周一片寂静,人们都已回家团圆相聚,惟有天上初斜的皎月陪伴着自己,则更觉孤寂难耐,"恨绵绵"矣!

此词写景真切,写情至深。词上片先写景,后抒情,情是景中情;下片则先抒情,后写景,景是情中景:情景结合得巧妙。

一 剪 梅

红藕香残玉簟秋,①轻解罗裳,②独上兰舟。③云中谁寄锦书来?④雁字回时,⑤月满西楼。　　花自飘零水自流。⑥一种相思,两处闲愁。此情无计可消除,才下眉头,却上心头。⑦

【注释】

①红藕:此指红色荷花。五代顾敻《醉公子》:"红藕香侵槛。"玉簟(diàn):竹席的美称。此处指船舱里铺的竹席。　②轻解:俞平伯《唐宋词选释》云:"此处有轻挽、轻提义。"罗裳:锦罗制的裙子。　③兰舟:船的美称。梁任昉《述异记》卷下:"木兰川在浔阳江中,多木兰树。昔吴王阖闾植木兰于此,用构宫殿也。七里洲中有鲁班刻木兰为舟,舟至今在洲中。诗家云'木兰舟',出于此。"　④锦书:据《晋书·列女传》:窦滔妻苏氏善属文,窦滔"苻坚时为秦州刺史,被徙流沙,苏氏思之,织锦为回文旋图诗以赠滔,宛转循环以读之,词甚凄惋,凡八百四十字"。后称夫妻、情侣间书信为"锦书"或"锦字书"。唐李白《久别离》:"况有锦字书,开缄使人嗟。"　⑤雁字:大雁飞行排成"一"或"人"的队形。此处与《汉书·苏武传》雁足传书典有关。宋晏几道《蝶恋花》:"雁字来

时,恰向层楼见。" ⑥"花自"句:化用唐崔涂《春夕》"水流花谢两无情"句。 ⑦"此情"三句:化用宋范仲淹《御街行·秋日怀旧》"都来此事,眉间心上,无计相回避"句。

【品评】

此词与《怨王孙》写于同一年,词旨仍是表现思夫之情。词中"锦书"、"雁字"、"相思"、"闲愁"等皆透露了个中消息。

但此词与《怨王孙》词境颇不相同。从季节看,后者是写暮春,此词是写初秋。从环境看,后者是"重门深院"内,此词是流水兰舟上。从结构看,后者是写景—抒情—写景,此词则是上片写景,下片抒情。从情感内容看,后者是幽恨,此词则是"闲愁",是"此情无计可消除"的无奈。从情感色彩看,后者比较强烈直白,此词则比较低回宛转。但异曲同工,皆抒发离别之情、孤"独"寂寞之意。

此词语言精致,如"起七字秀绝"(清陈廷焯《白雨斋词话》卷二),写出凄清之意;歇拍三句虽语出范仲淹词,但更加工妙,道尽"相思"之情的执着与"难拼舍"。

玉 楼 春

红 梅

红酥肯放琼瑶碎,①探着南枝开遍未?②不知酝藉几多香,③但见包藏无限意。④　　道人憔悴春窗底,⑤闷损阑干愁不倚。⑥要来小酌便来休,⑦未必明朝风不起。⑧

【注释】

①红酥:红润柔腻。此形容红梅色泽与质地。琼瑶:美玉。《诗·卫风·木瓜》:"投我以木瓜,报之以琼瑶。"此喻梅花。碎:形容梅花开放。　②南枝:向阳的梅枝。南枝梅花先开。宋朱翌《猗觉寮杂记》卷上:"南枝向暖北枝寒。"　③酝藉:包含。　④包藏:包涵。　⑤道:知。唐杜甫《严中丞枉驾见过》:"何人道有少微星?"春窗底:春窗里。　⑥闷损:极度烦闷。损,表示程度深。李商隐《杂纂》:"闷损人请贵不来;恶客不请自来;被醉人缠住不放。"阑干:栏杆。　⑦要:通"邀"。　⑧"未必"句:意谓担心明朝起大风吹落红梅。

【品评】

陈祖美断此词作于宋崇宁三年(1104),词旨是借梅花"寄寓词人因党争株连,朝不保夕的身世之叹"。可备一说。其实从此词意境看,基本还是借咏梅而伤春相思之作。

上片所刻画的梅不是《渔家傲》所写"雪里"初绽的"寒梅","香脸半开",十分凄清;而是几乎绽遍南枝而盛开的梅花,艳如红酥,洁如美玉,芳香馥郁,极具情意。此梅宛如丰姿绰约的成熟女子,魅力四射,恰似女词人。下片乃写梅花观察词人,与词人沟通。此构思颇别致。因为梅花已被拟人化,是有"无限意"的朋友,因此它可以反过来与女词人交流。当梅花看到春窗里的女词人面容憔悴,心绪忧愁,乃邀请其来小酌,观赏自己;若再不来,明朝一旦风雨袭来,则自己将零落成尘矣。歇拍固然是说花无百日红,但亦暗寓女子青春易逝之理,尽管词人正当年。此时她独守闺房,心情郁闷,"人憔悴"是必然的结果。

清朱彝尊《静志居诗话》卷十八云"咏物诗最难工,而梅尤不易",并赞此词末两句"得此花之神"。其实亦得女词人之精神。

庆 清 朝

禁幄低张,①雕栏巧护,②就中独占残春。容华淡伫,③绰约俱见天真。④待得群花过后,一番风露晓妆新。⑤妖娆态,⑥妒风笑月,⑦长殢东君。⑧　　东城边,⑨南陌上,⑩正日烘池馆,竞走香轮。⑪绮筵散日,⑫谁人可继芳尘?更好明光宫里,⑬几枝先向日边匀。⑭金尊倒,⑮拼了画烛,⑯不管黄昏。

【注释】

①禁幄(wò):帝王园林中张设的帷帐。　②雕栏:华美的栏杆。南唐李煜《虞美人》:"雕栏玉砌应犹在,只是朱颜改。"　③淡伫:淡雅。宋柳永《木兰花》:"天然淡伫好精神,洗尽严妆方见媚。"此指白芍药花色泽素淡的品种"素妆残"。　④绰约:美好貌。《庄子·逍遥游》:"肌肤若冰雪,绰约若处子。"天真:自然纯真。南唐冯延巳《忆江南》其一:"粉消妆薄见天真。"　⑤晓妆新:

芍药花的品种名。宋王观《扬州芍药圃》:"晓妆新,白缬子也。如小旋心状,顶上四向,叶端点小,殷红色。每一朵上,或三点,或四点,或五点,象衣中之点缬也。" ⑥妖娆态:指《扬州芍药圃》中的积娇红、醉娇红等品种妩媚多姿。 ⑦妒风笑月:指《扬州芍药圃》中的妒娇红、怨春红、合欢等品种。 ⑧长㿑(tì):纠缠不清。宋柳永《促拍满路花》:"最是娇痴处,尤㿑檀郎,未教拆了秋千。"东君:司春之神。唐王初《立春后作》:"东君珂佩响珊珊,青驭多时下九关。" ⑨东城边:指汴京东郊。 ⑩南陌上:指汴京南郊的路上。 ⑪香轮:车的美称。唐郑谷《曲江春草》:"香轮莫辗青青破,留与愁人一醉眠。" ⑫绮筵:华美丰盛的筵席。唐陈子昂《春夜别友人》之一:"金尊对绮筵。" ⑬明光宫:汉代宫殿名。三国佚名《三辅黄图》卷三:"明光宫,武帝太初四年秋起,在长乐宫后,南与长乐宫相连属。"此借指汴京的宫殿。 ⑭几枝:指芍药。据宋乐史《杨太真外传》上:唐开元中,禁中将木芍药移植于沉香亭前。花开时玄宗召李白制《清平乐》三章,有"一枝红艳露凝香"、"名花倾国两相欢,长得君王带笑看"之句。日边:帝王左右。唐李白《行路难》其一:"忽复乘舟到日边。" ⑮金尊:酒器的美称。唐陈子昂《春夜别友人》之一:"金尊对绮筵。" ⑯画烛:有画饰的蜡烛,蜡烛的美称。唐李峤《烛》:"龙盘画烛新。"

【品评】

此词乃宋崇宁年间作于汴京(今河南开封)。词写春末夏初京城的自然风物与郊游景象。词的中心意象还是芍药花。

上片直接正面写花。但通篇未见"芍药"二字,这是此词的别致处。之所以判定所写的花为芍药,一是点出此花"独占残春"的季节特征。宋陶谷《清异录》云:"唐末文人以芍药为婪尾春者,盖婪尾酒为最后之杯,芍药殿春,故名。""独占残春"即"殿春"也,"长殢东君"亦是此意。二是多处语句化用芍药花的品种名,只是如盐着水,令人不觉,并写出芍药花的妖娆风姿。下片乃跳出禁苑,转写汴京郊外游人如织,绮宴飞觞、夜以继日的盛景,似与上片缺乏逻辑上的联系,其实其中仍不无芍药花的影子,"香轮"、"芳尘"自可令人联想到陌上芍药的身影,而唐玄宗喜爱芍药、命李白为芍药赋诗之典故的穿插,无异又为芍药花增添了光彩与雅致。不过此词毕竟算不上李清照的佳作,其上下片的关联总使人感觉不是很自然,亦欠紧密。

行 香 子

七 夕

草际鸣蛩,①惊落梧桐,正人间、天上愁浓。云阶月地,②关锁千重。纵浮槎来,③浮槎去,不相逢。　　星桥鹊驾,④经年才见,⑤想离情、别恨难穷。牵牛织女,⑥莫是离中?⑦甚霎儿晴,⑧霎儿雨,霎儿风。

【注释】

①蛩(qióng):蟋蟀。　②云阶月地:以云为阶,以月为地。

此指代天宫。语出唐杜牧《七夕》:"云阶月地一相过,未抵经年别恨多。" ③浮槎(chá):传说中来往于海上与天河之间的木筏。晋张华《博物志》卷三:"旧说云,天河与海通。近世有人居海渚者,年年八月,有浮槎去来不失期。人有奇志,立飞阁于槎上,多赍粮,乘槎而去……奄至一处,有城郭状,屋舍甚严。遥望官中,多织妇。见一丈夫,牵牛渚次饮之。牵牛人乃惊问:'何由此至?'此人具说来意,并问此是何处。答曰:'君还至蜀郡,访严君平,则知之。'竟不上岸,因还如期。后至蜀,问君平,曰:'某年月,月客星犯牵牛宿。'计年月,正此人到天河时也。"此词乃反用"浮槎"之典。 ④星桥鹊驾:传说农历七夕,有喜鹊在银河上架桥,牛郎织女过银河相会。此桥曰"星桥"。唐李商隐《七夕》:"星桥横过鹊飞回。"驾,通"架",架设。 ⑤经年:经过一年。唐杜牧《七夕》:"未抵经年别恨多。" ⑥牵牛织女:星座名。神话中为夫妇。《文选》三国曹植《九咏》注:"牵牛为夫,织女为妇。织女、牵牛之星,各处一旁,七月七日得一会同矣。" ⑦莫是:莫非是。离中:处于离别状态。 ⑧甚:正。霎(shà)儿:一会儿。

【品评】

七夕是传说中牛郎织女相逢之日,是夫妻团圆的大喜日子,所谓"金风玉露一相逢,便胜却人间无数"(宋秦观《鹊桥仙》)。但此词却直写七夕的本质——"离情别恨",这与词人的心境密切相关。

上片开篇写草丛蟋蟀低鸣,梧桐落叶惊飞,不仅是写秋日的景象,更意在渲染秋气的悲凉,此乃人间、天上"愁浓"的象征意象。但"人间"之愁只是一笔带过,全词表现的是"天上愁浓",是天宫里发生的悲剧故事:妻子处于"关锁千重"的困境中,不得见郎君;郎君即使浮槎来去,亦寻觅不见娇妻的丽影,这就是"天上愁浓"的具体演绎。下片乃回到"七夕",想像此日"牵牛织女"历经一年分别,当可借"星桥鹊驾"相逢,但词人却不去想像其相逢之喜悦,而是猜想其心中会充溢着无穷的"离情别恨"。不仅如此,当七夕夜阴晴变化、忽然风雨袭来时,词人甚至怀疑牵牛织女此夕能否相逢,他们可能仍"是离中"。至此已将牵牛、织女的"离情别恨"写到了极致。

词人之所以如此立意,因为写"天上浓愁"是假,抒"人间""浓愁"是真。现实生活中,词人的"牵牛"常年在外,就是七夕之夜仍在"离中",其"离情别恨"亦是"难穷"。词乃借神话之酒杯,浇自己离情之块垒。

小重山

春到长门春草青,①江梅些子破,②未开匀。碧云笼碾玉成尘。③留晓梦,④惊破一瓯春。⑤ 花影压重门。疏帘铺淡月,好黄昏。两年三度负东君,⑥归来也,着意过今春。⑦

【注释】

①"春到"句:用五代薛昭蕴《小重山》成句:"春到长门春草

青,玉阶华露滴,月胧明。"长门,西汉长安宫殿名。汉司马相如《长门赋》:"孝武皇帝陈皇后,时得幸,颇妒。别在长门宫,愁闷悲思。闻蜀郡成都司马相如天下工为文,奉黄金百斤为相如、文君取酒,因于解悲愁之辞。而相如为文,以悟主上,陈皇后复得亲幸。"可见长门是陈皇后幽居之处,后被指代为冷宫。 ②江梅:野生梅树。些子破:梅花初绽,开了一些。 ③碧云笼:装茶之器,用箬叶制成,茶色青如碧云,故称。碾玉成尘:比喻将团茶碾碎,以便入汤煮。 ④晓梦:他本又作"晚梦"。 ⑤一瓯春:他本又作"一瓯云"。春,指茶叶。瓯,指茶水容器。唐郑谷《宜春再访芳公言公幽斋写怀叙事因赋长言》:"顾渚一瓯春有味。" ⑥两年三度:指时间是两整年,但却经遇三次春天。东君:指春天之神。南唐成文干《柳枝词》:"东君爱惜与先春。" ⑦着意:注重,在意。宋苏轼《中秋月》:"天公自着意,此会那可轻。"

【品评】

此词作年说法不一,各有短长,相比而言,邓红梅《李清照新传》断为宋崇宁五年(1106)较为可取。作者之父李格非为元祐党人,与亲家新党的赵挺之属政敌。崇宁二年(1103)李格非被贬至广东韶州象郡,作者向赵挺之求援未成,其与赵家关系深受影响,而夫婿赵明诚又时时游宦在外。作者于京师生活已无所依靠,大概于次年离开汴京赵家回原籍山东章丘暂居。待"二年"后即崇宁五年政治形势变化,宋徽宗大赦元祐党人,李格非得以重回京师。作者亦从故乡"归来也",从而油然而生重获新生的喜悦,于是写下此词。有以上背景,此词就不可只视为单纯的思夫闺怨之词。

　　上阕以"春"开篇,此"春"既是自然之"春",亦是人命运之"春",下阕收篇之"春"亦同义。全词以"春"始,又以"春"终,构思巧妙。而陈皇后幽居"长门宫"之典的运用,亦有"美人香草"的政治寄托,不仅是指词人自己的生活遭际而已。但此"春"是乍暖还寒的早春,梅花尚"未开匀",词人内心还有"晓梦"惊破的馀悸。不过毕竟春已降临,人已团圆,可以弥补"负东君"之憾,也可以"着意"享受"今春"的新生活了。词人对幸福安宁生活的向往溢于字里行间,词旨含蓄蕴藉,委婉曲折。词中连用三个"春"字,而不觉其繁复。

多　丽

咏　白　菊

　　小楼寒,夜长帘幕低垂。恨萧萧、①无情风雨,夜来揉损琼肌。②也不似、贵妃醉脸,③也不似、孙寿愁眉。④韩令偷香,⑤徐娘傅粉,⑥莫将比拟未新奇。⑦细看取,屈平陶令,⑧风韵正相宜。⑨微风起,清芬酝藉,⑩不减酴醾。⑪　　渐秋阑,⑫雪清玉瘦,⑬向人无限依依。⑭似愁凝、汉皋解佩;⑮似泪洒、纨扇题诗。⑯朗月清风,⑰浓烟暗雨,天教憔悴度芳姿。纵爱惜、不知从此,留得几多时。人情好,何须更忆,泽畔东篱。⑱

【注释】

①萧萧:形容风雨声。《诗·郑风·风雨》:"风雨萧萧,鸡鸣胶胶。" ②琼肌:美玉般的肌肤,多用以形容女子皮肤美。宋晏殊《玉楼春》:"红绦约束琼肌稳,拍碎香檀催急衮。"此比喻白菊花瓣。 ③贵妃醉脸:唐杨贵妃酒后脸色红润。唐李浚《松窗杂录》、宋乐史《太真外传》等皆有杨贵妃饮酒的记载。此用以比喻一种红艳富贵之菊,与白菊相比。 ④孙寿愁眉:《后汉书·梁冀传》载:东汉梁冀"妻孙寿,色美而善为妖态,作愁眉、啼妆、堕马髻、折腰步、龋齿笑,以为媚惑"。李贤注引《风俗通》:"愁眉者,细为曲折。"此形容一种妖态媚人的菊花,与白菊相对比。 ⑤韩令偷香:《世说新语·惑溺》:"韩寿美姿容,贾充辟以为掾。每聚会,贾女于青琐中看,见寿,悦之,恒怀存想,发于吟咏……寿闻之心动,遂请婢潜修音问,及期往宿。寿蹻捷绝人,逾墙而入,家中莫知。自是充觉女盛自拂拭,悦畅有异于常。后会诸吏,闻寿有奇香之气,是外国所贡,一着人则历月不歇。充计武帝惟赐己及陈骞,馀家无此香,疑寿与女通……充乃取女左右婢问,即以状对。充秘之,以女妻寿。"据此"韩令"应为"韩寿"或韩掾。不知是作者误记还是为避与"孙寿"重复"寿"字而改易。此典意在形容白菊芳香之气。 ⑥徐娘傅粉:《南史·梁元帝徐妃传》:徐妃"讳昭佩,东海郯人也……帝左右暨季江有姿容,又与淫通。季江每叹曰:'柏直狗虽老,犹能猎;萧溧阳马虽老,犹骏;徐娘虽老,犹尚多情。'"但徐娘并无"傅粉"事。傅粉事乃三国魏人何晏(平叔),据《世说新语·容止》:"何平叔美姿仪,而至白。魏明帝疑其傅粉。正夏月,与热汤饼,既啖,大汗出,以朱衣自拭,色转皎然。"此处当

作者误记或改易。此用以形容白菊皎洁。　⑦莫将比拟:不拿来对比。　⑧屈平陶令:屈平即战国楚诗人屈原,名平。其《离骚》有"夕餐秋菊之落英"句。陶令即东晋诗人陶渊明,曾任江西彭泽县令,其《饮酒》其五有"采菊东篱下,悠然见南山"句。　⑨风韵:风度韵致。唐丘丹《经湛长史草堂》:"烟霞虽异世,风韵如在瞩。"相宜:指白菊与屈平、陶令风韵相适。　⑩清芬:清香。宋韩琦《夜合诗》:"清芬逾众芳。"酝藉:酝酿。　⑪酴醾(tú mí):一作"荼蘼",植物名。初夏开花,色似酴醾酒,故名。　⑫秋阑:秋尽。　⑬雪清玉瘦:形容白菊洁白如雪,清瘦似玉。　⑭依依:依恋不舍的样子。《古诗为焦仲卿妻作》:"举手长劳劳,二情同依依。"⑮汉皋解佩:《太平御览》卷八百零三引《列仙传》:"郑交甫将往楚,道之汉皋台下,见二女佩两珠,大如荆鸡卵。交甫与之言,曰:'欲子之佩。'二女解与之。既行反顾,二女不见,佩亦失矣。"汉皋,山名,在湖北襄阳西北。佩,系在衣带上的玉饰。　⑯纨扇题诗:汉成帝妃班婕妤,本受成帝宠,后因赵飞燕得宠而退居东宫,心有怨意,乃作《怨歌行》:"新裂齐纨素,皎洁如霜雪。裁为合欢扇,团团似明月。出入君怀袖,动摇微风发。常恐秋节至,凉风夺炎热。弃捐箧笥中,恩情中道绝。"　⑰朗月清风:《世说新语·言语》:"清风朗月,辄思玄度。"　⑱泽畔东篱:"泽畔"指屈平,《楚辞·渔父》:"屈原既放,游于江潭,行吟泽畔,颜色憔悴。""东篱"指陶令,"采菊东篱下"。

【品评】

关于此词作年尚难确定,徐培均认为作于宋大观元年(1107)

秋，词有政治寄托。是年正月，被罢相的蔡京官复原位，三月赵挺之被罢尚书右仆射，五天后即去世。其子赵明诚等一度被蔡京投入狱中，直到七月才被释放。词人与赵明诚屏居青州乡里，于是有此作。此词乃咏白菊，如果确是作于大观元年，结合当时政治形势，则说有寓意亦不无道理。

上片写的菊不是风和日丽中盛开的娇艳之花，而是被"无情风雨，夜来揉损琼肌"的残花（这可使人联想到政治风雨对赵挺之一家的打击）。此白菊不追求"贵妃醉脸"似的红艳，不学孙寿愁眉妆的妖态，也不愿与"韩令"的异香及"徐娘"傅粉般的皎洁相比拟。但它可与屈平、陶令脱俗的人格、非凡的风韵媲美。即使遭风雨袭击，它仍保留其清芬与色泽。这或许可以联想到赵明诚等不与蔡京等权贵同流合污的品格。下片写对白菊于"渐秋阑"之时，虽然仍"雪清玉瘦"，但已处"憔悴度芳姿"的凋零境地。对此词人充满痛惜之意，并用"汉皋解佩"、"纨扇题诗"两个典故，形容其被遗弃的命运，从而产生"留得几多时"的留恋不舍之情。但歇拍词人又试图从悲苦的情绪中跳出来，以"人情好，何须更忆，泽畔东篱"自我安慰。当然，"何须更忆"只是一种自欺欺人，词人怎么会忘记高雅清丽的白菊呢？

此词属长调，颇具词人其《词论》所主张的主"情致"、重"铺叙"、尚"故实"之特点。词人对白菊的"爱惜"之情贯穿全词，铺叙亦曲折有致，特别是全词用典甚多，堪称累累如贯珠，有其所赞赏的"高贵态"。但"镂金错绣而无痕迹"，并不嫌堆垛，"赖有清气流行耳"（清况周颐《珠花簃词话》）。此"清气"就是词人对白菊所具有的"情致"。

青玉案

一年春事都来几,①早过了,三之二。②绿暗红嫣浑可事。③绿杨庭院,暖风帘幕,有个人憔悴。④　　买花载酒长安市,⑤争似家山见桃李?⑥不枉东风吹客泪。⑦相思难表,梦魂无据,⑧唯有归来是。⑨

【注释】

①春事:此指花事。宋陈师道《春怀示邻里》:"屡失南邻春事约,只今容有未开花。"　②三之二:春季的三分之二。此指时已近暮春。　③嫣:同"蔫"。花色不鲜艳。浑可事:简直是小事。宋薛嵎《买山范湾自营藏地》:"十万买山浑可事,放教身死骨犹香。"　④个人:这人,那人。宋周邦彦《瑞龙吟》:"因记个人痴小,乍窥门户。"此作者自称。　⑤长安:汉唐国都。此指代宋都汴京。　⑥争:怎。唐韩偓《哭花》:"若是有情争不哭。"　⑦枉:白费。唐李白《清平乐》:"云雨巫山枉断肠。"　⑧无据:无所凭依。宋谢懋《蓦山溪》:"飞云无据,化作冥蒙雨。"　⑨归来:指回归乡里。李清照归家为故宅取名"归来堂",自号"易安居士"。

【品评】

此词约作于宋大观二年(1108)词人与夫婿赵明诚屏居青州乡里后。大观元年正月,曾被罢相的蔡京官复原职,作为蔡的政敌,赵明诚父赵挺之于三月即被罢官,五天后即去世。不久赵明诚三兄弟等亲属亦被投入狱中,七月才被释放出来。遭此打击,赵氏夫妇不能不疏离政坛,乃有归乡之举。词写暮春"绿肥红瘦"时节的景象与情境,与其当时的遭遇自有因果关系。

上片写花事"绿暗红嫣"之景,含有政治寄托,又衬托了"人比黄花瘦"的"憔悴"词人。此"憔悴"包含身与心。"个人"为何"憔悴"？下片即形象地回答了这个疑问。"买花"句是回想以前赵挺之当权时在京城奢侈的生活。但是政坛风云多变,朝不保夕,很快就有"东风吹泪"、令人痛心的劫难发生。但唯有经历劫难以后,才能真正认识到"家山见桃李"的隐居生活的安逸,故"东风吹客泪""不枉",劫难使人头脑清醒。大难之后,则倍增思乡之情,亦更觉在京城无所凭依。于是唯有"归来"才是最好的选择。

全词采用象征手法,以"春事"喻"政事",以长安"花"与家山"桃李"花相对照,意指两种生活状态,词旨甚含蓄蕴藉。惟歇拍直言"唯有归来是",则实在是情不自禁,含有欣慰之意。

醉 花 阴

薄雾浓雾愁永昼,①瑞脑销金兽。②佳节又重阳,③玉枕纱厨,④半夜凉初透。　　东篱把酒黄昏后,⑤有暗香盈袖。⑥莫道不销魂,⑦帘卷西风,人比黄花瘦。⑧

【注释】

①浓雾(fēn):此词向来有"浓雾"与"浓云"之争。但作"浓雾"的版本多于作"浓云"的版本。明杨慎《词品》卷一云:"李易安《九日》词,今俗本改'雾'作'云'。"说明"雾"出现在前。清况周颐《珠花簃词话》云:"中山王《文木赋》:'奔电腾云,薄雾浓雰。'易安《醉花阴》首句用此。俗本改'雰'作'云',陋甚,升庵杨氏尝辨之。且即付之歌喉,'云'字殊不入律,不如'雰'字起调,可谓知者道耳。"辨证甚有力。雰,同"氛",云气。永昼:漫长的白天。 ②瑞脑:香料名,又名龙脑。金兽:金属制兽形香炉。宋张耒《愁蕊香》:"一线香飘金兽。" ③重阳:农历九月初九为重阳节。 ④玉枕:玉制或玉饰的枕头,亦为瓷枕的美称。唐胡曾《车遥遥》:"玉枕夜残鱼信绝,金钿秋尽雁书遥。"纱厨:纱橱,纱帐。唐司空图《王官》之一:"一双白鸟隔纱橱。" ⑤东篱:此指代菊圃,典出晋陶渊明《饮酒》:"采菊东篱下,悠然见南山。" ⑥暗香盈袖:指菊花香气袭人。语本《古诗十九首》:"馨香盈怀袖,路远莫致之。"暗香,幽香。盈,充满。 ⑦销魂:忧伤。南朝江淹《别赋》:"黯然销魂者,唯别而已。" ⑧黄花:指黄色菊花。《礼记·月令》:"季秋之月……鞠(菊)有黄华(花)。"

【品评】

此词为李清照脍炙人口的小令,当作于宋大观二年(1108)重阳节,时夫婿赵明诚正与友人出游青州仰天山。与后词《忆秦娥》同。此词亦是抒写思夫离情,意境颇相似,但写法各有千秋。王维有"每逢佳节倍思亲"的名句,写远游者于重阳节对家人的思念。此词正相反,写重阳节在家者对远游之人的思念。由于词作者是女性,更多愁善感,所以写得悲恸而动人。

词开篇即点出一个"愁"字,立下全词意旨。上片写重阳节整体情景,白昼弥漫愁云惨雾,并非期待中之佳节的爽朗天气,使人心绪愁闷,只能燃香料排遣时光;深夜更寂寞难熬,以至"半夜"尚未入眠,只感觉到深秋袭人的凉气。下片补叙傍晚时的活动,如同《忆秦娥》所写黄昏"把酒"销愁,并巧妙地借"东篱"引出菊花这一重阳节的重要意象。此菊虽芳香盈袖,但并未使词人产生愉悦,词人只注意到菊花细长瘦削的形态,使她因产生自身如菊的联想而伤感。因为秋风卷起帘幔,"人"竟比黄花还瘦!此"瘦"正与"愁"相呼应。词最后三句,向为人所赞赏,明茅暎《词的》卷二称"妙处全在'莫道不销魂'",明杨慎批点《草堂诗馀》卷一评结二句"凄语,怨而不怒",清沈祥龙《论词随笔》称之为"言情之善者也",皆为的评。

忆 秦 娥

临高阁,①乱山平野烟光薄。②烟光薄,栖鸦归后,③暮天闻角。④　　断香残酒情怀恶,⑤西风催衬梧桐落。⑥梧桐落,又还秋色,⑦又还寂寞。

【注释】

①临高阁:重阳节有登高避邪气的习俗。　②烟光薄:傍晚

的暮霭淡薄。唐元稹《饮致用神麦曲酒三十韵》:"雪映烟光薄,霜涵雾色冷。" ③栖鸦:归巢栖息的乌鸦。宋苏轼《祈雪雾猪泉出城马上作赠舒尧文》:"朝随白云去,暮与栖鸦还。" ④暮天闻角:黄昏时听到天空传来画角声。角声高亢哀厉,军队于拂晓、黄昏时吹奏画角报时。 ⑤断香残酒:炉里是烧尽的香灰,酒杯里残留着酒水。情怀恶:心情恶劣。 ⑥催衬:通"催趁",催赶,催促。⑦还:恢复,还复。

【品评】

此作或云作于建炎元年(1127)南渡之后,或云作于建炎三年秋赵明诚病卒后,徐培均本认为实作于大观二年(1108)秋赵明诚出游时,为登高怀远之作。可从。

全词表现的是思妇"寂寞""情怀",一"恶"字足见词人心绪之坏。"悲哉,秋之为气也",敏感的词人本来就有悲秋情结,何况又是黄昏时分,又是茕茕孑立,形影相吊,更觉"情怀恶"矣。此词境界是典型的"有我之境"。词人主观上本有悲凉之意,因此上片写重阳登高所见景物亦涂上悲凉色彩。如视觉意象,荒凉的"乱山",惨淡的"烟光",聒噪的"栖鸦";如听觉意象,凄厉的画角声,都蕴藉着词人的主观情绪,是其恶劣心情的外化。词人为此燃香遣闷,借酒浇愁,可能有一时缓解,但最后仍无法根除恶劣"情怀"。因为她又看到窗外西风劲吹,桐叶飘零。此景或许加深了词人生命短暂的感悟,加强了夫婿早日归来的期盼,所以香、酒之物仍无法销愁。其眼中仍是"秋色"萧瑟,心中还是"寂寞"难耐。

此词以景衬情,以情染景,情景相融,自然浑一。

新 荷 叶

薄露初零,①长宵共、永昼分停。②绕水楼台,③高耸万丈蓬瀛。④芝兰为寿,⑤相辉映、簪笏盈庭。⑥花柔玉净,捧觞别有娉婷。⑦　　鹤瘦松青,精神与、秋月争明。⑧德行文章,素驰日下声名。⑨东山高蹈,虽卿相、不足为荣。⑩安石须起,要苏天下苍生。⑪

【注释】

①薄露初零:稀薄的露水初降。零,降落。《诗·鄘风·定之方中》:"灵雨既零。"此指时值秋分。　②长宵共、永昼分停:据汉董仲舒《春秋繁露》卷十二《阴阳出入上下》:"秋分者,阴阳相半也,故昼夜均而寒暑平。"分停,指平分。　③楼台:指词所咏晁补之晚年隐居地缗城(今山东金乡)东皋所建之遐观楼等楼台。④蓬瀛:本指海上仙山,此喻晁补之"归去来园"美如仙境。⑤芝兰:《世说新语·言语》:"谢太傅(安)问诸子侄:'子弟亦何预人事,而正欲使其佳?'诸人莫有言者,车骑(谢玄)曰:'譬如芝兰玉树,欲使其生于阶庭耳。'"故后以"芝兰玉树"喻佳子弟。此指晁补之二子公为、公汝。　⑥簪笏(zān hù):古代官员上朝,簪笔执笏,因而"簪笏"喻官宦。梁简文帝萧纲《马宝颂序》:"羽林中权,分阶列校,簪笏成行,貉缨在席。"簪笔,笔插在帽子上,笏,手版,皆以备书写上奏用。　⑦娉(pīng)婷:姿态美妙。汉辛延年

《羽林郎》："不意金吾子,娉婷过我庐。"此处指侍女。 ⑧秋月争鸣:晋顾恺之《神情诗》:"秋月扬明晖,冬岭秀孤松。"喻人之风神清朗。此指寿主晁补之。 ⑨日下:京都,此指汴京。 ⑩"东山"、"虽卿相"两句:用东晋谢安典。《世说新语·排调》:"卿屡违朝旨,高卧东山。"东山,在今浙江上虞西南。高蹈,指隐居。三国魏钟会《檄蜀文》:"邈然高蹈,投迹微子之踪。" ⑪"安石"、"要苏"两句:《世说新语·排调》:"诸人每相与言,安石不肯出,将如苍生何?"安石,谢安字。谢安为东晋政治家,官至侍中宰相,后辞官隐居。苍生,百姓。词人以谢安喻晁补之。

【品评】

　　此词作于宋大观二年(1108),为上晁补之56岁生日的寿词。晁补之为苏门四学士之一,官著作佐郎时遭贬谪,后复起,官至礼部郎中等职。晁才学不俗,亦属元祐党人,与李清照父李格非交往较深,词人对晁自然不陌生。晁补之对李清照也有所知,于其"善属文,于诗尤工"之才情,"多对士大夫称之"(宋朱弁《风月堂诗话》)。因此李清照借为晁补之贺寿之时,对晁"德行文章"予以赞扬,并表白自己的愿望,亦是顺理成章之事。

　　上片描写祝寿之日的场景,喜庆而典雅,写喜庆分三个层次。开篇先点出诞辰日时届秋分。再描写祝寿地点高雅超尘,如世外桃源,暗合寿主"高蹈"身份。后写祝寿人员,有玉树芝兰的佳子弟,有官场的知交,还有娉婷的侍女,可谓济济一堂。此实际上是间接称颂寿主的地位声望非同一般。下片则直接赞扬寿主。一是赞其外貌"鹤瘦松青",仙风道骨,亦与其当时隐居身份相关;二是赞其"精神"英爽不群;三是赞美其"德行文章"出众,美名令誉,素驰京城。而以上赞扬只是铺垫,旨在推出最后几句,即把晁与东晋谢安相比,这十分贴切。先是称其"东山高蹈",虽卿相不值一顾,似予肯定。但此乃虚晃一枪,重要的是后两句。当时政治局势已有改变,元祐党人被大赦而渐次复起。因此为挽救"苍生"计,晁补之亦应似谢安"东山再起"。

这样写则此词不再是一篇应景寿词,而是具有深意的作品了。其中也反映了女词人的济世之心,甚是可贵。

凤凰台上忆吹箫

香冷金猊,①被翻红浪,②起来慵自梳头。③任宝奁尘满,④日上帘钩。生怕闲愁暗恨,多少事、欲说还休。新来瘦⑤,非干病酒,⑥不是悲秋。　　休休。⑦这回去也,千万遍《阳关》,⑧也则难留。念武陵人远,⑨烟锁秦楼。⑩唯有楼前流水,⑪应念我、终日凝眸。⑫凝眸处,从今又添,一段新愁。

【注释】

①香冷:香料燃尽已成冷灰。金猊(ní):狮形金属制的香炉。猊,狮子。据明陆容《菽园杂记》卷二:"金猊,其形似狮,性好火烟,故立于香炉盖上。"宋谢逸《燕归梁》:"香尽冷金猊。"　②被翻红浪:形容床上红锦被未叠而乱摊状,如波浪起伏。　③慵:懒洋

洋。 ④宝奁：妇女用的化妆镜盒之美称。宋贺铸《忆仙姿》："销黯，销黯，门共宝奁长掩。" ⑤新来：近来。宋柳永《临江仙》："觉新来，憔悴旧日风标。" ⑥非干：与……无关。病酒：喝多酒而致病。南唐冯延巳《鹊踏枝》："日日花前常病酒，不辞镜里朱颜瘦。"此词"新来瘦，非干病酒"似从冯词化出。 ⑦休休：罢了，罢了。 ⑧《阳关》：古代送别曲名。阳关，在今甘肃敦煌西南。唐王维《渭城曲》："劝君更尽一杯酒，西出阳关无故人。"《渭城曲》后被翻入乐曲传唱，反覆歌之，又称《阳关三叠》。 ⑨武陵人：兼用晋陶渊明《桃花源记》记武陵人入桃源及南朝刘义庆《幽明录》记刘晨、阮肇误入天台后亦被人称为武陵遇仙女之典，此借"武陵人"喻出游的夫婿赵明诚。 ⑩秦楼：即凤台，凤凰台。用传为汉刘向所撰《列仙传》典：秦穆公女儿弄玉与善吹箫的萧史相爱。萧史教弄玉吹箫作凤鸣，引来凤凰，秦穆公为之筑凤台。唐李白《忆秦娥》："箫声咽，秦娥梦断秦楼月。"此处以"秦楼"典喻词人与赵明诚的夫妻之情，亦与调名相应。 ⑪楼前流水：喻思念之情。三国徐干《室思》："思君如流水，何有穷已时？" ⑫凝眸：注视。眸，眼睛。唐李商隐《闻歌》："敛笑凝眸意欲歌。"

【品评】

此词有作于宋大观三年(1109)秋与宣和三年(1121)秋之说，兹从前者。大观三年，词人夫婿赵明诚不听词人挽留，为搜集金石碑刻，远离青州，执意出游长清(今属山东)，为此词人郁结了沉重的离情别恨乃以此词宣泄。

上片先以具体生活细节，形象地表现词人起床后极其慵懒无聊之情状:已是"日上帘钩"之时,但却不燃香,不叠被,不梳头,不化妆。其原因乃是"闲愁暗恨",但何愁何恨并未点破,只是渲染此愁此恨与"病酒"、"悲秋"无关。"闲愁暗恨"他本又作"离怀别苦",直接点出"离别"二字,实不如"闲愁暗恨"含蓄蕴藉。词人心中埋藏着许多愁苦却似乎懒得去"说",因为说也没用,可见"愁恨"之沉重。但"欲说还休"只是暂时的,下片还是忍不住而"说"了,因为只有说才能宣泄愁绪。过片以"休休"二字起头,写出词人之"欲说"的决绝。当然其"说"亦并不直白,先是运用了《阳关三叠》、武陵人与秦楼的典故,其意旨皆与"离怀别苦"相关:《阳关三叠》乃送别之曲,武陵人乃远游者的象征,这是典故的正用;"秦楼"本是萧史、弄玉伉俪情深的幸福居所,但如今因"萧史"独去而弥漫着悲凉云雾,何况云雾又遮住了远望夫君的视线,此乃典故反用。典故正反结合,相辅相成。词人用典后犹觉不足,又借景抒情,乃是"深一层写法"(夏承焘语),非写人看景,而写景看人,楼前绿水不只寄托着词人的思君之情,它更是词人的知己,理解"凝眸"人的苦衷,并知道词人不断在增添"新愁"。"新愁"与"新来瘦"呼应,巧妙而自然。

此词宛转曲折,缠绵悱恻,构思别致,馀韵隽永。

浣溪沙

髻子伤春慵更梳,^①晚风庭院落梅初。^②淡云来往月疏疏。^③　　玉鸭熏炉闲瑞脑,^④朱樱斗帐掩流苏。^⑤遗犀还解辟寒无?⑥

【注释】

①髻子:妇女的发式。慵:懒。　②落梅初:梅花刚落,指暮春时节。　③疏疏:形容月光朦胧。　④玉鸭熏炉:形似鸭子的熏炉。闲瑞脑:香料瑞脑未燃烧。　⑤朱樱斗帐:红樱桃色的覆斗小帐。唐温庭筠《偶游》:"红珠斗帐樱桃熟。"流苏:帐沿的装饰品排穗。　⑥"遗犀"句:五代王仁裕《开元天宝遗事》上:"开元二年冬至,交趾国进犀一株,色黄如金。使者请以金盘置于殿中,温温然有暖气袭人。上问其故,使者对曰:'此辟寒犀也。项自隋文帝时,本国曾进一株,直至今日。'上甚悦,厚赐之。"遗犀,指古代遗留下的犀牛角。辟寒,驱寒。无,副词,用于疑问句末,相当于"否"。唐白居易《问刘十九》:"晚来天欲雪,能饮一杯无?"

【品评】

此词当作于屏居青州、夫婿赵明诚外出搜求碑刻时,词人独自在家,"伤春"怀远,乃有此作。

小词除开篇一句点出"伤春"之意,馀皆描摹自然景物与室内物品,在平淡叙述中散发出淡淡的"伤春"之意。词开篇先推出词的主人公,是一慵懒得连发髻都不梳的感伤的女性形象,以下皆写其所见所感。上片主要写室外之晚景,庭院里梅花在风中飘零,夜空中淡云遮月、一片朦胧,写凄清之景,寓寂寞之情。下片写室内之景,熏炉闲置,瑞脑无芳,只有斗帐流苏低垂,犀角亦不能驱寒。词人夜不能寐,面对室内物品寂寞无语的孤苦情状隐然可见。

清谭献《复堂词话》称"易安居士独此篇有唐调"。所谓"唐调"指此词有唐诗含蓄蕴藉的意境,以"羚羊挂角,无迹可寻"的意象取胜,"尚意兴而理在其中"(宋严羽《沧浪诗话》),耐人寻味,馀韵悠长。

木兰花令

沉水香消人悄悄,①楼上朝来寒料峭。②春生南浦水微波,③雪满东山风未扫。　　金尊莫诉连壶倒,④卷起重帘留晚照。⑤为君欲去更凭栏,人意不如山色好。

【注释】

①沉水:沉香,香料名。唐罗隐《香》:"沉水良材食柏珍,博山烟暖玉楼春。"　②料峭:形容微寒。唐陆龟蒙《京口》:"东风料峭客帆远,落叶夕阳天际明。"　③南浦:南面的水边。常用于地名,指送别之地。楚屈原《九歌·河伯》:"送美人兮南浦。"　④金尊莫诉:莫辞金杯。劝酒之辞。唐韦庄《菩萨蛮》:"须愁春漏短,莫诉金杯满。"金尊,金杯。诉,通"辞"。　⑤重(chóng)帘:多层帘幕。唐温庭筠《菩萨蛮》:"重帘悄悄无人语。"留晚照:留住夕阳。宋宋祁《玉楼春·春景》:"且向花间留晚照。"

【品评】

此词约作于宋政和六年(1116)春,词人屏居青州,时赵明诚出游不久。

上片极力渲染寒意,既是天气的"料峭"之寒,亦是心中的孤清之寒。一夜独眠醒来,"沉水香消"衬出"人悄悄",即悄无声息而分外清寂也;又觉清晨春寒格外"料峭",更是孤清。词人为何有此感觉,开篇并未道出。下两句巧用"南浦"之典,暗示出"送君南浦,伤如之何"(南朝江淹《别赋》)之意,盖因郎君远去,独守空闺也。而"东山"句当是回想此前夫君出行的途经之地,至今白雪未消,寒气砭人,可见其此去路途之艰辛。正因为感到寒意袭人,于是畅饮美酒,挽留"晚照",为的是获得些许暖意。或许是饮酒暖了身,乃激起了词人"为君"凭栏的兴趣,想凭栏远眺,遥望夫君也。凭栏时看到晚霞满天,山色耀眼,真是"水光山色与人亲,说不尽,无穷好"(李清照《怨王孙》)。但是由于望不见夫君,所以"人意不如山色好",词人心情兴趣顿时低落万丈,词仍以惆怅收束。

点 绛 唇

寂寞深闺,柔肠一寸愁千缕。①惜春春去,几点催花雨。② 倚遍阑干,③只是无情绪。人何处?连天芳树,望断归来路。④

【注释】

①"柔肠"句:语本宋晏殊《木兰花》:"无情不似多情苦,一寸

还成千万缕。"　②催花雨:清明时节细雨。宋王庭珪《桃源忆故人》:"催花一霎清明雨,留得东风且住。"　③阑干:栏杆。宋欧阳修《少年游》:"阑干十二独凭春……行色苦愁人。"　④望断归来路:语本唐韦庄《木兰花》:"独上小楼春欲暮,望断玉关芳草路。"

【品评】

　　此词当作于宋政和六年(1116),词人屏居青州、赵明诚出游时。此词于明赵世杰《古今女史》中题作《闺怨》,道出了此词主旨。与前首《浣溪沙》相比,此词的表现略显主观化,情绪的流露亦较明显。

　　词开篇就是浓彩重墨的一笔,不仅直言独处"深闺"的"寂寞",更夸饰其内心饱含"千缕"之"愁",可谓浓重之至。词人何以有如此之"愁"？上片写第一层答案是"惜春",因为看见雨落春花、春天即逝而愁,其中自含有对自身年华逝去的惋惜。下片则写其之所以"愁"的第二层答案。过片之"倚遍阑干,只是无情绪"是对"寂寞"的形象化演绎。"无情绪"之"无"甚妙,此乃反语也。不是她"无情绪",而是极言其"情绪"之多,"欲说还休",难以表达。而"无情绪"或"愁"乃是与不知在"何处"的"人"相关,此"人"即夫婿赵明诚也,这是关键人物。为寻觅此"人",词人望尽"连天芳草",只把秋水望穿,亦未见此"人""归来"的身影！这才是"愁"之真正所在,而"惜春"实与望归有内在联系:自己容颜渐老,而良人远游,怎能不一寸柔肠生千缕愁思呢！词写"春怨"由浅入深,层层推进,馀韵悠然。

蝶 恋 花

　　暖雨晴风初破冻。柳眼梅腮,①已觉春心动。②酒意诗情谁与共？泪融残粉花钿重。③　　乍试夹衫金缕缝。④山枕斜欹,⑤枕损钗头凤。⑥独抱浓愁无好梦,夜阑犹剪灯花弄。⑦

【注释】

①柳眼：柳叶初生时其形似眼睛。唐元稹《生春》："何处生春早,春生柳眼中。"梅腮：含苞欲放的梅花似美人的脸颊。　②春心：语本唐李商隐《无题》："春心莫共花争发,一寸相思一寸灰。"此兼指自然的春意与词人的春情。　③花钿：妇女的一种金制花形首饰。唐白居易《长恨歌》："花钿委地无人收,翠翘金雀玉搔头。"　④夹衫：有面有里的夹衣。唐李贺《酬答》："金鱼公子夹衫长,密装腰鞑割玉方。"　⑤山枕：两头高中间凹的枕头。唐温庭筠《菩萨蛮》："山枕隐浓妆,绿檀金凤凰。"斜欹（qī）：斜靠。⑥钗头凤：钗头似凤凰的凤钗。　⑦夜阑：夜尽。唐杜甫《羌村》："夜阑更秉烛,相对如梦寐。"

【品评】

此词约作于宋宣和三年（1121）初春,时赵明诚正出游在外。

上片先写初春之景,暖雨晴风,冰雪消融,更有柳枝吐芽,梅苞待放,大自然春意降临,亦使得词人春情萌动。如此情景本应激发词人的喜悦之情,未料接下两句词人感情忽生跌宕。当词人欲饮酒赋诗、欣赏美景、歌咏"春心"时,忽想到自己是形影相吊,无人"与共",顿时兴致阑珊,情绪陡降,竟至满脸泪水,融化了妆粉,连头上花钿也分外沉重起来。"谁与共"三字已透露出怀人之意,而"泪融残粉"则是怀人情感的具象,也许是为了摆脱这种心境,过片"乍试夹衫金缕缝",又生跌宕。"女为悦己者容",一旦意识到试丽服而无人欣赏时,又兴味索然,慵懒地睡到床上,任恶梦不断。梦回之后,山枕损坏了钗头凤,她胸中充溢着"浓愁",又不得不起来,寂寞地剪弄灯花,打发时光,等待天明。

此词上下片皆采用先扬后抑的手法,起伏多变,真实地刻画出词人于"春心动"时节的复杂感情。上片写外景,借自然景色寄托怀人之意;下片写内景,以动作细节表现"浓愁"之情。读罢全词,似见一个"春怨"少妇的形象跃然纸上。

蝶恋花

昌乐馆寄姊妹①

泪湿罗衣脂粉满。②四叠《阳关》,③唱到千千遍。人道山长水又断,萧萧微雨闻孤馆。④　　惜别伤离方寸乱,⑤忘了临行,酒盏深和浅。好把音书凭过雁,⑥东莱不似蓬莱远。⑦

【注释】

①昌乐馆:昌乐驿馆。昌乐,县名,今属山东。　②罗衣:丝

织品制的衣服。汉边让《章华赋》："罗衣飘飘,组绮缤纷。" ③四叠《阳关》:《阳关》,古代送别曲名,又称《阳关三叠》。此处言"四叠",宋苏轼《题跋·记阳关第四声》："旧传《阳关三叠》,然今歌者,每句再叠而已,通一声言之,又是四叠,皆非是……"此"四叠"正是本"每句再叠"之说。 ④萧萧:形容细雨声。宋王安石《试院中五绝句》:"萧萧疏雨吹檐角,喧喧暝蛩啼草根。"孤馆:孤寂的客舍。唐许浑《瓜州留别李诩》:"孤馆宿时风带雨,远帆归处水连云。" ⑤方寸乱:心绪烦乱。方寸,指人心。《三国志·诸葛亮传》:"亮与徐庶并从,为曹公所追破,获庶母。庶辞先主而指其心曰:'本欲与将军共图王霸之业者,以此方寸之地也。今已失老母,方寸乱矣,请从此别。'" ⑥音书凭过雁:用《汉书·苏武传》雁足传书典。音书,指书信。 ⑦东莱:莱州,今属山东。时词人夫婿赵明诚知莱州。蓬莱:传说中海上仙山名。

【品评】

此词"殆为宣和三年(1121)辛丑八月间李清照由青州至莱州途中夜宿昌乐馆寄姊妹所作。按地理图,由青至莱,须经昌乐"(王仲闻语)。读惯了清照大量怀念夫君赵明诚之作,再读此首写与"姊妹""惜别伤离"之情,颇有别开生面的感觉。

词人夜居昌乐馆,寂寞难耐,不禁回忆起与姊妹"惜别"的情景。上片头三句写双方分手时"泪湿罗衣"的视觉意象,《阳关》"唱到千千遍"之听觉意象,极尽"黯然销魂者,唯别而已矣"(南朝江淹《别赋》)的缠绵悱恻之致,再想到此行山长水断,天各一方,听到室外潇潇秋雨,更觉情何以堪!于是下片开头乃直抒此夜

"惜别伤离方寸乱"的情怀,为形容其"方寸乱",又以临行之际,不顾"酒盏深和浅"映衬。但既已远别,不能重聚,则只有以东莱不远,可托鸿雁传书,来自我安慰了。

此词主要采用今与昔之时空对照手法,以昔日的"惜别"衬托今夜的"伤离",则更显"方寸""乱"矣!而且上下片重复运用,产生复沓回环之感,尽情地抒发了思念之情。

念 奴 娇

萧条庭院,①又斜风细雨,②重门须闭。③宠柳娇花寒食近,④种种恼人天气。⑤险韵诗成,⑥扶头酒醒,⑦别是闲滋味。⑧征鸿过尽,⑨万千心事难寄。　　楼上几日春寒,帘垂四面,玉阑干慵倚。⑩被冷香消新梦觉,⑪不许愁人不起。清露晨流,新桐初引,⑫多少游春意。日高烟敛,⑬更看今日晴未。

【注释】

①萧条:冷落寂寞。楚屈原《远游》:"山萧条而无兽兮,野寂寞其无人。"　②斜风细雨:唐张志和《渔歌子》:"斜风细雨不须归。"　③重(chóng)门:多层门。汉张衡《西京赋》:"重门袭固,奸宄是防。"　④宠柳娇花:春日惹人喜爱的婀娜柳丝、娇艳鲜花。寒食:节令名。在清明前一日或两日。　⑤恼人:令人烦恼。唐罗隐《春日叶秀才曲江》:"春色恼人遮不得,别愁如疟避还来。"

⑥险韵:作诗采用韵部字少而冷僻之韵。宋王禹偁《谪居感事》:"分题宣险韵,翻势得仙棋。" ⑦扶头酒:使人饮后易醉的烈酒。唐杜牧《醉题五绝》:"醉头扶不起,三丈日还高。" ⑧闲滋味:闲愁滋味。 ⑨征鸿:高飞的大雁。南朝江淹《赤亭渚》:"云边有征鸿。"此处用《汉书·苏武传》雁足传书典,指可以传递书信之雁。 ⑩阑干:栏杆。宋欧阳修《少年游》:"阑干十二独凭春……行色苦愁人。"慵:懒。 ⑪香消:香炉里香料燃尽。 ⑫"清露"、"新桐"两句:语本《世说新语·赏誉》:"王恭始与王建武(王忱)甚有情,后遇袁悦之间,遂致疑隙,然每至兴会,故有相思时。恭尝行散至京口射堂,于时清露晨流,新桐初引。恭目之曰:'王大(王忱)故自濯濯。'"初引,枝叶初生。 ⑬烟敛:烟雾消散。

【品评】

　　此词作年说法不一,兹采纳邓红梅《李清照新传》宋宣和三年(1121)说。宣和二年初秋赵明诚出任莱州太守,年底回青州探亲,过了春节回莱州任上,并未让李清照同行,而携此前于汴京别娶的如夫人离去。词人精神上遭到重创,从此"心事"重重,乃于"寒食近"时填此词。

　　寒食、"清明时节雨纷纷",天气阴雨少晴,词以这种"恼人天气"为背景,正与"愁人"的心绪相契合。上片采用铺叙的手法,描写自己"春寒"时节的"心情"。开篇三句勾勒自己所处空间,先声夺人,营造出一种沉闷压抑的氛围,而把自己闭锁于"重门"之内,已含蓄地衬托出心境之郁闷阴冷。接下两句点出所处时间,近"寒食",此有"宠柳娇花"为证,但"宠柳娇花"正处于"恼人天气"

中,并未引发词人喜爱之意。"恼人天气"上承"斜风细雨",而一个"恼"字亦点破其心情不佳。正因为心情烦恼,才有作险韵诗、饮扶头酒之举,但诗成酒醒仍是闲愁滋味,其根源乃在于自己的"万千心事"无法向远方的夫君倾诉,结句道出了词人觉天气"恼人"的奥秘。下片开头承"恼人天气"意,反复渲染春寒造成的阴冷、寂寞的气氛,并因"春寒",而觉"被冷香消",夜不能寐,逼得"愁人"早早起床。此"愁"显然是照应"心事难寄"。未料词至此忽生跌宕,起身后竟发觉"日高烟敛",天气放晴,而且清露晶莹,桐叶初生,正是"游春"的大好时光,词人心情似乎高扬起来。但是词人心中阴霾仍在,并未放晴,"更看今日晴未",歇拍终以低抑收束。其心情耐人咀嚼。

此词上片写"心事",下片写"新梦",何事何梦,皆未点破,但"新梦"必与"心事"相关,人们自可意会也。词之语言熔典雅、新丽与浅白于一炉,摇曳多姿,充分地表达了内心的愁苦。如"宠柳娇花",被人评为"新丽之甚"(明《古今词统》卷十三徐士俊评),雕绘而不失自然;"清露晨流,新桐初引"用《世说新语》成句,典雅而浑成;而"不许愁人不起"等则"用浅俗之语,发清新之思"(清彭孙遹《金粟词话》),堪称词意并工,闺情绝调。

长寿乐

南昌生日①

微寒应候,②望日边、六叶阶蓂初秀。③爱景欲挂扶桑,④漏残银箭,⑤杓回瑶斗。⑥庆高闳此际,⑦掌上一颗明珠剖。⑧有令容淑质,⑨归逢佳偶。⑩到如今,昼锦满堂贵胄。⑪　　荣耀,文步紫禁,⑫一一金章绿绶。⑬更值棠棣连阴,⑭虎符熊轼,⑮夹河分守。⑯况青云咫尺,⑰朝暮重入承明后。⑱看彩衣争献,⑲兰羞玉酎。⑳祝千龄,借指松椿比寿。㉑

【注释】

①南昌:指寿星。徐培均认为是南昌夫人,宋官僚韩肖胄母文氏,名相文彦博孙女。邓红梅考证为南昌郡夫人,是赵明诚母郭氏,为提刑郭槩之女。兹从后者。　②应候:顺应时令节候。晋陆云《寒蝉赋》:"应候守节,则其信也。"　③日边:喻帝王身边。唐李白《行路难》:"忽复乘舟梦日边。"六叶阶蓂(míng):即蓂荚,瑞草名,夹阶而生。《竹书纪年》卷上:"……草荚阶而生,月朔始生一荚,月半而生十五荚,十六日以后日落一荚,及晦而尽,月下则一荚焦而不落,故名蓂荚。"唐赵彦昭《奉和人日……》:"庭树千花发,阶蓂七日新。"六叶阶蓂,指初六日,为南昌郡夫人生日。④"爱景"句:指出生时刻在冬日清晨。爱景,指和煦的阳光。扶桑,传说中的神树。汉刘安《淮南子·天文训》:"日出于旸谷,浴于咸池,拂于扶桑,是谓晨明。"　⑤漏残银箭:指更漏将残,天欲大亮。漏,漏壶,古代计时器,内置刻画时辰标志的银箭。此亦指南昌郡夫人诞生于清晨。　⑥杓(biāo)回瑶斗:即瑶斗回杓。杓回,指北斗七星之斗柄杓北指。瑶斗,北斗七星之美称。《鹖冠子·环流》:"斗柄北指,天下皆冬。"此句指时在冬季。　⑦高闳:

高门,指贵族门第。 ⑧"掌上"句:喻南昌郡夫人出生时,被父母视为掌上明珠。 ⑨令容淑质:美丽的容颜,贤淑的气质。 ⑩归:女子出嫁。佳偶:好的配偶。指南昌郡夫人的丈夫赵挺之,官至尚书右仆射。 ⑪昼锦:昼锦堂。原指韩肖胄曾祖韩琦任相州太守时所建堂名。此借指南昌郡夫人祝寿之所。贵胄:贵族后裔。 ⑫文步紫禁:邓红梅认为是指赵思存、傅察、李擢一儿两婿,皆因有文才而于朝廷做天子近臣。紫禁,皇宫。 ⑬金章绿绶:佩绿色绶带与金印。邓红梅认为:金章为宋代太守的礼佩。赵明诚任莱州太守,兄赵存诚任潍州太守。绿绶,进士及第的代称。此指赵府兄弟与女婿五人皆为进士。 ⑭棠棣(dì)连阴:喻赵思诚、赵明诚兄弟友爱。 ⑮虎符熊轼:喻武官与文臣。虎符,调兵信物,喻兵权。熊轼,状如熊形的车前横木,为公卿大官乘车时所仗,后喻公卿大官。 ⑯夹河分守:《汉书·杜周传》:"及久任事,历三公,而两子夹河为郡守。"河,指黄河。此指赵存诚与赵明诚皆为掌管行政军事的州郡太守。 ⑰青云咫(zhǐ)尺:距青云仅咫尺之遥,喻高升很快。咫尺,形容距离近。咫,八寸。尺,十寸。此指儿子、女婿有上升之势。 ⑱承明:承明庐,在汉承明殿旁,为侍臣值班居所或作著作之所。 ⑲彩衣争献:用传为汉刘向撰《列女传》中典故:老莱子行年七十,婴儿自娱,着五色彩衣,戏于亲侧。此指儿婿孝敬母亲。 ⑳兰羞玉酎(zhòu):佳肴美酒。 ㉑松椿比寿:寿高可比松椿。椿,香椿树。《诗·小雅·天保》:"如南山之寿,不骞不崩;如松柏之茂,无不尔或承。"《庄子·逍遥游》:"上古有大椿者,以八千岁为春,八千岁为秋。"

【品评】

邓红梅考证此词作于宋宣和四年(1122)正月初六,是李清照向婆婆南昌郡夫人郭氏贺寿之作。贺寿词李清照还有《新荷叶》。《新荷叶》不仅贺寿,且寄寓请寿主晁补之东山再起、"苏天下苍生"之旨,立意高远。此词则为较单一的祝寿词。

词详细描述寿主的人生历程,赞颂其子息皆有出息,晚年幸福。从寿主的诞生即备受宠爱,至出嫁"逢佳偶",再到如今子孙满堂,学而优则仕,特别是突出寿主儿子与女婿的出人头地,可谓享尽清福,最后以祝寿星寿比"松椿"结束。此词基本是应酬之言。为显寿词典雅庄重,频繁用典,可见词人颇为用心,腹笥甚丰。清况周颐《蕙风词话》称"寿词难得佳句,尤易入俗",此词亦属"入俗"之作,是清照词中罕见的笔调,聊备一格。

蝶恋花

上巳召亲族①

永夜恹恹欢意少,②空梦当时,③认取长安道。④为报今年春色好,花光月影宜相照。　　随意杯盘虽草草,⑤酒美梅酸,恰称人怀抱。⑥醉莫插花花莫笑,可怜春似人将老。⑦

【注释】

①上巳(sì):节令名。汉前为农历三月上旬巳日,魏晋后改为农历三月三日。《后汉书·礼仪志上》:"是月上巳,官民皆洁于东流水上,曰洗濯祓除,去宿垢疢。"亲族:据徐培均考证,有词人之弟李远、夫婿赵明诚兄思诚、存诚、妹及妹夫李擢、中表谢克家及其子谢伋等。 ②永夜:长夜。《列子·杨朱》:"纵欲于永夜。"恹(yān)恹:形容病态,精神萎靡不振。唐韩偓《春尽日》:"年年三月病恹恹。" ③当时:指宋南渡前崇宁间作者在汴京时。"当时"他本作"长安",但与下句"长安道"重复,故不取。 ④长安:今陕西西安。原为汉、唐首都,后遂以长安指代京都。北宋指汴京。 ⑤草草:草率简单。宋王安石《示长安君》:"草草杯盘供笑语,昏昏灯火话平生。" ⑥恰称:恰好适合。 ⑦"醉莫"、"可怜"两句:指宋人簪花习俗。宋苏轼《吉祥寺赏牡丹》:"人老簪花不自羞,花应羞上老人头。"

【品评】

靖康元年(1126)北宋灭亡,靖康二年即建炎元年(1127)十二月,金兵战火已烧到青州(治所在今山东益都)。因夫婿赵明诚远在江宁(今江苏南京),于是作者乃仓皇南下寻夫。此词即为南宋建炎二年(1128)正月,至江宁不久所作。

此词乃属清王夫之《姜斋诗话》所谓"以乐景写哀","一倍增其哀"之作。景与情相反相成,由于哀与乐的相互反衬,哀因乐景而益哀。景是"春色好"的上巳之夜,有"花光月影"映照,令人神怡,宴席上"酒美梅酸"可口,使人沉醉。但弥漫于长夜中的实是

"恹恹"寡欢的悲凉之雾,是一种怀念"当时"旧都的故国之思。"春色好"掩盖不住"长安道"已成"空梦"的无情现实,反而增添了忧国之情,此乃本词的要害,开篇的"欢意少"、收束的"人将老",皆绾系于斯。"欢意少"之哀经过"春色好"之乐的映衬,复归于"人将老"之哀。词的结构起伏跌宕,颇具匠心。

殢人娇

后庭梅花开有感

玉瘦香浓,①檀深雪散。②今年恨、探梅又晚。③江楼楚馆,④云闲水远。清昼永、凭栏翠帘低卷。　　坐上客来,樽中酒满。⑤歌声共、水流云断。⑥南枝可插,⑦更须频剪。莫直待、西楼数声羌管。⑧

【注释】

①玉瘦:喻梅枝遒劲之美。宋陈亮《梅花》:"疏影横玉瘦,小萼点珠光。"　②檀深:指蜡梅檀香梅茂盛。檀,檀香梅,见宋范成大《范村梅谱》。深,茂盛。唐杜甫《春望》:"城春草木深。"　③探梅:寻访、观赏梅花。宋陆游《初冬夜宴》:"探梅又续去年狂。"　④楚馆:楚地馆驿。宋赵抃《和戴天使重阳前一夕宿长沙驿》:"楚馆夜衾凉,离人念故乡。"　⑤"坐上"、"樽中"两句:化用《后汉书·孔融传》"坐上客恒满,樽中酒不空"意。　⑥云断:化用《列

子·汤问》悲歌"声振林木,响遏行云"典。　⑦南枝:借指梅花。宋苏轼《次韵苏伯固游蜀冈……》:"愿及南枝谢,早随北雁翩。"又梅花向阳枝条为南枝,花先开。　⑧"西楼"句:暗指金兵南下。羌管,一称羌笛,笛曲有《梅花落》。

【品评】

北宋灭亡,建炎二年(1128)正月,词人南渡抵江宁(今江苏南京),时赵明诚知江宁府。此词作于抵江宁不久,背景是金兵将南下,形势开始紧张。词人见后院梅花开,由咏梅花而与政治时局挂钩,并非泛泛咏梅。

上片写独自一人"探梅"。开篇先点出了梅花意象,"玉瘦香浓"写出梅花芳香,于雪景下更显得皎洁清幽,隐含怜爱之情;梅花枝条遒劲,"今年恨探梅又晚",则明显流露爱惜之意。接下三句是写探梅:地点是江楼楚馆内,环境是"云闲水远",人物是白昼伫立于楼上卷帘凭栏观赏的词人。下片则写宴请众宾客"探梅",席间不仅畅饮,而且高歌,大有"声振林木,响遏行云"之概,众人似乎心情颇为激动,面对梅花更表达出"南枝可插,更须频剪"的惜梅之情。词之所以一再写对眼前梅花的珍惜,是因为词人心怀隐忧,即"有感"于像这样赏花的日子将不多了。因为西楼处即将传来"数声羌管",金兵入侵的日子不远矣。歇拍乃画龙点睛之笔,使此词格调陡然提升,成为一首含有忧患意识的佳作。当然,意旨的表现仍属于婉约含蓄一格。

河 传

梅 影

香苞素质,①天赋与、倾城标格。②应是晓来,暗传东君消息。③把孤芳,④回暖律。⑤ 寿阳粉面增妆饰。⑥说与高楼,休更吹羌笛。⑦花下醉赏,留取时倚栏干,⑧斗清香,添酒力。

【注释】

①香苞:指包着花朵的叶片。素质:白皙的容色。此指白梅花。 ②倾城:绝色美女。《汉书·外戚传》李延年歌:"北方有佳人,绝世而独立。一顾倾人城,再顾倾人国。宁不知倾城与倾国,佳人难再得。"此喻梅花。标格:气度、格调。唐杨进之《赠项斯》:"几度见诗诗更好,及观标格过于诗。" ③东君:春神,唐成彦雄《柳枝词》:"东君爱惜与先春,草泽无人处也新。" ④孤芳:独秀的花。唐韩愈《孟生诗》:"异质忌处群,孤芳难寄林。" ⑤暖律:古代以时令合乐律,温暖的节候称"暖律"。唐罗隐《岁除夜》:"厌寒思暖律,畏老惜残更。" ⑥"寿阳"句:唐《初学记》:"宋武帝女寿阳公主,日卧于含章殿檐下,梅花落额上,成五出之花,拂之不去。皇后留之,自后有梅花妆。"又见唐韩鄂《岁华纪丽》。粉面,傅粉脸。增妆饰,增添装饰。 ⑦羌笛:一称羌管,原出羌族。笛

曲有《梅花落》,声情哀怨。此羌笛即指《梅花落》,而与梅挂钩;同时暗示金兵将南下。 ⑧栏干:栏杆。

【品评】

此词徐培均认为似宋建炎二年(1128)春作于江宁(今南京)。

此词咏梅除标题"梅影"外,全词未见一个"梅"字,而且除了首句,亦几乎未写梅的形态。上片基本是写梅的"标格"即内在气质,写她是带来温暖的报春使者。词人所欣赏的亦正是梅的"标格",所以下片即写对梅的珍爱与迷醉,她给女子增添装饰之美,令人醉赏,令人留恋。这仍是间接表现梅的"标格"。其中"休更吹羌笛"一句,表现出对金兵南下,将践踏梅花的担忧。但"休更吹"三字表示词人欲竭力暂时忘掉此事,宁愿且闻梅之"清香",沉醉于美酒之中,可见词人对梅痴迷已极。此词文字朴素,风格疏淡。

添字丑奴儿

芭 蕉

窗前谁种芭蕉树?阴满中庭。①阴满中庭,叶叶心心,舒卷有馀情。　　伤心枕上三更雨,点滴霖霪。②点滴霖霪,愁损北人,③不惯起来听。

【注释】

①阴(yìn):覆荫。中庭:庭院。南朝宋鲍照《梅花落》:"中庭杂树多,偏为梅咨嗟。" ②霖霪(yín):久雨。南朝鲍照《山行见孤桐》:"雾雨夏霖霪。"此指滴滴答答不停的雨声。 ③北人:指南宋北方中原南渡者。

【品评】

此词与前词《殢人娇》作于同年,时当暮春。此词借咏雨中芭蕉,寄托乡国之思,抒发"伤心"之情。

由于时北宋灭亡,家乡沦丧,词人胸中早已积满"伤心"之意,因夜闻江南梅雨敲打芭蕉声,难以入梦,从而翻腾起内心的忧愤。上片写白天所见窗前芭蕉树,绿阴遮地,枝叶舒卷,陪伴着词人,似乎颇具情意,给远离故土的词人带来暂时的安慰。但下片词情则发生变化。三更时睡梦中被雨打芭蕉声惊醒,那一点一滴是那么清晰,又那么扰人,作为北方人是听"不惯"的。词人本已忧愁"伤心",就更增添了"凄清"之感,难以再于"枕上"听,而被逼得"起来听",或者说"起来"逃避这损人的雨声。但"起来"又有何益?词人的举动不过是愁闷难忍的表现罢了。词上片明写芭蕉,写其形,写其正面意义;下片暗写芭蕉,写其声,写其负面意义。而芭蕉的正负意义皆是词人心情好恶的外化而已。"阴满中庭"与"点滴霖霪"句采用重复的修辞手法,起到了强调词人欣赏与厌恶感情的作用。

七娘子

清香浮动到黄昏。①向水边,疏影梅开尽。②溪畔清蕊,有如浅杏。③一枝喜得东君信。④　　风吹只怕霜侵损。更欲折来,插在多情鬓。寿阳妆面,⑤雪肌玉莹,岭头别后微添粉。⑥

【注释】

①"清香"句:语本宋林逋《山园小梅》"暗香浮动月黄昏"句。　②疏影:宋林逋《山园小梅》:"疏影横斜水清浅。"　③有如浅杏:指梅花清香如杏花。宋王安石《西江月·红梅》:"北人浑作杏花疑,惟有青枝不似。"　④东君信:春天的信息。东君,春神。　⑤寿阳妆面:即前词《河传》"寿阳粉面",指"梅花妆"。　⑥岭头:山顶。诗词中常与梅相关。唐李益《扬州送客》:"闻道望乡闻不得,梅花暗落岭头云。"宋晏殊《生查子》:"谁寄岭头梅,来报江南信。"

【品评】

此词约作于词人南渡后的宋建炎二年(1128)。此词咏梅,抒发的是与赵明诚团聚后的一种轻松愉快的心情。

词人本来就喜梅,加上心情较好,所以梅在笔下更显得惹人怜爱。上片化用林逋《山园小梅》成句,突出梅之"清香","有如浅杏",传来春的信息,以及"喜得一枝"的心情。下片写对梅的珍爱与喜爱。写心理上是"只怕霜侵损",写行为是欲"插在"发鬟,写想像是装饰出"梅花妆",映衬得玉莹雪肌又添艳丽。"喜"字是此词的主旨。这与清照大多咏梅词或寄托人格理想、或寄托忧国思乡之情的"功利"之作相比,是纯审美的咏梅之作,并不多见。

鹧 鸪 天

寒日萧萧上琐窗,①梧桐应恨夜来霜。酒阑更喜团茶苦,②梦断偏宜瑞脑香。③　　秋已尽,日犹长,仲宣怀远更凄凉。④不如随分尊前醉,⑤莫负东篱菊蕊黄。⑥

【注释】

①萧萧:形容凄清寒冷。晋陶渊明《祭程氏妹文》:"黯黯高云,萧萧冬月。"琐窗:窗棂上刻有连琐花纹的窗子。南朝宋鲍照《玩月城四门廨中》:"蛾眉蔽珠栊,玉钩隔琐窗。"　②酒阑:酒将喝尽。唐杜甫《魏将军歌》:"酒阑插剑肝胆露。"团茶:宋欧阳修《归田录》卷二:"茶之品,莫贵于龙凤,谓之团茶,凡八饼重一斤。"是一种茶饼。　③瑞脑:香料名。　④仲宣怀远:三国魏山阳人王粲,字仲宣。山阳高平(今山东邹城)人。曾避难荆州,依附刘表,未被重用。登江陵城楼,因怀念故乡而作《登楼赋》。　⑤随分:随意。唐王绩《独坐》:"百年随分了,未羡陟方壶。"尊:酒杯。⑥东篱菊蕊:用晋陶渊明《饮酒》"采菊东篱下"之意。

【品评】

　　此词作于宋建炎二年(1128)暮秋,词人时在江宁(今南京)。秋末冬初,气候的萧条肃杀,增添了词人心中的凄凉悲苦之感。虽然词人已与夫婿赵明诚团聚,但是因金兵侵占青州而背井离乡,北方国土沦丧,词人的"闺怨"已为家国之思所取代。

　　上片叙述清晨醒来所见,琐窗上阳光惨淡凄冷,梧桐树披上严霜,外界之"寒"乃内心之冷的显现。为驱寒遣闷,词人饮罢酒再品茗,还燃起瑞脑香料,以打发时光。但是因为心里凄苦,词人竟产生"秋已尽,日犹长"的时间错觉。之所以如此,因为词人正似当年王粲一样心绪"凄凉"。"虽信美而非吾土兮,曾何足以少留","情眷眷而怀归兮,孰忧思之可任?"(三国王粲《登楼赋》)词人身在异乡,尽管生活还过得去,但"信美而非吾土",她深切怀念已被金兵占领的故土,有此"忧思"怎能不度日如年而觉"日犹长"呢?"何以解忧,唯有杜康"(三国曹操《短歌行》),词人只能再借"尊前醉"解忧,并去"东篱"赏菊花销愁了,至于能否真正地解忧销愁,自是不言而喻。

　　词上下片皆采用先写忧、再写解忧之行为的方法;一再反复,可见忧之难解。上片移情于景,含蓄蕴藉;下片巧用典故,自然妥帖。

青玉案

用黄山谷韵①

征鞍不见邯郸路,②莫便匆匆归去。秋风萧条何以度?

明窗小酌,暗灯清话,③最好留连处。　　相逢各自伤迟暮,④犹把新词诵奇句。盐絮家风人所许。⑤如今憔悴,但馀双泪,一似黄梅雨。⑥

【注释】

①黄山谷:北宋诗人黄庭坚,字山谷。此词用黄庭坚《青玉案·至宜州次韵上酬七兄》词之韵。　②征鞍:征行者所乘的马。唐杜审言《经行岚州》:"自惊牵远役,艰险促征鞍。"邯郸:地名。今属河北。当时已为金兵攻陷。　③清话:高雅的谈话。晋陶渊明《与殷晋安别》:"信宿酬清话,益复知为亲。"　④迟暮:喻人生晚年。楚屈原《离骚》:"惟草木之零落兮,恐美人之迟暮。"　⑤盐絮家风:指家庭有文化传统。《世说新语·言语》:"谢太傅寒雪日内集,与儿女讲论文义。俄而雪骤,公欣然曰:'白雪纷纷何所似?'兄子胡儿曰:'撒盐空中差可拟。'兄女曰:'未若柳絮因风起。'公大笑乐。"此李清照自称其家庭有文化传统。　⑥黄梅雨:江南每当夏初梅子黄熟时多绵绵细雨,俗称黄梅雨。宋贺铸《横塘路》:"若问闲情都几许?一川烟草,满城风絮,梅子黄时雨。"

【品评】

此词约作于建炎二年(1128)秋,时在江宁(今南京)。有品评者认为是与其弟李迒告别之作,可从。词中流露出真挚的手足之情与伤别之意。

上片记事,写送别情景。头两句写弟征鞍于"秋风萧条"中"匆匆归去",所去处是已落入金兵之手的北方邯郸,则不只是伤别,更含担心。"莫便"二字饱含挽留之情,有"马儿啊,你慢些走"之意。"秋风"句则担忧更加明显,结构上有过渡之功,引出弟此去该找个好的歇脚处的想像:弟能在明窗下"小酌",与旅客在灯下清话,不会受苦遭罪。作为姐姐,词人为弟弟设想得十分细致。下片则主要抒写离别情。先是回忆此前与弟弟短暂的"相逢"小聚,为各自的"迟暮"而伤怀,此为感情一抑;但在一起饮酒唱和,各显才情,显示姐弟秉承了李氏书香门第的家风,又深感自豪,此为感情一扬;但毕竟姐弟分手,人更"憔悴",满脸思念的"双泪","一似黄梅雨",则终以感情之压抑收束。

上片先写今日为弟送别,再想像弟来日行程;下片先回忆昔日"相逢",再写今日伤离。词时空交错,感情扬抑。篇幅不大,而容量不小。

诉衷情

枕畔闻残梅喷香

夜来沉醉卸妆迟,①梅蕊插残枝。②酒醒熏破春睡,梦断不成归。③　　人悄悄,④月依依,⑤翠帘垂。更挪残蕊,⑥更捻馀香,⑦更得些时。⑧

【注释】

①夜来:指昨夜。宋贺铸《浣溪沙》:"东风寒似夜来些。"

②"梅蕊"句:指插残枝梅蕊。 ③熏破:指睡中被梅香熏醒。梦断:梦醒。唐李白《忆秦娥》:"秦娥梦断秦楼月。" ④悄悄:形容忧虑的样子。《诗·邶风·柏舟》:"忧心悄悄。" ⑤依依:形容不舍的样子。《古诗为焦仲卿妻作》:"举手长劳劳,二情同依依。" ⑥挼(nuó):揉搓。唐无名氏《菩萨蛮》:"碎挼花打人。" ⑦捻(niǎn):用手捏。 ⑧得(děi):需要。些时:片刻时间。宋毛滂《蝶恋花》:"清风停待些时过。"

【品评】

此词当作于宋建炎二年或三年(1128 或 1129)南渡至江宁或建康(建炎三年,江宁府改名建康府)时。词借写"枕畔闻残梅喷香"而抒发思乡之情。词的中心意象是"残梅","梅"而"残"不仅是表示时序,更是词人有意"异化"之,使之不完美,以更适合体现内心幽怨之情。清照词常写酒醉,表现销愁之意。此词亦然。

上片即写酒醉并点出"残梅",以渲染自己的愁绪。"沉醉"与"梅"都与词人的心境有关,是词人睡前排遣愁绪之物,盖醉可以"解忧",梅可以解闷也。但醉会醒,连梅也会"熏破春睡",使"梦断不成归"。至此道出愁闷的缘由:不能重"归"已在金兵之手的故乡也。下片则描述"梦断"后的情状。"梦断"时还是深夜,"月依依"、"翠帘垂"皆为夜深景象。由于"不成归",词人倍觉"忧心悄悄",百无聊赖,愁绪无处宣泄,于是想到了枕畔"残梅",可见"残梅"这个道具并非虚设。词人"挼残蕊"、"捻馀香"正是深夜排愁遣闷的唯一方法,且其动作要持续"些时",显示其心情愁闷之浓重。于是"梅"更残,而词人归乡之"梦"亦更碎矣! 清照词屡用叠字,此词末连用三个"更"字,如同"天籁,肆口而成,非作意为之也"(清况周颐《漱玉词笺》引玉梅词隐语),"挪"、"捻"为其当时心绪所必然产生的动作。

菩萨蛮

归鸿声断残云碧,①背窗雪落炉烟直。②烛底凤钗明,③钗头人胜轻。④　　角声催晓漏,⑤曙色回牛斗。⑥春意看花难,西风留旧寒。⑦

【注释】

①归鸿:春日由南方飞回北方的大雁。三国嵇康《赠秀才入军》:"目送归鸿,手挥五弦。"　②背窗:指烛光暗淡处。唐温庭筠《菩萨蛮》:"相忆梦难成,背窗灯半明。"炉烟直:指香炉烟气上升。③凤钗:指头饰钗形如凤凰。唐李洞《赠入内供奉僧》:"不觉官人拔凤钗。"　④人胜:人形的饰物。南朝梁宗懔《荆楚岁时记》:"正月七日为人日,以七种菜为羹,剪彩为人,或镂金箔为人,以贴屏风,亦戴之头鬓。"　⑤角声:军队号角声。晓漏:拂晓时铜壶滴漏的声音。唐杜审言《秋夜宴郑明府宅》:"风清晓漏闻。"漏,古代计时器,以滴水计时。　⑥回牛斗:旋转牛宿、斗宿。　⑦西风:秋风。唐李白《长干行》:"八月西风起,想君发扬子。"

【品评】

此词当作于建炎三年(1129)正月初七"人日",时词人在建康(今南京)。此词并非思夫的闺怨之作,联系写作背景,可以断定抒发的是乡国之思。

词写"人日"之所闻所见所感,蕴藉着思归之情,亦含有时局之忧。上片写闻窗外碧云中"归鸿声断",雁归而人不归,暗寓词人"望乡"之情;写见窗内灯光暗淡处香炉烟气直升,营造出清寂无聊的气氛。在作了以上铺垫后,才推出"烛底"明亮的"凤钗",轻巧的"钗头人胜",宛如电影的特写镜头,点出此日为"人日",可惜并无节日的气氛。下片则写次日清晨之所闻所见所感。写闻军营号角声报晓,暗示出备战事态;写见斗转参横,曙色初现,引出欲"看花"之意;虽已有春意,但觉"看花难"——西风带来"旧寒",则隐含时局之危急。至此词人的思归之情已升为亡国之忧矣。

临 江 仙

欧阳公作《蝶恋花》,①有"庭院深深深几许"之句,予酷爱之,用其语作"庭院深深"数阕,其声即旧《临江仙》也。

庭院深深深几许?②云窗雾阁常扃。③柳梢梅萼渐分明。④春归秣陵树,⑤人老建康城。⑥　　感月吟风多少事,⑦

如今老去无成。谁怜憔悴更凋零?试灯无意思,⑧踏雪没心情。⑨

【注释】

①欧阳公:北宋初期著名文学家欧阳修,作《蝶恋花》,首句为:"庭院深深深几许?"但此《蝶恋花》据学者考证实为南唐冯延巳作。 ②几许:多少。《古诗十九首·迢迢牵牛星》:"河汉清且浅,相去复几许?" ③云窗雾阁:语本唐韩愈《华山女》:"云窗雾阁事恍惚,重重金幔深金屏。"扃(jiōng):关闭,上闩。 ④分明:清晰地显现。 ⑤秣陵:地名。今江苏南京。 ⑥建康:地名。今江苏南京。 ⑦感月吟风:指吟诗作赋。 ⑧试灯:元宵节前张灯预赏称试灯。 ⑨踏雪:指踏雪觅诗。宋周辉《清波杂志》卷八:"顷见易安族人,言明诚在建康日,易安每值天大雪,即顶笠披蓑,循城远览以寻诗,得句必邀其夫赓和。"

【品评】

此词当作于宋建炎三年(1129)初春,时与赵明诚在建康(今南京),词人年已46岁。因此她不仅怀乡国之思,亦有忧生之嗟,或者说前者更促发了后者,使词人发出人生无望之悲叹。

上片借宋欧阳修所作"庭院深深深几许"句开篇,恰到好处。此句既是写庭院之深寂,亦是写词人内心凄苦之深重,而写自己闭锁于"云窗雾阁"里,更为其凄苦涂抹上浓重的寂寞色彩。虽然此时词人望到了室外柳色生新、梅花含苞之春景,但并无愉悦之情。原因在于词人由时序的变化,联想到自身在衰老。于是词人笔下新生的柳芽花苞只是"人老"的反衬意象。下片在上片写人生理衰老的基础上,进一步揭示"老"之可悲的实质在于"老去无成"。生理老固然可怜,而事业"无成"则更可叹!此"无成"不只是指往昔之吟风弄月、写诗作赋并无大成就,更是指如今人老而不能回乡,北方沦陷而收复无望,从而产生的绝望感。接下则形容今日之"老"去无成的容貌与心境。"憔悴"、"凋零",写衰老外貌之可怜,与"柳梢梅萼"的新嫩形成对照。而最后写"试灯"而觉"无意思"、"踏雪"而"没心情",对当年认为美好的事情皆已兴味阑珊,则极显"老去无成"、心灰意冷的颓废感与绝望感。

临 江 仙

庭院深深深几许?① 云窗雾阁春迟。为谁憔悴损芳姿?夜来清梦好,应是发南枝。② 玉瘦檀轻无限恨,③ 南楼羌管休吹。④ 浓香吹尽有谁知?暖风迟日也,⑤ 别到杏花肥。⑥

【注释】

①"庭院"句:与前阕一样本自题为宋欧阳修(实冯延巳)的《蝶恋花》。几许,多少。《古诗十九首·迢迢牵牛星》:"河汉清且浅,相去复几许。" ②南枝:指梅花向阳的枝条。 ③玉瘦檀轻:形容梅花清瘦,有凋谢之态,花朵呈浅红色。檀,浅红色。 ④羌管:羌笛。意与《殢人娇》"羌管"同,笛曲有《梅花落》,兼喻金兵南

下。　⑤暖风迟日：五代孙光宪《浣溪沙》："暖风迟日洗头天。"迟日，日行迟缓，指春天白昼时间延长。《诗·豳风·七月》："春日迟迟。"　⑥别：另外。

【品评】

　　此词与前词系同一组作品，约作于同年二月，为咏梅词。

　　与前词相同，词开篇引用他人成句"庭院深深深几许"，仍"深"字三叠，但与前词意思不尽相同，此处有幽深凄冷之意，盖因"春迟"所致。在营构出凄冷的时空环境后乃引出梅花。此梅一出场就已是形容憔悴、芳姿破损的梅花。这个意象显然是被词人"异化"的梅花。因为按季节二月梅花不当如此衰败，此乃词人移情于花的结果。词人寄期望于梦中，看到她理想中"发南枝"的盛开梅花。如此则梅花有某种象征意义，它寄托着词人的理想。"清梦"中是否见到"南枝"不得而知。但词人梦醒见到的仍是消瘦色淡的、充满"恨"意的"浓香吹尽"的梅花。这令词人心中亦不能不涌起"无限恨"，而那南楼传来的羌笛悲咽的《梅花落》曲，使词人更不堪忍受，以至发出"休吹"的愤恨之言。其中当寓有更深的内涵。然而随着风暖日长，梅花凋谢，而"杏花"却"肥了"，"杏花"似作为"梅花"的对立物出现，是词人所不喜欢的，耐人寻味。

　　此词既是写梅又是写人，如"憔悴损芳姿"，几乎分不清是梅还是人；"无限恨"，也既是指梅又是指人：人与梅融为一体。此词梅花具有一定象征意义，寄托着词人的美好愿望，当然表现甚为含蓄。

满 庭 芳

残 梅

小阁藏春,^①闲窗锁昼,^②画堂无限深幽。^③篆香烧尽,^④日影下帘钩。^⑤手种江梅渐好,^⑥又何必临水登楼。^⑦无人到,寂寥浑似,^⑧何逊在扬州。^⑨　　从来知韵胜,^⑩难堪雨藉,^⑪不耐风揉。^⑫更谁家横笛,^⑬吹动浓愁。莫恨香消雪减,须信道、扫迹情留。^⑭难言处,良宵淡月,疏影尚风流。^⑮

【注释】

①藏春:指充满春意。　②闲窗:指闺阁空寂的窗户。锁昼:形容白天时光流动缓慢,仿佛被锁住。　③画堂:华丽的堂舍。唐崔颢《王家少妇》:"十五嫁王昌,盈盈入画堂。"　④篆(zhuàn)香:一种刻有划分时间标记的盘香。宋洪刍《香谱》:"近世尚奇者作香,篆其文,准十二辰,分一百刻,凡燃一昼夜而已。"　⑤日影下帘钩:谓时已黄昏。　⑥江梅:梅的泛称。　⑦临水:用晋陶渊明《归去来兮辞》"临清流而赋诗"意。登楼:用三国王粲依刘表不被重用,思乡登楼作赋的典故。　⑧浑似:完全相像。宋孙光宪《更漏子》:"浑似一团烟月。"　⑨何逊在扬州:语本唐杜甫《和裴迪登蜀州东亭送客逢早梅相忆见寄》:"东阁官梅动诗兴,还如何逊在扬州。"扬州治所在建业(今南京)。据《梁书》何逊本传,南朝

梁武帝之弟萧伟以建安郡王任扬州刺史,何逊任曹行参军,兼记室。因廨舍有梅花,作《咏早梅》诗。　⑩韵胜:指梅花以风神韵致胜过其他花卉。宋范成大《梅谱·后序》:"梅以韵胜,以格高,故以横斜疏瘦与老枝怪奇者为贵。"　⑪难堪雨藉:难以忍受雨的敲打侵袭。藉:践踏,此指侵凌。　⑫不耐风揉:受不住风的揉搓、侵害。　⑬横笛:指笛曲《梅花落》。曲与落梅有关。　⑭须信道:须知道。宋晏殊《渔家傲》:"须信道,人间万事何时了。"扫迹:扫尽痕迹。南朝孔稚圭《北山移文》:"乍低枝而扫迹。"情留:指对梅的感情不会消失。　⑮疏影:梅花稀疏的枝条。宋林逋《山园小梅》:"疏影横斜水清浅,暗香浮动月黄昏。"

【品评】

　　此词约作于南渡后的宋建炎三年(1129),时在建康(今南京)。此词属专咏"残梅"的咏物词,与前词《诉衷情》把"残梅"作为词人情感的衬托不同。此词之"残梅"实际是作者的化身,是其人格的象征。

　　上片采用由人及梅的写法,已暗示出词人与残梅的精神契合。前五句明写景,暗写人,写闺阁幽深环境中寂寞无聊的人,即词人自己。"藏"、"锁"、"深幽"写出心境的郁塞;从"锁昼"到"日影下",显示闭锁深闺时间之长。正因为如此,词人终不堪寂寞,而下楼步至庭院观赏"手种江梅",且顿生欣喜之情,为突出对"江梅渐好"之赞赏与留恋,甚至认为不必"临水登楼",暂时忘了"仲宣怀远"(《鹧鸪天》)。当然,这只是一种夸张的反衬而已。可惜欣喜只是刹那间,词人马上发现"江梅"与自己一样处于"寂寞"处境中,而且如"何逊在扬州"《咏早梅》所预言的"早飘落",已是残梅矣。于是下片自然转向对残梅的慨叹。词人首先同情梅虽以"韵胜",超出群花,但她亦是娇弱的花,毕竟不是苍松翠柏,经受不住风吹雨打,更听不得《梅花落》之类的笛曲。花是女性化的,这不能不令人联想到女词人。其次惋惜残梅凋零、"香消雪减",最终将被"扫迹"一空,这不能不使人想到词人自称的"如今老去无成"(《临江仙》)。最后歇拍又安慰"残梅":"疏影尚风流。"梅终究是韵胜格高之花,即使凋残,其风流高雅的气质是不会改变的,明显有词人自我慰藉的意思。

此词是词人在北宋沦亡、背井离乡的背景下,心境老化、悲观颓丧的形象表现。

山　花　子

病起萧萧两鬓华,①卧看残月上窗纱。豆蔻连梢煮熟水,②莫分茶。③　　枕上诗词闲处好,④门前风景雨来佳。终日向人多蕴藉,⑤木樨花。⑥

【注释】

①萧萧两鬓华:语本宋苏轼《南歌子》:"苒苒中秋过,萧萧两鬓华。"萧萧,形容头发稀疏。华,花白。　②豆蔻:植物名。秋季结实,可入药,主治疟疾。煮熟水:用开水煮。宋陈元靓《事林广记》:"白豆蔻壳拣净,投入沸汤瓶中,密封片时,用之极妙。"　③分茶:

煎茶之法。宋杨万里《澹庵坐上观显上人分茶》诗:"分茶何似煎茶好,煎茶不似分茶巧。蒸水老禅弄泉手,隆兴元春新玉瓜。二者相遭兔瓯面,怪怪奇奇真善幻。纷如擘絮行太空,影落寒江能万变。银瓶首下仍尻高,注汤作字势嫖姚。不须更师屋漏法,只问此瓶当响答。"是指用开水冲茶,可见茶于水中呈现出的各种形态,令人观赏。　④闲处:僻静的处所。唐元稹《除夜》:"闲处低声哭,空堂背月眠。"　⑤蕴藉:以木樨花喻人,称其宽厚而有涵养。旧题宋尤袤《全唐诗话·裴休》:"为人蕴藉,进止雍闲。"⑥木樨(xī)花:即木犀花,桂花。

【品评】

据李清照《〈金石录〉后序》,宋建炎三年(1129)秋,词人夫婿赵明诚因疟疾卒于建康(今南京),词人亦因此而大病一场。此词即作于"病起"之后。

词首句塑造了词人"病起"憔悴衰老的自我形象:头发稀疏,两鬓花白。这显然是词人新寡之痛苦的具象。次句"卧"字承上句"病"字,写出身体之虚弱;"看残月"而非圆月,又进一步渲染了丧偶之悲。接下两句写因为病尚未完全痊愈,因此还要煮豆蔻茶治病,而无兴趣与精神去享受"分茶"之乐了,亦可见现状之凄苦。上片是记事,下片则基本是议论,表白自己竭力减轻悲痛的方法:一是于僻静卧室,枕上作新词,以宣泄情绪;二是观赏门前秋雨绵绵之景,平抚心境;三是把那株桂花树拟人化当成伴侣,向其倾诉心声。

当然,词人的悲痛短时间是无法消除的,只有时间才是医治痛苦的医师。词人心情虽然"杞妇之悲深"(《祭赵湖州文》),但此词却写得很平淡,因为最痛苦的阶段已过去,开始平静地对待命运了。

浪 淘 沙

帘外五更风,①吹梦无踪。画楼重上与谁同?②记得玉钗斜拨火,③宝篆成空。④　　回首紫金峰,⑤雨润烟浓,一江春浪醉醒中。⑥留得罗襟前日泪,弹与征鸿。⑦

【注释】

①五更风:指天快亮时的寒风。唐李商隐《代应二首》其一:"沟水分流西复东,九秋霜月五更风。"　②画楼:华丽的楼房。唐李峤《晚秋喜雨》:"聚霭笼仙阁,连霏绕画楼。"　③拨火:即翻拨熏香。　④宝篆:熏香的美称,即篆香,香上刻有划分时间的标记。宋黄庭坚《画堂春》:"宝篆烟消龙凤,画屏云锁潇湘。"　⑤紫金峰:即紫金山,又名钟山,在今南京市。　⑥一江春浪:化用南唐李煜《虞美人》"问君能有几多愁,恰似一江春水向东流"之意。⑦征鸿:指高飞的大雁。南朝江淹《赤亭渚》:"远心何所类,云边有征鸿。"有《汉书·苏武传》雁足传书之意。

【品评】

宋建炎三年(1129)八月赵明诚病逝,不久风闻金兵即南下,清照乃于十一月离开建康南下,途中作此悼念亡夫之词。

上片采用以昔衬今的手法,抒发怀念亡夫之情。前三句写今日新寡之悲:五更梦回,寒风把夫妻团聚的美梦吹得无踪影,待重上画楼时更真切地感受到无人相伴之哀。由今天之孤单,不能不追忆昔日夫妻团聚、琴瑟和谐的幸福生活。"玉钗斜拨火,宝篆成空",写出夫妻深夜读书、相互唱和的情景,这是词人刻骨铭"记"的。下片则写清晨离开江宁(今南京)时的感受。建康是夫妻最后团聚的地方。那里一山一水都见证了夫妻生活的苦与乐。"回首紫金峰"即是回望第二故乡江宁,流露出依依不舍之情。由于是清晨出发,所以见烟雨迷蒙,春浪似醉似醒,它们都寄托着词人的怅惘与忧愁。与建康离别是迫于国势危亡,又是与亡夫离别,怎能不泪如泉涌?热泪打湿了罗襟,正好天上飞过征鸿,那就托它们把自己饱含哀思的热泪捎带走吧,送给那冥冥之中的夫君!

词写得极其哀婉,清陈廷焯所谓"凄艳不忍卒读,其为德夫(赵明诚)作乎"(《白雨斋词话》卷二)。其中含有多少血泪!

孤雁儿

> 世人作梅词,下笔便俗。予试作一篇,乃知前言不妄耳。

藤床纸帐朝眠起。①说不尽,无佳思。沉香烟断玉炉寒,②伴我情怀如水。笛声三弄,③梅心惊破,④多少春情意。　　小风细雨潇潇地,⑤又催下千行泪。吹箫一去玉楼空,⑥肠断与谁同倚？一枝折得,人间天上,没个人堪寄。⑦

【注释】

①藤床:用藤竹编制的床,甚轻便,床头置椅圈可靠背,撑脚可调节高低。宋无名氏《春光好》:"小藤床,随意横。"纸帐:用藤皮茧纸缝制的帐子。宋苏轼《自金山放船至焦山》:"困眠得就纸帐暖,饱食未厌山蔬甘。"　②沉香:香料名。唐罗隐《香》:"沉水良材食柏珍,博山烟暖玉楼春。"玉炉:熏炉的美称。唐胡杲《七老会》:"白头仍爱玉炉熏。"　③笛声三弄:指笛曲《梅花三弄》。④梅心惊破:用李白《与史郎中钦听黄鹤楼上吹笛》诗意:"黄鹤楼中吹玉笛,江城五月落梅花。"此夸饰惊破梅花是指纸帐上的画梅。宋朱敦儒《鹧鸪天》有"纸帐梅花醉梦间"之句。　⑤潇潇:形容小雨貌。南唐王周《宿疏陂驿》:"微雨潇潇古驿中。"　⑥吹箫一去:用《列仙传》萧史与秦穆公之女弄玉相爱为妻之典。萧史善吹箫,并教弄玉吹箫作凤鸣,引来凤凰。后两人随凤飞去。此单指萧史一去,喻赵明诚病故。　⑦"一枝"等三句:南朝宋盛弘之《荆州记》:"陆凯与范晔相善,自江南寄梅花一枝,诣长安,与晔,并赠花诗曰:'折梅逢驿使,寄与陇头人。江南无所有,聊赠一枝梅。'"此处反用寄梅花之意,谓夫亡无处可寄。

【品评】

此词作于赵明诚卒后,借咏梅而悼念夫婿,即借咏梅花的意象,以衬托其"肠断"之悲。

词上下片皆先写"情怀"再辅以梅的意象,以进一步渲染其"情怀"之悲凉。上片写晨起觉室内环境凄冷,心绪"无佳",悼夫之情如水不断;然后辅以笛曲《梅花三弄》与纸帐"梅心"被"惊破"的意象,其凄怨与残破,皆使词人的情思更"无佳"矣!至此,虽然身在春天,却感受不到"春情意",亦就不难理解。下片写室外环境凄冷,细雨潇潇,一如词人的心境,想到人去楼空,无人同倚栏,怎能不"肠断"而"下千行泪"?收束又辅以寄梅花之典故,以梅花已无人可寄,再写丧夫孤单的悲哀。名为"梅词",实无一句写自然界真实的梅花,与一般因赏梅而咏梅之作迥然相异,别具匠心,可称不"俗"。

清 平 乐

年年雪里,常插梅花醉。①挼尽梅花无好意,②赢得满衣清泪。③　　今年海角天涯,④萧萧两鬓生华。⑤看取晚来风势,⑥故应难看梅花。⑦

【注释】

①常插梅花醉:宋朱敦儒《鹧鸪天》有"且插梅花醉洛阳"句,李清照与朱敦儒有交往,当受此句影响。　②挼(nuó):搓揉。无好意:无好心情。　③赢得:获得。唐杜牧《遣怀》:"十年一觉扬州梦,赢得青楼薄幸名。"　④海角天涯:指偏远之地。宋晏殊《踏莎

行》:"无穷无尽是离愁,天涯海角寻思遍。" ⑤"萧萧"句:语本宋苏轼《南歌子》"萧萧两鬓华"句。萧萧,形容头发短而稀。 ⑥看取:试看。取,语助词,无意义。风势:喻金兵南下。 ⑦看:观赏。

【品评】

此词作于宋建炎三年(1129)冬,所咏当为蜡梅。赏梅饮酒是词人多年的生活方式,也是与夫婿赵明诚当年琴瑟和谐的幸福生活的美好回忆。但今非昔比,生活的苦难已使词人失去赏梅的雅兴。如今她只有"挼尽梅花"的下意识动作而已。而且边揉搓花瓣,边流清泪,洒满衣襟。原因是"无好意"。心情为何如此不佳?当然与思念亡夫有关,但此词主旨不在于此。下片才道出"无好意"的真正原因:一是"今年海角天涯",为躲避南下金兵而追随南逃浙江的宋高宗受尽颠沛流离之苦,身心疲惫;二是两鬓萧萧,生命流逝,步入老境;三是"晚来风势"急,国家危亡迫在眉睫。无论是个人遭际,还是国家命运,都足以令词人"满衣清泪",她哪还有兴致观赏梅花呢?词以"故应难看梅"作结,给出了明确的答案。

此词写词人对待梅花态度的今昔对照,反映出个人命运与国家形势的变化,小中见大,词境深广,词旨深刻。

怨 王 孙

梦断漏悄,①愁浓酒恼。宝枕生寒,翠屏向晓。②门外谁扫残红?夜来风。③　　玉箫声断人何处?④春又去,忍把归期负?此情此恨,此际拟托行云,⑤问东君。⑥

【注释】

①梦断:梦醒。唐李白《忆秦娥》:"秦娥梦断秦楼月。"漏悄:漏声寂静。漏,古代计时器。　②翠屏:翠绿的屏风。南朝江淹《丽色赋》:"紫帷铪匝,翠屏环合。"　③夜来:昨夜。宋贺铸《浣溪沙》:"东风寒似夜来些。"　④玉箫声断:用《列仙传》萧史、弄玉吹箫,引来凤凰,后皆随凤凰飞去的典故。声断,指吹箫人离去,喻夫婿赵明诚去世多年。　⑤拟:准备。　⑥东君:春神。唐成彦雄《柳枝词》:"东君爱惜与先春,草泽无人处也新。"

【品评】

此词当作于宋建炎三年(1129)赵明诚逝世后的某年暮春,乃悼念亡夫之作。词选择夜半"梦断"这一富有意蕴的时刻,抒写悼念亡夫之哀,格外感人肺腑。

上片点明词旨是"愁浓","愁浓"是因为孤独无助。"酒恼"指借酒浇愁而不能,反更添烦恼,更加"愁浓"。"宝枕"两句写出天渐亮,可见词人半夜无眠直到拂晓,益显"愁浓"不可消。"门外扫残红"一句尤妙,"形容暮春,语意俱到"(明董其昌《便读草堂诗馀》卷三),又显示出意境之空寂。上片基本写景,下片乃抒怀,主旨是"恨",此"恨"乃悲哀之极致。一"恨"夫婿仙逝,已不知在何处;二恨春又归去,不肯留驻。词人"此情此恨"无处宣泄,愁冈已极,乃生出"拟托行云,问东君"之奇想,但"问东君"何事未明言,使"无限情恨,犹有意味"(明李攀龙《草堂诗馀隽》卷二眉批)。

春 光 好

看看腊尽春回。①信息到、江南早梅。②昨夜前村深雪里,一朵先开。③　　盈盈玉蕊如裁。④更风清、细香暗来。⑤空使行人肠欲断,⑥驻马徘徊。

【注释】

①腊尽:指腊月已尽。腊,农历十二月。　②江南早梅:于冬春之交开花的梅。宋范成大《范村梅谱》:"早梅花胜直脚梅,吴中春晚,二月始烂漫,独此品于冬至前已开,故得'早'名。"　③"昨夜"、"一朵"两句:化用唐齐己《早梅》"前村深雪里,昨夜一枝开"意。　④盈盈:形容美好。《古诗十九首》:"盈盈楼上女,皎皎当窗牖。"　⑤细香暗来:语本宋王安石《梅花》"遥知不是雪,为有暗香来"句意。　⑥行人:出行在外的人。《诗·齐风·载驱》:"汶水滔滔,行人儦儦。"

【品评】

此词徐培均认为似作于宋建炎四年(1130)追随宋高宗辗转浙东之际。

词借咏辗转途中所见早梅,抒发当时悲怀。词先采用叙述的笔法点出"早梅",并借齐己成句略作描写。然后从视觉与嗅觉两个角度简略写早梅之花蕊与暗香。词似乎写得有些敷衍,并未作精雕细刻。这是可以理解的:一是当时行色匆匆,无暇斟酌字句;二是心情不佳,早梅虽然带来春天"信息",但想到新春并未改变形势之危急,自己又在旅途上饱尝艰辛,在驻马观赏了几眼早梅后,落得的还是肝肠欲断的心情。词虽草草写来,十分平淡,但其内心深处蕴含的悲哀,不难想见。

忆少年

疏疏整整,斜斜淡淡,盈盈脉脉。①徒怜暗香句,②笑梨花颜色。　　羁马萧萧行又急。③空回首,水寒沙白。天涯倦牢落,④忍一声羌笛。⑤

【注释】

①"疏疏"、"斜斜"、"盈盈"三句:形容梅的不同形态与情致。疏疏,语本宋林逋《山园小梅》"疏影横斜水清浅"。斜斜,语本上句与苏轼《和秦太虚梅花》"竹外一枝斜更好"。盈盈脉脉,语本《古诗十九首》:"盈盈一水间,脉脉不得语。"　②暗香:语本林逋《山园小梅》"暗香浮动月黄昏"。　③羁马:上了马嚼子的马。晋陶渊明《归园田居》:"羁马念旧林,池鱼思故渊。"萧萧:形容马嘶鸣声。《诗·小雅·车攻》:"萧萧马鸣,悠悠旆旌。"　④牢落:心情孤寂无托。晋陆机《文赋》:"心牢落而无偶。"　⑤羌笛:指羌笛吹奏的笛曲《梅花落》。当喻金兵南下。

【品评】

此词徐培均认为作于宋建炎四年(1130)追随宋高宗辗转浙东之际。

词仍是咏梅,但与《河传·暗香》相比,则全无一"梅"字,仅巧用"暗香"一典而把梅点出。词开篇巧用十二叠字,可与《声声慢》开篇"寻寻觅觅,冷冷清清,凄凄惨惨戚戚"十四叠字媲美。此十二叠字不仅写出梅外在形态,亦写出梅的情致,再以"梨花颜色"反衬,则赞赏之意明矣。但词旨并不在赞梅,因为梅花只是在羁马急行的途中一闪而过,待词人留恋地"回首"时,梅已不见踪影,但见"水寒沙白"而已。于是词人孤寂惆怅之情益加沉重,更何况"一声羌笛"不堪忍受,则此梅的出现带给词人的美感是极短暂的,而引发的"牢落"却是长久的。可见上片写梅之美,实成为下片抒"牢落"之重的衬托。

渔 家 傲

天接云涛连晓雾,①星河欲转千帆舞。②仿佛梦魂归帝所,③闻天语,④殷勤问我归何处。⑤ 我报路长嗟日暮,⑥学诗漫有惊人句。⑦九万里风鹏正举。⑧风休住,蓬舟吹取三山去。⑨

【注释】

①云涛:云海。唐孟浩然《宿天台桐柏观》:"日夕望三山,云

涛空浩浩。" ②星河:银河。唐杜甫《阁夜》:"五更鼓角声悲壮,三峡星河影动摇。"欲转:指银河位置移动。 ③帝所:天帝的居所,亦指天子居处。此指宋高宗行在。 ④闻天语:听到天帝的话语。语本唐李白《飞龙引》:"造天关,闻天语,屯云河车载玉女。" ⑤殷勤:关注、关心。 ⑥"我报"句:化用楚屈原《离骚》"路漫漫其修远兮"与"日忽忽其将暮"句意。 ⑦漫有:空有。惊人句:唐杜甫《江上值水如海势聊短述》:"为人性僻耽佳句,语不惊人死不休。" ⑧"九万里"句:化用庄子《逍遥游》典:"有鸟焉,其名为鹏,背若泰山,翼若垂天之云,抟扶摇羊角而上者九万里。" ⑨蓬舟:形如飞蓬之舟。三山:渤海三神山。《史记·封禅书》:"自威、宣、燕昭,使人入海,求蓬莱、方丈、瀛洲。此三神山者,其传在渤海中。"

【品评】

此词作于宋建炎四年(1130)春,时词人为追随宋高宗御舟,雇船入海,曾至行在章安(今属浙江台州)。

此词格调豪放,毫无钗粉气,"绝似苏、辛派"(梁令娴《艺蘅馆词选》乙卷)。词人因身处大海,又有追随皇帝的愿望,是此词大胆想像的条件,而构思出开篇恢宏的神话意境则赖于其非凡的才情。上片写晓雾弥漫,海涛与天空相接,故才能游进银河,见星斗似千帆飞舞。自己仿佛灵魂脱窍,进入天宫,听到天帝殷勤的询问,欲"归何处"。这反映出词人对皇帝抱有期望。归何处?下片即是词人的回答,情感上是先抑后扬。先是感叹自己求索之路漫长而年已迟暮,空有惊人才情而无所施用,似乎这是词人对自己大半生的总结,未免有些沉重。但词人并不甘心年老无成,特别是在天帝面前,更加振作了精神,欲有所作为,于是发出豪言壮语:欲学抟扶摇而上万里的大鹏,乘着长风,飞向海上仙山,这表明词人并未放弃自己的理想。虽然这是一种虚幻的设想,但显示了词人性格中自信倔强的一面。当然这种自信是短暂的。

清沈曾植《菌阁琐谈》赞李清照词"飞想者赏其神骏",此词正是宛如"神骏"腾飞之作,开拓出别开生面的意境,充满浪漫进取的精神。

南 歌 子

天上星河转,①人间帘幕垂。凉生枕簟泪痕滋。②起解罗衣,③聊问夜何其。④　　翠贴莲蓬小,⑤金销藕叶稀。⑥旧时天气旧时衣,只有情怀不似旧家时。⑦

【注释】

①星河:即银河。南朝齐张融《海赋》:"浪动而星河如覆。"　②枕簟(diàn):枕席。唐韩愈《新亭》:"水文浮枕簟,瓦影荫龟鱼。"滋:增多。　③解:此指披。同《一剪梅》"轻解罗裳,独上兰舟"之"解"。　④夜何其:夜有多深。其,语助词,表疑问。《诗·小雅·庭燎》:"夜如何其?夜未央。"　⑤翠贴:指粘贴在衣服上的绿色图案(莲蓬)。　⑥金销:指衣服上的金线、金箔等饰物褪色。　⑦旧家:从前。宋周邦彦《瑞龙吟》:"惟有旧家秋娘,声价

如故。"

【品评】

此词或云作于宋大观元年(1107)词人 24 岁屏居青州时,但从结尾三个"旧"字,以及词意来看,疑作于后期孤身生活时。

词上片开篇两句,写星河倒转,帘幕低垂,勾勒出夜深之景,暗示是人们酣睡之时。但词人却凉泪湿枕,夜不能寐,乃至起床披衣,探问夜深几许。这一跌宕表现出词人心境的苦闷与悲伤,似乎有一种悲秋情怀。而"起解罗衣",乃引出此词的中心意象。下片即在"罗衣"上做文章,并点出词人之所以半夜"泪痕滋"的原因。过拍"翠贴莲蓬小,金销藕叶稀"之"小"、"销"、"稀"三字凸显"罗衣"外形的变化,其中含有岁月不居、历尽忧患之意,亦不无新衣变旧衣的惋惜之情。此衣或许是新婚时所制,曾记载了词人青春年华的幸福与回忆。今日虽然变旧,但毕竟还是"旧时衣",甚至天气亦似旧时,而惟自己的情怀已"不似旧家时",历经沧桑,饱尝山河沦丧、夫婿逝世之痛,词人再也不会有往日幸福的岁月与"情怀"了。这就是词人"泪痕滋"的根源所在。

此词虽然情感悲凉,但表现得比较冲淡。这当与词人年事较高、心境较平和有关。

菩 萨 蛮

风柔日薄春犹早,① 夹衫乍着心情好。② 睡起觉微寒,梅花鬓上残。③　　故乡何处是?④忘了除非醉。沉水卧时烧,⑤香消酒未消。⑥

【注释】

①日薄:形容早春阳光和煦。唐韩愈《晚寄张十八助教周郎博士》:"日薄风景旷。"　②乍着:初穿。　③梅花:指女子鬓发上插的梅花。　④故乡:指今山东济南、章丘等地,时已沦入金人之手。　⑤沉水:香料名。　⑥香消:指香料燃尽。

【品评】

此词约作于宋绍兴二年(1132)赴杭州之后,时赵明诚去世多年,词人心境已比较平静,生活也还算安定。但不能回归被金人占领的故乡仍是一大心病,乡愁时时会涌上心头。

当江南早春来临,暖风柔和,阳光和煦,又能换上轻巧的春衫,词人心情感到愉悦,竟直言"心情好"。但写晨起又觉天气微寒,见鬓上梅花也凋残了,心绪则发生了微妙的变化,"心情"已不那么"好"了。这种变化,当是词人想到了故乡,那里还是春寒料峭,更处于金兵蹂躏下,于是油然发出"故乡何处是"之问。离开故乡久了,似乎已找不到故乡了。但故乡是不能"忘"的,"忘"只有大醉时。于是为了"忘"掉故乡,词人真的喝醉了,甚至醉到"香消酒未消",可见词人醉得不浅,亦可见乡愁极重。至此可知,上片写"心情好"只是为反衬下片之乡愁,但词全篇不见"愁"字,十分含蓄蕴藉。

俞平伯评此词"上片措语轻淡,意思和平",下片"意极沉痛,笔致却不觉其重,与前片轻灵的风格一致"(《唐宋词选释》中卷),道出了此词风格。

好事近

风定落花深,①帘外拥红堆雪。②长记海棠开后,正伤春时节。③　酒阑歌罢玉尊空,④青缸暗明灭。⑤魂梦不堪幽怨,更一声啼鴂。⑥

【注释】

①风定:风止息。　②拥红堆雪:指飘落的红、白花瓣堆积在一起。　③"长记"、"正伤春"两句:指早年曾作《如梦令》:"试问卷帘人,却道海棠依旧。知否?知否?应是绿肥红瘦。"　④酒阑歌罢:语本五代毛文锡《恋情深》"酒阑歌罢两沉沉"。酒阑,酒喝完。玉尊:酒杯的美称。　⑤青缸:青灯。缸,灯盏。　⑥啼鴂(jué):亦作鹈鴂,鸟名,当指杜鹃。楚屈原《离骚》:"恐鹈鴂之先鸣兮,使夫百草为之不芳。"杜鹃鸣时,春天即尽,其叫声似"不如归去"。

【品评】

此词作于赵明诚去世之后,时或在杭州。词人因见落花而"伤春",但其思想内涵与早年感怀,已大不相同。

词人经历过亡国与丧夫之痛,已步入暮年,心中郁积着沉重的"幽怨",包含对人生的绝望,而且是无法消除的、不堪忍受的,尽管其表达似乎很平淡,但灵魂深处的痛苦还是隐约可见的。词开篇即写出"落花"意象,"拥红堆雪"虽也写出其红白相映的灿烂一面,但主要是写落花之"深",表现繁花凋零。"绿肥红瘦"的凄美,意味着美丽春天的结束,亦象征着词人青春的凋零。词人之所以"伤春",既是伤自然之春,更是伤生命之春。特别是以其饱经沧桑的嫠妇身份看"落花",其"伤心"就格外深刻。这种"伤春"之感或许可以借饮酒听歌作一时的排遣,但"酒阑歌罢"之后,一切故我,满腹的"幽怨"亦依然郁结,"魂梦"不堪。特别是在听到杜鹃一声"不如归去"的啼鸣,宣告了春的彻底归去,词人亦预感到生命的结局,其"幽怨"亦就无以复加了。

全词委婉平淡,感情内敛,这既是婉约词的特点,也与词人迟暮之年的心理活动趋于平和相关。

武 陵 春

风住尘香花已尽,①日晚倦梳头。②物是人非事事休,③欲语泪先流。　　闻说双溪春尚好,④也拟泛轻舟。⑤只恐双溪舴艋舟,⑥载不动,许多愁。⑦

【注释】

①风住尘香:风吹走了尘土中落花的香味。　②日晚:傍晚。唐李白《天马歌》:"倒行逆施畏日晚。"　③物是人非:语本三国曹

丕《与朝歌令吴质书》:"节同时异,物是人非,我劳如何!"指客观景物依然如旧,而人事已发生变化。休:罢休。　④双溪:水名,在浙江金华,由东港、南港两条溪水汇于城南,故名。　⑤拟:准备。泛轻舟:乘小船游玩。　⑥舴艋舟:形似蚱蜢的小船,唐张志和《渔父词》:"舴艋为舟力几多,江头雨雪半相和。"　⑦"载不动"句:此句承继宋郑文宝《柳枝词》"载将离恨过江南"、苏轼《虞美人》"只载一船离恨向西州"的写法。

【品评】

此词宋绍兴五年(1135)春作于浙江金华。时词人已年过半百,见百花零落、春光"已尽",触景生情,不禁伤感,显得慵懒寂寞。残春之景更引发词人对此生变故的感慨。"物是人非",不仅指国家的沧桑之变,亦包括个人生活的种种变故。"欲语泪先流"的细节极写其"愁如海"(明陆云龙《词菁》卷一)的心境,为歇拍的"载不动"埋下伏笔。因为"愁"词人乃有郊游散心解闷之想,欲去双溪泛舟。可是这个念头,却转瞬又打消,因为词人很快意识到出游亦无济于事,舴艋舟"载不动,许多愁",即愁太深重了,是无法消除的,从而与"泪先流"相呼应。写"愁"可以载,把抽象的情思具象化,化无形为有形,"愁"有了重量,甚为新颖,可以使人真切形象地感受到词人凄苦的心境。

转调满庭芳

芳草池塘,①绿阴庭院,晚晴寒透窗纱。玉钩金锁,②

管是客来吵。③寂寞尊前席上,④惟愁海角天涯。⑤能留否?酴醾落尽,⑥犹赖有梨花。　　当年、曾胜赏,⑦生香薰袖,⑧活火分茶。⑨极目犹龙骄马,流水轻车。⑩不怕风狂雨骤,恰才称、煮酒笺花。⑪如今也,不成怀抱,得似旧时那?⑫

【注释】

①芳草池塘:化用南朝谢灵运《登池上楼》"池塘生春草"句。　②玉钩:帘钩的美称。南唐李璟《摊破浣溪沙》:"手卷真珠上玉钩。"金锁:铜锁。五代鹿虔扆《临江仙》:"金锁重门荒院静。"　③管是:准是。吵(shā):语助词,了,也。　④尊:酒杯。　⑤"惟愁"句:意谓担忧金人南侵,百姓又将逃离四方。　⑥酴醾(tú mí):花名,一作荼蘼,晚春开。宋王琪《暮春游小园》:"开到酴醾花事了,丝丝天棘出莓墙。"　⑦当年:指在南渡前在汴京时。胜赏:出游赏景。　⑧生香:上等麝香。明李时珍《本草纲目》:"麝香有三等:第一生香,名遗香,乃麝自剔出者。"薰袖:三国繁钦《定情》称"香囊悬肘后",即指薰袖。　⑨活火:烈火。唐赵璘《因话录》卷二:"(李约)天性惟嗜茶,能自煎,谓人曰:'茶须缓火炙,活火煎。'活火谓炭火之焰者也。"分茶:指开水冲茶,杯中出现的变幻物象。　⑩"极目"、"流水"两句:化用南唐李煜《望江南》"车如流水马如龙"句意。　⑪笺花:在纸笺上写诗咏花。　⑫那:当为方言,何。

【品评】

此词约为宋绍兴七年(1137)定居杭州时所作。词描写春夏之交景色,表现晚年孤寂生活,引发了对当年汴京安居乐业日子的回忆。

词人以今昔对比,倍觉今日之凄凉。上片写"芳草"、"绿阴",点出春末夏初的典型景物,而"晚晴寒透"之"寒"字当是词人的心理错觉,是心绪清冷孤寂的反映。词人之所以有此感觉,是因为所居处"玉钩金锁",如同牢笼,即使有客来,仍觉席上"寂寞"。其远离故乡如同在"海角天涯"而愁苦难熬。"能留否"之问,回答是只能留,因为北方还在金人铁蹄下。而杭州虽然酴醾花落,但还有梨花聊以慰藉。由眼下之"愁海角天涯",词人自然怀念起"当年"南渡前在汴京无忧无虑的日子,忆甜而思苦。那时曾出游观赏,肘后悬香囊,甚是潇洒;又活火烹茶,亦极悠闲;更见车水马龙,享尽繁华;即使遇到风雨,还可煮酒吟花,风雅之至。当年的赏心乐事,终身难忘,可惜"流水落花春去也",如今的日子已不值一提。词人失落之感洋溢字里行间。歇拍"得似旧时那"的询问,充满怀旧与无奈,令人沉思。

永 遇 乐

元 宵

落日熔金,①暮云合碧,人在何处?染柳烟浓,吹梅笛怨,②春意知几许。③元宵佳节,融和天气,④次第岂无风雨。⑤来相召、香车宝马,⑥谢他酒朋诗侣。⑦　　中州盛日,⑧闺门多暇,⑨记得偏重三五。⑩铺翠冠儿,⑪捻金雪柳,⑫簇带争济楚。⑬如今憔悴,风鬟霜鬓,⑭怕见夜间出去。⑮不如向,帘儿底下,听人笑语。

【注释】

①熔金:形容落日赤黄光辉如同黄金熔化。宋廖世美《好事近》:"落日水熔金,天淡暮烟凝碧。" ②吹梅笛怨:指笛曲《梅花落》其声情幽怨。 ③几许:多少。《古诗十九首·迢迢牵牛星》:"河汉清且浅,相去复几许?" ④融和:温暖和煦。唐张登《山雪戏题绝句》:"融和长养无时歇。" ⑤次第:转眼,接着。 ⑥香车宝马:华丽的车马。唐王维《同比部杨员外十五夜游有怀静者季》:"香车宝马共喧阗。" ⑦酒朋诗侣:饮酒作诗的朋友。 ⑧中州盛日:指在汴京的繁盛之日。中州,指河南一带,此指代汴京。⑨闺门:指代闺中女子。 ⑩偏重:特别重视。三五:即正月十五元宵节。 ⑪铺翠冠儿:装饰着翡翠等珠宝的帽子。宋吴自牧《梦粱录》卷一《元宵》:"(杭州)官巷口、苏家巷二十四家傀儡,衣装鲜丽,细旦戴……珠翠冠儿,腰肢纤袅,宛如妇人。" ⑫捻金雪柳:用金线捻丝制成的头饰雪柳。 ⑬簇带:即簇戴,指妇女头上装饰许多饰品。宋周密《武林旧事》卷三:"妇人簇戴,多至七插"。济楚:整洁、漂亮。宋周邦彦《红窗迥》:"有个人人,生得济楚。" ⑭风鬟霜鬓:形容人年老头发松乱,双鬓花白。 ⑮怕见:懒得。

【品评】

此词约宋绍兴九年(1139)作于杭州。此年正月初五宋、金议和,形势缓和,于是有欢庆元宵佳节的活动。宋张端义称李清照"南渡以来,常怀京洛旧事,晚年赋元宵《永遇乐》词"(《贵耳集》卷上),观此词属老年怀旧之作。但怀旧旨在伤今,又与一般人的怀旧不同。

上片写今日元宵节的情景,采用的是先扬后抑的手法,写出词人于元宵佳节时的独特感受。开篇先写元宵节傍晚时分"落日熔金,暮云合璧"的美景,乃入夜赏灯的绝佳背景;但一句"人在何处",顿生"身在异乡为异客"之愁。次写"染柳烟浓"似乎春意盎然,但又添加"吹梅笛怨",暗示"春意"不多之憾。再次写"融和天气",似乎心情舒畅,但又生杞人之忧:"次第岂无风雨?"最后写"来相召、香车宝马",似乎很热闹,但却被词人一一谢绝,又觉孤单、清冷。可见,今日元宵佳节所有赏心悦目之事都与词人心情格格不入。因为词人心中向往、怀念的是北宋灭亡之前在汴京过的元宵佳节,那时正当国家盛日,又多闺中知己,大家精心打扮,争奇斗艳,尽享元宵之乐,真是何等快乐!而面对现实,不仅元宵已无复当年盛况,自己更是首如飞蓬的老妇,哪还有兴趣夜间去观灯呢?结尾以俚词白话写自己只能在"帘儿底下,听人笑语"聊以慰藉,分明是一个孤独悲哀的嫠妇形象。

此词总体上以"中州盛日"之元宵与今日冷落的元宵相对照;并以今日元宵之景与自己的心情相对照,突出国难给自己精神造成的巨大创伤,以及对故乡的怀念之情,感人至深,难怪宋词人刘辰翁读后"为之泣下"(《须溪词》卷二《永遇乐》小序)。文字上则亦雅亦俗,亦浓亦淡,精巧与朴素相融,达炉火纯青的境界。此词是李清照晚年的重要作品,反映了其词境之超迈非凡。

山 花 子

揉破黄金万点明,①剪成碧玉叶层层。②风度精神如彦辅,③太鲜明。④　　梅蕊重重何俗甚?丁香千结苦粗生。⑤熏透愁人千里梦,⑥却无情。

【注释】

①黄金:比喻金黄色桂花。　②碧玉:唐贺知章《咏柳》:"碧玉妆成一树高,万条垂下绿丝绦。"此喻桂树绿叶。　③彦辅:晋人乐广,字彦辅。《晋书》本传称其"神姿朗彻,当为名士"。比喻桂花风度不俗。　④鲜明:据《世说新语·品藻》:"刘令言始入洛,见诸名士而叹曰:'王夷甫太解明。(引者按:《晋书·刘隗传》"解明"作"鲜明")乐彦辅我所敬……'""鲜明"本指王夷甫而非乐彦辅。此处或借用,或误记。　⑤丁香千结:指丁香花蕊甚多。五代毛文锡《更漏子》:"庭下丁香千结。"苦粗生:苦于粗糙。生,语助词。　⑥愁人:词人自称。

【品评】

此词约作于南渡后定居杭州时,在宋绍兴年间。词借咏金桂表思乡之情。

金桂开于秋季,花色金黄。词先从形态与"精神"两个方面写金桂:花如"黄金万点",叶如"碧玉"层层,均显华贵之态;更有"风度精神"朗彻不俗,极其出色。词人于金桂可谓不吝赞美之词。然后则以金桂和"梅蕊"与"丁香"作比,褒此而贬彼。向来为清照所欣赏的梅花被贬为"俗甚",丁香更是粗糙不堪,皆不可与金桂相媲美。出人意料的是歇拍却以"无情"否定了金桂,造成巨大跌宕,似匪夷所思。实际是金桂花香太浓烈,熏醒了梦中词人,打扰了词人千里思乡美梦也。此词写对金桂的赞誉之词以及与梅花、丁香作比较,都十分夸张,目的在于凸显思乡之情。

声声慢

寻寻觅觅,冷冷清清,凄凄惨惨戚戚。① 乍暖还寒时候,② 最难将息。③ 三杯两盏淡酒,怎敌他、④ 晚来风急。雁过也,正伤心,却是旧时相识。⑤ 满地黄花堆积,⑥ 憔悴损,⑦ 如今有谁堪摘?⑧ 守着窗儿,独自怎生得黑?⑨ 梧桐更兼细雨,⑩ 到黄昏、点点滴滴。这次第、⑪ 怎一个愁字了得!⑫

【注释】

① 凄凄:形容悲伤凄凉。南朝谢灵运《道路忆山中》:"凄凄《明月》吹,恻恻《广陵散》。"惨惨:忧闷,忧愁。《诗·小雅·正月》:"忧心惨惨,念国之为虐。"戚戚:形容忧惧。《论语·述而》:"君子坦荡荡,小人长戚戚。" ② 乍暖还寒:形容秋天气候多变,忽暖忽寒。乍,忽然。 ③ 将息:指休养,保重身体。 ④ 敌:抵

挡。　⑤旧时相识：旧时朋友。把北来大雁当作过去的朋友,有思乡之意。　⑥黄花：指菊花。《礼记·月令》："鞠(菊)有黄华(花)。"　⑦损：副词,极,表示憔悴程度之深。　⑧堪摘：能承受被采摘。　⑨怎生：如何,怎么。宋柳永《甘州令》："好时节,怎生轻舍?"生,语助词。得：到。　⑩"梧桐"句：化用唐白居易《长恨歌》"秋雨梧桐叶落时"句意。　⑪次第：情形光景。唐刘禹锡《寄杨八寿州》："次第应须旧谏臣。"　⑫了得：了结,概括得了。

【品评】

　　此词作于李清照暮年,约宋绍兴十六年(1146)以后。此词为清照杰作,有"千古绝调"(清孙原湘评张寿林辑本《漱玉词·声声慢》语)、"绝世奇文"(清陆以湉《冷庐杂识》卷五)之誉。

　　此词属悲秋之作,其中郁积着词人南渡以来深重的人生痛苦。虽然词人并未点明其痛苦之所在,但通过"凄凄惨惨戚戚"、"伤心"、"愁"等感情色彩鲜明的词语,毫不隐讳地宣泄出心中的苦闷,可谓既含蓄又直白。开篇连用十四叠字,堪称千古创格,有"大珠小珠落玉盘"的声韵之美,而且淋漓尽致地表达出词人晚年挣扎、清冷、孤寂的生活状态,以及悲伤、苦闷、忧惧的内心世界。词人把这种心境置于"乍暖还寒"的深秋时节,尤显无比凄苦。而写"淡酒"不能御风,雁过使人"伤心",亦渲染出悲秋之意。下片又选取典型的秋天风物,进一步抒写"愁"意。"黄花"本是秋天最美的花,但此时已凋残不堪,其"憔悴损"的形象显然亦是晚年词人的写照。"秋雨梧桐"本是秋天意象,而缀以叠字"点点滴滴",则涂抹上更悲凉的色彩。词人处于如此秋意萧瑟的自然环境中,又孤独地"守着窗儿"等待天黑,其心境当如打翻了五味瓶。歇拍以"怎一个愁字了得"收束,"用浅俗之语,发清新之思"(清彭孙遹《金粟词话》),内涵极丰,意味无穷,可谓字字是泪,蕴藉着难以言传的痛苦、悲凉。

明杨慎《词品》卷二评:"宋人中填词,李易安亦称冠绝。使在衣冠,当于秦七(观)、黄九(庭坚)争雄,不独雄于闺阁也。"并以"《声声慢》一词,最为婉妙"为证,此词在清照词中可称压卷之作。

生查子

年年玉镜台,①梅蕊宫妆困。②今岁不归来,怕见江南信。③　　酒从别后疏,泪向愁中尽。遥想楚云深,④人远天涯近。⑤

【注释】

①玉镜台:典出《世说新语·假谲》,比喻妆镜。　②梅蕊宫妆困:指梅花妆。唐韩鄂《岁华纪丽》卷一《人日》:"(南朝宋)武帝女寿阳公主,日卧于含章檐下,梅花落公主额上,成五出之花,拂之不去。皇后留之,自后有梅花妆是也。"　③江南信:南朝盛弘之《荆州记》记陆凯寄梅花给范晔,并赠诗曰:"折梅逢驿使,寄与陇头人。江南无所有,聊寄一枝春。"此处即指梅花。　④楚云:江南之云。唐韩翃《送客之鄂州》:"江口千家带楚云。"　⑤天涯近:即"近天涯",极言离人之远。

【品评】

此词作者有李清照与朱敦儒两说,为存疑之作。词写思念夫君之情。上片写夫君因"怕见江南信"触动离愁而"今岁不归来",十分新颖别致。下片"酒从"句写出"飘零疏酒盏"(宋秦观《千秋岁》),为暗写离愁;"泪向"句则明写离愁。词人因思夫君而愁,又因愁而"遥想"夫君,"人远天涯近"则道出夫君"今岁不归来"的真正原因,并非"怕见江南信"也。词虽短小,但构思新巧,颇具情致。

浣 溪 沙

楼上晴天碧四垂,①楼前芳草接天涯。劝君莫上最高梯。　　新笋看成堂下竹,落花都上燕巢泥。忍听林表杜鹃啼。②

【注释】

①"楼上"句:化用唐韩偓《有忆》"泪眼倚楼天四垂"意。
②"忍听"句:化用唐李中《钟陵寄从弟》"忍听黄昏杜鹃啼"意。林表,林外。杜鹃,啼声似"不如归去"。

【品评】

此词作者有周美成、李清照两说,为存疑之作。词写女子思夫之情。上片写女子登楼远眺,芳草远接天涯,而夫君不归,只能

"劝君莫上最高梯",寄托牵挂、担忧之意。下片写暮春自然景物,新笋长成竹子,落花已嵌入燕巢,更有杜鹃正在啼鸣"不如归去",皆意味春天已告结束。而夫君仍远在"天涯"不归,失落哀怨之情尽在不言中。

丑 奴 儿

夏 意

晚来一阵风兼雨,洗尽炎光。①理罢笙簧,②却对菱花淡淡妆。③　　绛绡缕薄冰肌莹,④雪腻酥香。⑤笑语檀郎,⑥今夜纱厨枕簟凉。⑦

【注释】

①炎光:暑气。宋柳永《二郎神》:"炎光谢,过暮雨,洗尽炎光。"　②理:奏。唐卓英英《理笙》:"频倚银屏理凤笙。"笙簧:笙中的簧片,指代笙。　③菱花:指背有菱花的镜子。唐李白《代美人愁镜》:"玉箸并堕菱花前。"　④绛绡:深红色的绸子。晋郭璞《游仙诗》:"振发晞翠霞,解褐被绛绡。"冰肌莹:形容女子肌肤洁白有光泽。宋朱淑真《暑月独眠》:"冰肌生汗白莲香。"　⑤雪腻酥香:形容肌肤细腻如白雪,芳香如酥油。　⑥檀郎:对夫婿或所爱的人的昵称。唐李贺《牡丹种曲》:"檀郎谢女眠何处?"　⑦纱厨:纱帐。枕簟(diàn):枕席。唐韩愈《新亭》:"水文浮枕簟,瓦影

荫龟鱼。"

【品评】

　　此词作者有康与之、李清照两说,为存疑之作。词写夏日雨后女子生活小景,并表达伉俪恩爱的生活情趣。上片写夏日雨后难得清凉,女子面对明镜梳妆,可见"女为悦己者容"。女子经过打扮,身着薄绸衫,肌如冰雪,分外迷人。她不仅美丽,而且调皮大胆。"笑语檀郎"写其欣喜之意,为的是"今夜纱厨枕簟凉"。此言意思暧昧,当是今夜幽会之约也。故有人评"此阕词意肤浅,不类易安之笔",还有人认为风格与工闺词的康与之较近。

鹧 鸪 天

　　枝上流莺和泪闻,新啼痕间旧啼痕。一春鱼鸟无消息,千里关山劳梦魂。　　无一语,对芳尊,①安排肠断到黄昏。②甫能炙得灯儿了,③雨打梨花深闭门。④

【注释】

　　①芳尊:精致的酒器,此指代美酒。唐李颀《夏宴张兵曹东堂》:"坐对芳尊不知热。"　②安排肠断:指心思烦杂,伤心欲绝。宋辛弃疾《杏花天》:"甫能得见茶瓯面,却早安排肠断。"　③甫能:方才。炙(zhì):烧。灯儿了(liǎo):灯火燃尽。　④"雨打"句:宋吴聿《观林诗话》:"半山酷爱唐乐府'雨打梨花深闭门'之

句。"按《全唐诗》并无此句。未详具体出处。

【品评】

此词作者有秦观、李清照两说,为存疑之作。词写闺怨,委婉曲折,景中有情,情中有景。上片前两句,移情于鸟。本是女主人公流"泪",但其所见流莺啼鸣,亦觉"新痕间旧痕",可谓"一字一血"(明李攀龙《草堂诗馀隽》卷一),写出女主人公的悲哀。后两句"鱼鸟无消息",写对夫君之牵挂,而写"梦魂"飞越"千里关山",更可见对夫君的无限情意。此景中情也。下片写女主人公"无一语"之沉默,写出愁苦郁闷之状;"安排肠断到黄昏",隐见女词人枯坐伤心的身影:皆情中景也。结句"雨打梨花深闭门",是一幅绝妙好图,品味其景中情,意味无穷,可谓"怎一个愁字了得"!

浪淘沙

素约小腰身,① 不奈伤春。② 疏梅影下晚妆新。③ 袅袅婷婷何样似?④ 一缕轻云。 歌巧动朱唇,字字娇嗔。⑤ 桃花深径一通津。⑥ 怅望瑶台清夜月,⑦ 还照归轮。⑧

【注释】

①素约:即约素,形容女子身腰圆细,如同紧束的白绢。三国曹植《洛神赋》:"肩若削成,腰如约素。"素,白绢。 ②奈:通"耐",禁得起,受得住。 ③疏梅影:宋林逋《山园小梅》:"疏影横

斜水清浅,暗香浮动月黄昏。" ④袅袅婷婷:形容女子轻盈美好。唐杜牧《赠别二首》:"娉娉袅袅十三馀,豆蔻梢头二月初。"宋陈师道《黄梅》:"冉冉梢头绿,婷婷花下人。" ⑤娇嗔(chēn):假装生气,撒娇。五代无名氏《菩萨蛮》:"一面发娇嗔,碎挪花打人。" ⑥"桃花"句:据南朝吴均《续齐谐记》:汉代永平年,剡县人刘晨、阮肇入天台山采药,上山食桃,下山饮涧水,见水中流出一杯,内有胡麻饭屑,乃渡水翻山寻找人家,路遇两仙女,与之成婚。住半年,求归心切,乃从洞口出。自入山至归,已历七代子孙。津,渡口。 ⑦瑶台:神仙居所。晋王嘉《拾遗记》:昆仑山"傍有瑶台十二,各广千步,皆五色玉为台基"。 ⑧归轮:指夫君回家的马车。

【品评】

　　此词作者有赵子发、李清照两说,为存疑之作。此词写"伤春"思妇,但并不在其思夫之情上多费笔墨,而是以描写思妇的美丽形象为主。无论是上片的"素约小腰"、新颖"晚妆"、"袅袅婷婷"似"轻云",还是下片的"朱唇"、"娇嗔",都意在勾画一位妙色女子的姿色、风韵。正如明沈际飞所谓"描就一个娇娃"(《草堂诗馀》正集)。惟有结尾才写其"怅望瑶台",期盼夜月"还照归轮",透露出思夫之情。但如此美艳"娇娃"却独守空闺,可见作者怜香惜玉之意。

品　令

零落残红,①恰浑似,②胭脂色。一年春事,③柳飞轻絮,笋添新竹。寂寞幽闺,坐对小园嫩绿。　　登临未足,怅游子,④归期促。他年魂梦,⑤千里犹到,城阴溪曲。⑥应有凌波,⑦时为故人留目。⑧

【注释】

①残红:落花。唐王建《宫词》:"树头树底觅残红,一片西飞一片东。"　②浑:完全。　③春事:春色,春意。唐徐晶《周蔡孚〈五亭咏〉》:"幽栖可怜处,春事满林扉。"　④游子:出门远游的人。此指夫婿。　⑤他年:将来。　⑥城阴溪曲:城墙背面、溪流弯曲处。指僻静地方。　⑦凌波:比喻美人步履轻盈。三国曹植《洛神赋》:"凌波微步,罗袜生尘。"　⑧故人:老朋友,或旧情人。此指游子。留目:注视。

【品评】

　　此词作者有曾纡、李清照两说,为存疑之作。词写闺怨,"寂寞"是词的感情基调。上片写残红零落、柳絮轻飞、笋添新竹,皆女主人公幽闺寂寞时所见暮春之景,是其百无聊赖,借以解闷之景象。她为何"寂寞",于过片点明,乃"游子"未归。因游子长期不归,故痴情女子生浪漫奇想:将来自己梦魂将飞越"千里",寻"游子"到"城阴溪曲"处;在溪上出现而引起"故人留目"的"凌波"女子,那就是自己!

诗　选

春　残

春残何事苦思乡？　病里梳头恨发长。
梁燕语多终日在，^①　蔷薇风细一帘香。^②

【注释】

①"春残"句：语本宋欧阳修《蝶恋花》："梁燕语多惊晓睡，银屏一半堆香被。"梁燕，屋梁上的春燕。　②"蔷薇"句：语本唐高骈《山亭夏日》："水精帘动微风起，满架蔷薇一院香。"

【品评】

此诗作年说法不一，或云作于少年时代居汴京时，或云作于南渡夫婿赵明诚亡故后。从此诗的感情与文字风格看不类晚年之作，似作于与赵明诚婚后居汴京时。当时赵明诚常年忙于公务，很少回家团聚，词人孤守空闺，身体又不佳，一旦见春燕双双归巢，乃有感而赋此绝句。

首句点明时际暮春，春事即尽，从而生伤春之意，又进而引发"思乡"之情。但"何事苦思乡"之问，却是"盘马弯弓故不发"，造成小小悬念。次句写自己此时的情状：一是"病"，且"发长"，这是生理状态；二是"恨"，意谓遗憾，此乃心理状态。但"恨发长"显然是托词，她另有所"恨"。次句旨在渲染"苦思"的意味。第三句实为对"何事"的回答,也是暗示"恨"之所在。词人见梁上飞来一双归燕,筑巢安居,终日呢喃私语,形影不分,如同恩爱伉俪,这无疑刺激了词人孤凄的心,因为双燕反衬出自己形影相吊、孤苦伶仃的凄凉。于是词人要"恨",恨自己病且孤,引起"思乡",当然更思念夫君,只是不愿说出这层意思而已。尾句写风送一帘蔷薇香,则回应"春残",暗示春花即将凋零,可惜自己无心独自一人外出观赏,借伤春再抒写闺怨。

此诗委婉含蓄,始终未点明对夫婿的不满。有人评李清照诗,因"甚工词,都是词语也"(清陆昶《历朝名媛诗词》卷七),正是指出此类诗具有婉约词的韵味。

浯溪中兴颂诗和张文潜二首①

其 一

五十年功如电扫,② 华清宫柳咸阳草。③
五坊供奉斗鸡儿,④ 酒肉堆中不知老。⑤
胡兵忽自天上来,⑥ 逆胡亦是奸雄才。⑦
勤政楼前走胡马,⑧ 珠翠踏尽香尘埃。⑨
何为出战辄披靡?⑩ 传置荔枝多马死。⑪
尧功舜德本如天,⑫ 安用区区纪文字?⑬
著碑铭德真陋哉,⑭ 乃令神鬼磨山崖。⑮
子仪、光弼不自猜,⑯ 天心悔祸人心开。⑰
夏商有鉴当深戒,⑱ 简策汗青今具在。⑲

君不见,当时张说最多机,虽生已被姚崇卖。[20]

【注释】

①唐肃宗上元二年(761),元结作赞颂唐肃宗平定安史之乱的《大唐中兴颂》,大历六年(771)此颂刻于湖南祁阳县浯溪石崖上,俗称《浯溪中兴颂碑》或《摩崖碑》,文曰:"天宝十四载,安禄山陷洛阳。明年,陷长安。天子幸蜀,太子即位于灵武。明年,皇帝移军凤翔。其年,复两京,上皇还京师。于戏!前代帝王有盛德大业者,必见于歌颂。若今歌颂大业,刻之金石,非老于文学,其谁宜为?颂曰:噫嘻前朝,孽臣奸骄,为昏为妖。边将骋兵,毒乱国经,群生失宁。大驾南巡,百僚窜身,奉贼称臣。天将昌唐,繄睨我皇,匹马北方。独立一呼,千麾万旗,我卒前驱。我师其东,储皇抚戎,荡攘群凶。复服指期,曾不逾时,有国无之。事有至难,宗庙再安,二圣重欢。地辟天开,蠲除妖灾,瑞庆大来。凶徒逆俦,涵濡天休,死生堪羞。功劳位尊,忠烈名存,泽流子孙。盛德之兴,山高日升,万福是膺。能令大君,声容沄沄,不在斯文。湘江东西,中直浯溪,石崖天齐。可磨可镌,刊此颂焉,千千万年!"后传宋"苏门四学士"之一的张耒(字文潜),与黄庭坚见此碑而发扬之,作《读中兴颂碑》或曰《浯溪中兴颂》,诗曰:"玉环妖血无人扫,渔阳马厌长安草。潼关战骨高于山,万里君王蜀中老。金戈铁马从西来,郭公凛凛英雄才。举旗为风偃为雨,洒扫九庙无尘埃。元功高名谁与纪?风雅不继骚人死。水部胸中星斗文,太师笔下蛟龙字。天遣二子传将来,高山十丈磨苍崖。谁持此碑入我室?使我一见昏眸开。百年废兴增叹慨,当时数子今安在?

君不见,荒凉洿水弃不收,时有游人打碑卖。"但此诗作者是何许人,多有争议,今人徐培均最后考定为秦观所作。李清照当时不知作者是秦观,故仍称"和张文潜"。 ②五十年功:指唐玄宗在位约五十年。唐玄宗先天元年(712)登基,天宝十五载(756)退位,实在位45年,"五十年"乃概数。唐人已习惯此用法,如唐李德裕《次柳氏旧闻》:"时天下无事,号太平者垂五十年。"《类说》卷二十七引《逸史》:"明皇潜龙时,见僧万迥曰:'五十年天子,愿自爱。'五十年以后,果有禄山之祸。"如电扫:形容唐玄宗功业短暂,如闪电瞬间消逝。 ③华清宫:唐宫殿名,旧址在今陕西临潼骊山山麓。《唐会要》卷三十:"开元十一年,十月五日,置温泉宫于骊山。至天宝六载十月三日,改温泉宫为华清宫。"此处有温泉华清池,为唐玄宗与杨贵妃寻欢作乐之地。咸阳草:语出唐刘沧《咸阳怀古》:"渭水故都秦二世,咸阳秋草汉诸陵。"咸阳,秦始皇建都处,在今陕西西安西北。 ④五坊供奉:管理五坊的官员。五坊为皇帝出游狩猎而设置的机构。据《新唐书·百官志·殿中省》:"闲厩使押五坊,以供时狩。一曰雕坊,二曰鹘坊,三曰鹞坊,四曰鹰坊,五曰狗坊。"供奉,官职名,在皇帝身边供职的官员。斗鸡儿:饲养斗鸡的儿童。唐玄宗喜斗鸡之戏。唐陈鸿《东城父老传》:"玄宗在藩邸时,乐民间清明节斗鸡戏,及即位,治鸡坊于两宫间,索长安雄鸡金毫、铁距、高冠、昂尾千数养于坊,选六军小儿五百人,使驯扰教饲之。" ⑤酒肉堆:比喻糜烂奢侈的生活,同"酒池肉林"。 ⑥"胡兵"句:指安禄山叛乱。安禄山初名轧荦山,因其母嫁突厥人安延偃,而改姓安,名禄山。唐天宝十四载(755)冬,在范阳起兵,先后破洛阳、长安,称"雄武皇帝",国号

"燕"。胡兵,指参加叛乱的少数民族士兵。忽自天上来,形容来势突然而凶猛。 ⑦逆胡:指叛唐者安禄山、史思明等胡人。奸雄:指奸诈而足以欺世的野心家。《三国志·魏志·武帝纪》裴松之注:"太祖(曹操)问许子将(攸):'我何如人?'子将不答。固问之,子将曰:'子治世之能臣,乱世之奸雄。'"此处以曹操喻安禄山等。 ⑧勤政楼:即"勤政务本之楼",为唐玄宗设酺赐之所。故址在今陕西西安兴庆公园。《唐会要》卷三十:"开元三年七月二十九日,以兴庆里旧邸为兴庆宫。后于西南置楼,西面题曰'花萼相辉之楼',南面题曰'勤政务本之楼'。"胡马:指叛军兵马。 ⑨"珠翠"句:指唐宫珍珠翡翠等宝物尽被叛军践踏于尘埃。 ⑩"何为"句:意谓唐军为何一出战就溃败不堪。辄,就,总是。披靡,喻军队溃败。《史记·项羽本纪》:"于是项王大呼驰下,汉军皆披靡,遂斩汉一将。" ⑪"传置"句:指驿站为杨贵妃从岭南急送荔枝,途中马匹多倒毙。《新唐书·杨贵妃传》:"妃嗜荔支,必欲生致之,乃置骑传送千里,味未变,已至京师。"又,唐杜甫《病橘》:"忆昔南海使,奔腾献荔支。百马死山谷,到今耆旧悲。"传(zhuàn)置,驿站转运。 ⑫"尧功"句:此以古代圣君尧舜之如天功德喻唐肃宗。 ⑬"安用"句:意谓何必用区区文字记载唐肃宗的功德。 ⑭"著碑"句:指唐代撰碑文铭记唐肃宗功德之举实在浅陋俗气。 ⑮磨山崖:指在山崖上刻《摩崖碑》。 ⑯子仪:唐名将郭子仪,官至朔方节度使,是平定安史之乱的功臣,封汾阳郡王。光弼:唐名将李光弼,亦为平乱功臣,封临淮王。不自猜:指二将不相互猜忌。 ⑰天心悔祸:《左传·隐公十一年》:"天祸许国,鬼神实不逞于许君,而假乎于我寡人……若寡人得没于地,天其以礼悔祸于许,无宁兹许公复奉其社稷。"此指平定安史之乱是天意要改祸为福,亦含唐玄宗因失政而悔恨误用李林甫、杨国忠、安禄山之意。人心开:指百姓开心。　⑱夏商有鉴:夏、商两朝留下历史的借鉴、教训。《诗·大雅·荡》:"殷鉴不远,在夏后之世。"殷,即商。鉴,镜子。　⑲简策:原指竹简编成书册,此指史册。汗青:竹简用火烧烤,烤出水分如出汗,烤干后便于书写并长久保存。　⑳"当时"、"虽生"两句:唐郑处诲《明皇杂录》卷上载:"姚崇与张说同为宰辅,颇疑阻,屡以其相侵,张衔之颇切。姚既病,诫诸子曰:'张丞相与我不叶,衅隙甚深。然其人少怀奢侈,尤好服玩。吾身殁之后,以吾尝同寮,当来吊。汝其盛陈吾平生服玩、宝带、重器,罗列于帐前。若不顾,汝速计家事,举族无类矣。目此,吾属无所虞,便当录其玩用,致于张公,仍以神道碑为请。既获其文,登时便写进,仍先砻石以待之,便令镌刻。张丞相见事迟于我,数日之后当悔。若却征碑文,以刊削为辞,当引使视其镌刻,仍告以闻上。'讫姚既殁,张果至,目其玩服三四,姚氏诸孤悉如教诫。不数日,文成,叙述该详,时为极笔。其略曰:'八柱成天,高明之位列;四时成岁,亭毒之功存。'后数日,张果使人取文本,以为词未周密,欲重removed删改。姚氏诸子乃引使者示其碑,乃告以奏御。使者复命,悔恨拊膺,曰:'死姚崇犹能算生张说,吾今方知才之不及也远矣。'"张说,字道济,一字说之,洛阳人。唐玄宗时任宰相。姚崇,又名元之,陕州(治所今河南陕县)人。唐玄宗时任宰相。张、姚两人不合。多机,多机谋。卖,出卖,陷害。

【品评】

诗作于宋元符三年(1100),是李清照早年之作,十馀岁的年轻女子能写出这样诗笔雄俊的七古诗,十分难得。明陈宏绪《寒夜录》卷下评"二诗奇气横溢,尝鼎一脔,已知为驼峰、麟脯矣",甚是推崇。二诗乃和张文潜(实为秦观)的《浯溪中兴颂》,属咏史诗。

张(秦)之作主要是记述平定安史之乱的过程,又歌颂郭子仪等人的功绩,最后抒发"百年历史废兴"之感叹,立意一般。而李清照则站在史评家的高度,以批判的眼光,深究唐代安史之乱的原因,以达到"夏商有鉴当深戒"之"借古讽今"(黄墨谷语)的目的。这就与一般咏史区别开来,而具有一定的现实意义。诗其一前十句基本是纪事,罗列统治者骄奢淫逸的生活现象,说明玄宗无心强国强兵,使士兵无斗志,给安禄山、史思明叛乱创造了机会,从而揭示了安史之乱发生的原因;又描写了安史之乱给社稷苍生带来的灾难。诗人愤懑之情暗寓其中。后十句主要是议论,从议唐元结等"著碑名德"议论到玄宗朝张、姚二相的争斗。诗人认为著碑歌功颂德是浅陋之举,毫无意义;而总结平定安史之乱成功的原因,如郭、李二将精诚合作,"天心悔祸"才是重要的。还进一步强调唐玄宗时张、姚二宰相的勾心斗角乃有害社稷的前车之鉴,要引以为戒。此为诗人的独特见解。张、姚之斗当使人联想到宋朝廷中派别的争斗,这是让诗人感到担忧的。诗人的见识无疑很深刻。

其 二

君不见惊人废兴传天宝,① 《中兴碑》上今生草。②
不知负国有奸雄,③ 但说成功尊国老。④
谁令妃子天上来,⑤ 虢秦韩国皆天才。⑥
花桑羯鼓玉方响,⑦ 春风不敢生尘埃。⑧
姓名谁复知安史?⑨ 健儿猛将安眠死。⑩
去天尺五抱瓮峰, 峰头凿出"开元"字。⑪
时移势去真可哀,⑫ 奸人心丑深如崖。⑬
西蜀万里尚能反,⑭ 南内一闭何时开?⑮
可怜孝德如天大,⑯ 反使将军称好在。⑰
呜呼!奴婢乃不能道辅国用事张后尊,⑱
乃能念春荠长安作斤卖。⑲

【注释】

①"惊人"句:指天宝年间唐代因"安史之乱"由治而乱、由盛而衰。天宝,唐玄宗年号(742—756)。 ②《中兴碑》:即《摩崖碑》。 ③负国有奸雄:指唐朝权奸李林甫、杨国忠等。《旧唐书·玄宗纪》:"献可替否,靡闻姚(崇)、宋(璟)之言;妒贤害功,但有甫、忠之奏。豪华因兹而睥睨,明哲于是乎卷怀,故禄山之徒,得行其伪。" ④国老:原指退休的卿大夫。《礼·王制》:"有虞氏养国老于上庠,养庶老于下庠。"此指平定"安史之乱"的功臣郭子仪、李光弼。 ⑤妃子:指杨贵妃。天上来:形容美如仙人。 ⑥虢(guó)秦韩国:指杨贵妃的三个姐姐。《新唐书·杨贵妃传》:

"(杨贵妃)有姊三人,皆有才貌,玄宗并封国夫人之号。大姨封韩国,三姨封虢国,八姨封秦国,并承恩泽,出入宫掖,势倾天下。"天才:指天生的美貌、资质。 ⑦花桑羯(jié)鼓:木制鼓。唐南卓《羯鼓录》:"羯鼓出外夷,以戎羯之鼓,故曰羯鼓。"原注:"山桑木为之。""花桑"当即"山桑",桑树的一种。方响:乐器名。宋乐史《杨太真外传》卷上:"时新谷初进女伶谢阿蛮,善舞。上(唐玄宗)与妃子钟念,因而受焉,就按于清元小殿:宁王吹玉笛,上羯鼓,妃瑟琶,马仙期方响,李龟年觱篥,张野孤箜篌,贺怀智拍板。自旦至午,欢洽异常。" ⑧"春风"句:形容乐声美妙清润,连春风也不敢刮过以免吹动尘埃。唐南卓《羯鼓录》:"(唐玄宗)又制《秋风高》。每至秋空迥彻,纤翳不起,即奏之。必远风徐来,庭叶随下。" ⑨安史:指叛将安禄山与史思明。 ⑩安眠死:在安然熟睡中死去。此讽刺将士不是战死沙场,而是在安逸生活中死去。⑪"去天"、"峰头"两句:去天尺五,语本汉《辛氏三秦记》:"城南韦、杜,去天尺五。"原指韦、杜两大家族,离皇帝接近。此指抱瓮峰甚高,离天甚近。抱瓮峰,当为"瓮肚峰"。唐郑綮《开天传信记》:"华岳云台观中方之上,有山崛起半瓮之状,名曰瓮肚峰。上(唐玄宗)赏望,嘉其高迥,欲于峰腹大凿'开元'二字,填以白石,令百馀里望见。谏官上言,乃止。" ⑫时移势去:形势变化。指唐由盛而衰。 ⑬"奸人"句:指权臣李林甫心地丑恶、阴险。新旧《唐书·李林甫传》:"性阴密,忍诛杀,不见喜怒。面柔令,初若可亲,既崖阱深阻,卒不可得也。"深如崖,即"崖阱深阻",形容心地阴毒奸险,如深险的崖阱。 ⑭"西蜀"句:指唐玄宗因"安史之乱"逃到四川,平乱后仍能返回长安。旧题唐李濬《松窗杂录》:

"玄宗幸东都……谓一行曰：'五甲子得终无恙乎？'一行进曰：'陛下行幸万里，圣祚无疆。'及西行，初至成都，前望大桥。上举鞭问左右曰：'是桥何名？'节度使崔圆跃马而进曰：'万里桥。'上因追叹曰：'一行之言，今果符之，吾无忧矣。'"反，同"返"。　⑮"南内"句：指唐玄宗从西蜀返回长安后，初被唐肃宗之宦官李辅国幽禁于其旧邸南内兴庆宫，不久又迁往西内甘露殿，不能再回南内了。　⑯可怜：可惜。唐韩愈《赠崔立之评事》："可怜无益费精神，有似黄金掷虚牝。"孝德如天大：此讽刺唐肃宗对其父唐玄宗的作为悖于"孝德"。　⑰将军：指唐玄宗宠信的宦官高力士，唐开元初为右监门卫将军，天宝七年（748）官至骠骑大将军，故称"将军"。《新唐书·高力士传》："帝或不名，而称将军。"称好在：唐柳理《常侍言旨》载："玄宗为太上皇时，在兴善宫（引者按：应是兴庆宫），属久雨初晴，幸勤政楼。楼下市人及往来者愈喜，曰：'今日得再见我太平天子。'传呼万岁，声动天地。时肃宗不豫，李辅国诬奏云：'此皆九仙媛、高力士、陈元礼之异谋也。'下矫诏，迁太上皇于西内。给其扈从部伍，不过老弱二三十人。及中道，攒刃辉日，辅国统之。太上皇惊，欲坠马数四，左右扶持得免。高力士跃马前进，厉声曰：'五十年太平天子，李辅国旧为家臣，不宜无礼！'李辅国下马失辔。又宣太上皇诰曰：'将士各得好在否？'于是辅国令兵士咸韬刀鞘中，高声曰：'太上皇万福！'一时拜舞。力士又曰：'李辅国拢马。'辅国遂拢马着靴行，与将士等护侍太上皇平安到西内。辅国领众既退，太上皇泣，持力士手曰：'微将军，阿瞒已为兵死鬼矣。'"好在，好吗，用于问候。　⑱辅国用事：宦官李辅国专权。《资治通鉴》卷二百三十三"肃宗宝应元年"："李辅国悖功益横,明谓上(玄宗)曰:'大家但居禁中,外事听老奴处分。'上内不能平,以其方握禁兵,外尊礼之。"张后尊:唐肃宗皇后张良娣与李辅国勾结,嚣张跋扈。《旧唐书·肃宗张皇后传》:"皇后宠遇专房,与中官李辅国擅权禁中,干预政事。帝颇不悦,无如之何。" ⑲"春荠"句:唐郭湜《高力士外传》记:高力士于上元元年(760)九月被除名,流放巫州,"于园中见荠菜,土人不解吃,便赋诗曰:'两京秤斤买,五溪无人采。夷夏虽有殊,气味应不改。'使拾之为羹,甚美。"

【品评】

诗其二较其一题旨更明确,主要是抨击唐玄宗与杨家兄妹的腐败误国,并嘲讽唐肃宗与其父实为一丘之貉。

诗开篇两句写历史"废兴"的沧桑感,从而引起对历史兴亡的回顾与批判。接着集中笔墨用十句诗揭露唐玄宗的误国罪状:一是重用"负国"之"奸雄";二是大封杨家姐妹使其权倾天下;三是生活奢侈,荒淫失政;四是不能居安思危,贪图虚荣。这实际皆是"安史之乱"的祸根。然后又把批判锋芒转向唐肃宗:一是政治上与其父一样,同样重用"奸人";二是伦理上逼迫其父唐玄宗,有悖"孝德"。最后则以高玄宗宠信高力士作衬托,再次直刺唐肃宗宠信李辅国与张皇后专权,使唐朝又将走向衰亡。此中不无影射现实之意。

与其一相比,此诗批评更大胆,锋芒更犀利,嘲讽更辛辣。在艺术表现上,此诗与其一都多议论。这固然是咏史之作需要评判,但亦与宋人好"以议论为诗"(宋严羽《沧浪诗话·诗辨》)的风气有关。

分得"知"字①

学语三十年,② 缄口不求知。③
谁遣好奇士,④ 相逢说项斯?⑤

【注释】

①分得"知"字:古人相聚作诗,往往选定几个字为韵脚,每人拈一字。作者拈得"知"字,即以其为韵脚作此诗。 ②学语:学说话。晋陶渊明《和郭主簿》:"弱子戏我侧,学语未成音。"此处实指学作诗。 ③缄口:闭口不言。汉蔡邕《铭论》:"周庙金人,缄口以慎。"求知:指求得别人知晓,即求闻达。 ④遣:教。好奇士:喜欢新奇诗作的人。 ⑤"相逢"句:项斯,唐代浙江台州人,喜作诗,初未知名,后受杨敬之赏识而到处推荐。唐李绰《尚书故实》:"杨祭酒(敬之)爱才公心,尝知江表之士项斯,赠诗曰:'处处见诗诗总好,及观标格过于诗。平生不解藏人善,到处逢人说项斯。'由此名振,遂登高科也。"此以项斯自喻被诗友推崇。

【品评】

此诗为作者屏居青州乡里时一次聚会上的即席创作。分韵作诗需要敏捷的才思与熟练的技巧,颇能考验一个人的才华,有一定难度,所以难得佳作。而此诗虽短短四句二十言,亦无深言大义,但自抒性灵,坦露性情,真实有趣,还是可圈可点之作。

首句回忆学诗历史达三十年之久,当是实录。从中可见诗人对写诗的痴迷与执着,可谓清照本色是诗人。次句表白写诗的目的,在于抒写性情,自娱自乐,并不在乎博得名声,又可见目的十分单纯,写诗只是其一种生活方式而已。但"无心插柳柳成阴",后两句却产生小小跌宕:令作者意外的是由于诗才逐渐成熟,不能不引起诗友们的瞩目,竟被诗友们到处推崇,自己宛若变成了诗与标格皆好的女"项斯"。"谁遣"所引发的询问句式,突出了一种不由自主的惊喜之感。作者既然钟爱写诗,对"好奇士"的赞赏怎么可能无动于衷呢?这是真性情的流露,毫不做作伪饰。

此诗基本采用口语,但又巧用典故,故不乏典雅之致。

感 怀

宣和辛丑八月十日至莱,①独坐一室,平生所见,皆不在目前。几上有《礼韵》,②因信手开之,约以所开为韵作诗。③偶得"子"字,因以为韵,作《感怀》诗。

寒窗败几无书史,④ 公路可怜合至此。⑤
青州从事孔方君,⑥ 终日纷纷喜生事。⑦
作诗谢绝聊闭门,⑧ 燕寝凝香有佳思。⑨
静中我乃得至交,⑩ 乌有先生子虚子。⑪

【注释】

①宣和辛丑:指宋徽宗宣和三年(1121)。莱:莱州,今属山东。 ②几:桌几。《礼韵》:即《礼部韵略》。宋人丁度所撰,由官方颁布,作为士子考试时作诗用韵的教材。 ③"约以"句:指以随手翻开《礼韵》所见到的某一韵字作诗。 ④寒窗败几:此指赵明诚莱州官署陈设简陋不堪,窗户透风,桌几残破。书史:指经史一类典籍。南朝江淹《杂体诗·效颜延之〈侍宴〉》:"揆日粲书史,相都丽闻见。" ⑤公路:三国袁术,字公路。《三国志·袁术传》裴松之注引《吴书》:"(袁)术既为雷薄等所拒,留住三日,士众绝粮,乃还至江亭,去寿春八十里,问厨下,尚有麦屑三十斛。时盛暑,欲得蜜浆又无蜜。坐棂床上,叹息良久,乃大咤曰:'袁术至于此乎!'"此以袁术比喻赵明诚初上莱州任时的窘困状态。 ⑥青州从事:指酒。《世说新语·术解》:"桓公有主簿,善别酒,有酒辄令先尝:好者谓青州从事,恶者谓平原督邮。"从事,官职名,州郡长官自辟僚属,多称"从事"。孔方君:即孔方兄,指铜钱内方外圆。《晋书·鲁褒传》载《钱神论》:"亲之如兄,字曰孔方。" ⑦生事:惹是生非,制造事端。《逸周书·周祝》:"故忌而不得是生事,故欲而不得是生诈。" ⑧谢绝:指不与他人来往。聊:姑且。 ⑨燕寝凝香:语本唐韦应物《郡斋雨中与诸文士燕集》:"兵卫森画戟,燕寝凝清香。"燕寝,原指帝王正寝之外的寝宫,后指郡斋。此指赵明诚莱州公馆。凝香:指寝处有香料气息。有佳思:有好的构思。宋邓椿《画继·侯王贵戚》:"少即敏慧,仪矩端庄,作芦雁,有佳思。" ⑩静中:指寂寞之中。得至交:得到好友。此指下句乌有先生与子虚子。 ⑪"乌有"句:乌有先生与子虚子皆虚构人

物。《史记·司马相如列传》:"(汉武帝)读司马相如《子虚赋》而善之,曰:'朕独不得与此人同时哉!'……相如以'子虚',虚言也,为楚称。'乌有先生者,乌有此事也,为齐难……'"

【品评】

　　此诗约作于宋宣和三年(1121),时李清照离开屏居十年的青州故里,初至赵明诚莱州任上。小序值得注意:因作者处于"独坐一室,平生所见,皆不在目前"的寂寞无聊境况,才信手拈得韵书中"子"字韵而作此诗。这样的生存与心理状态,决定了诗的基调不会是欢快高昂的,只能是压抑低沉的。

　　诗上半篇即描述使诗人产生寂寞不快心理的现象。首联写的是莱州署上的生活简陋而窘困,"寒窗败几"写物质匮乏,"无书史"写精神贫困,甚至以赵明诚之窘境与袁术当年相比。此反映了诗人的极度不满与不快。颔联又深入点出今天的现状乃缘于对美酒与金钱的物质追求,是它们惹出纷纷杂事俗务。看来赵明诚的出仕并不是诗人的理想,特别是他整天忙于公务,撇下自己,让自己空无所有,更是郁闷的根源。但既然事已如此,无法脱离现实,则只有自己苦中作乐,竭力想办法摆脱纷纷杂事与苦闷了。下半篇就是写自己的遣闷之法:作诗谢客,闭门构思,在精神世界中遨游,求得"至交",与"乌有先生子虚子"这些想像中的人物沟通交流。诗既写了诗人孤寂生活的苦闷,也反映了作者追求精神自由的高雅情致。这是作为官宦之妻的一种心理状态,有一定的典型意义。

　　此诗的特点是典故频繁,这亦证明了诗人对"书史"的热爱,对精神生活的向往。

晓　梦①

晓梦随疏钟，②　飘然蹑云霞。③
因缘安期生，④　邂逅萼绿华。⑤
秋风正无赖，⑥　吹尽玉井花。⑦
共看藕如船，⑧　同食枣如瓜。⑨
翩翩座上客，⑩　意妙语亦佳。
嘲辞斗诡辩，⑪　活火分新茶。⑫
虽非助帝功，⑬　其乐莫可涯。⑭
人生能如此，　何必归故家？⑮
起来敛衣坐，⑯　掩耳厌喧哗。⑰
心知不可见，　念念犹咨嗟。⑱

【注释】

①晓梦：拂晓时做的梦，短暂而迷离。唐李商隐《咏史》："三百年间同晓梦，钟山何处有龙盘？"　②疏钟：稀疏的钟声。唐李白《夕霁杜陵登楼寄韦繇》："思君达永夜，长乐闻疏钟。"　③蹑(niè)：踩，踏。　④因缘：缘分。唐韩愈《答李秀才书》："时吾子在吴中，其后愈出在外，无因缘相见。"此指有缘分遇见安期生。安期生：先秦时方士。传为汉刘向撰《列山传》有："安期先生者，

琅琊阜乡人也。卖药于东海边,时人皆言千岁翁。秦始皇东游,请见,与语三日三夜,赐金璧,度数千万。出于阜乡亭,皆置去,留书,以赤玉舄一双为报。曰:'后数年,求我于蓬莱山。'始皇即遣徐福、卢生等数百人入海。未至蓬莱山,辄逢风浪而还。立祠阜乡亭海边十数处云。" ⑤邂逅:不期而遇。《诗·郑风·野有蔓草》:"邂逅相遇,适我愿兮。"萼绿华:传说中的仙女。南朝梁陶弘景《真诰》卷一:"萼绿华者,自云是南山人,不知何山也。女子,年可二十上下,青衣,颜色绝整。以升平三年十一月十日夜降羊权。自此往来,一月之中,辄六来过耳。云:本姓罗。赠权诗一篇,并致火浣布各一方,金石条脱各一枚。条脱似指环而大,异常精好。神女语权:'君慎勿泄我,泄我则彼此获罪。'访问此人,云是九嶷山中得道女罗郎也。宿命时曾为师母毒杀乳妇,玄州以先罪未减,故今谪降于臭浊,以尝其过。与权尸解药。今在湘东山,此女已九百岁矣。" ⑥无赖:无奈。宋秦观《浣溪沙》:"漠漠轻寒上小楼,晓阴无赖似穷秋。" ⑦玉井花:语本唐韩愈《古意》:"太华峰头玉井莲,开花十丈藕如船。"玉井,井的美称。 ⑧藕如船:语本唐韩愈《古意》,见上。 ⑨枣如瓜:《史记·封禅书》:李少君曰:"君尝游海上,见安期生。安期生食巨枣,大如瓜。" ⑩翩翩:形容风度优美。《史记·平原君虞卿列传》:"平原君,翩翩浊世之佳公子也。" ⑪嘲辞:谐辞,戏谑之辞。 ⑫分新茶:用开水冲新茶,观杯中茶叶物象变幻。 ⑬帝:指天帝。 ⑭莫可涯:没有边际,无穷。 ⑮故家:旧居,原来住处。此指人间。 ⑯敛衣:整理衣襟。 ⑰喧哗:指人间纷乱嘈杂。 ⑱咨嗟:叹息。汉焦赣《易林·离之升》:"车伤牛罢,日暮咨嗟。"

【品评】

此诗作于宋宣和三年(1121),初至赵明诚莱州府上,与前诗《感怀》相同。前诗写诗人因为对现实生活不满,曾欲与"乌有先生子虚子"成为"至交"。此诗构思则沿前诗而来,真的展开浪漫想像,与虚构的神话传说中人物交往,亦确实令诗人感到无穷之乐,暂时忘却了世俗的"喧哗"。

诗开篇即点题,写作者借着"晓梦"、伴着晨钟,"飘然蹑云霞",境界十分优美,预示着将有更浪漫、更神奇的意境出现。首先是巧遇仙人安期生、仙女萼绿华,这是人们都熟悉的仙人,可作为仙界人物的代表。再写仙境环境与生活,时届秋季,虽然莲花已凋落,但有"藕如船"、"枣如花",呈现出仙境迥异人间的奇特景象。最后写众仙客宴饮,他们谈吐不俗,口齿伶俐,才思敏捷,情趣高雅。众仙虽然不似自己的夫婿那样"助帝功",但其享受的快乐是奔走仕途者所不可比拟的。目睹仙境快乐无涯的生活,诗人不能不由衷地感慨:"人生能如此,何必归故家?"无比艳羡之情直言道出,毫不含蓄。可惜"晓梦"毕竟是虚幻的,当诗人天亮梦醒,回到现实生活中,起来端坐时,听到的仍是令人厌恶的世俗嘈杂之声。梦境或者说仙境已"不可见",只能边回味边感叹而已,失落怅惘之意油然而生。

从体裁上看这是一首小型叙事诗,在李清照创作中难得一见。诗描写仙境生活颇注重生活细节,因此具有浓郁的人世生活气息。诗中虽用不少典故,但无填砌痕,又自然妥贴,不懂典故亦可理解,所以并不减弱其生活气息。此诗写仙境实际就是写梦境,日有所思,夜有所梦,仙境中的一切都是诗人所向往的。但诗人又并不说明,这就使梦境更具神奇色彩,亦更令人向往。

乌 江①

生当作人杰,② 死亦为鬼雄。③
至今思项羽, 不肯过江东。④

【注释】

①此诗一题作《夏日绝句》。乌江:在安徽和县东北四十里,是项羽兵败自刎之处。 ②人杰:杰出人物。《汉书·高帝纪》:"夫运筹帷幄之中,决胜千里之外,吾不如子房;镇国家,抚百姓,给饷馈,不绝粮道,吾不如萧何;连百万之军,战必胜,攻必取,吾不如韩信。三者皆人杰,吾能用之,此所以取天下者也。" ③鬼雄:鬼魂中的强悍者。楚屈原《九歌·国殇》:"身既死兮神以灵,魂魄毅兮为鬼雄。" ④"至今"、"不肯"两句:《史记·项羽本纪》:项羽与刘邦战,大败于垓下,"项王乃欲东渡乌江。乌江亭长舣船待,谓项王曰:'江东虽小,地方千里,众数十万人,亦足王也。愿大王急渡。今独臣有船,汉军至,无以渡。'项王笑曰:'天之亡我,我何渡为!且籍与江东子弟八千人渡江而西,今无一人还,纵江东父兄怜而王我,我何面目见之?纵彼不言,籍独不愧于心乎?'……乃自刎而死。"项羽,名籍,字羽,下相(今江苏宿迁西南)人,秦末农民起义领袖,在巨鹿之战中摧毁秦军主力。秦亡后自立为西楚霸王,并大封诸侯。在楚汉战争中为刘邦所败,最后从垓下(今安徽

灵璧南)突围到乌江,自杀。江东,长江在芜湖、南京段作西南南、东北北流向。自此段以下的长江南岸地区称江东。

【品评】

宋建炎三年(1129)春三月,李清照随被罢官的赵明诚离开建康(今南京)赴江西赣州卜居,途经乌江拜谒了霸王祠而有此作。此诗为咏史诗。清袁枚称好的咏史诗是"借古人往事,抒自己之怀抱"(《随园诗话》卷十四),此诗即是。诗借歌咏秦末西楚霸王项羽,暗讽南宋小朝廷。

诗前两句分别从"生"与"死"两个角度,评价项羽"作人杰"、"为鬼雄"之一生,相当概括,又极其精练。"人杰"、"鬼雄"两词对仗工整,凝聚着诗人对项羽的高度敬仰之情。称项羽为"人杰",因其"力拔山兮气盖世",威武雄壮,力敌万人;称其为"鬼雄",因其视死如归,慷慨悲壮:项羽实不愧诗人之誉。诗后两句对项羽宁死"不肯过江东"的做法含蓄地予以肯定,与一般男性诗人对项羽的否定,如"包羞忍辱是男儿"(唐杜牧《题乌江亭》),迥然相异,可谓别具只眼,巾帼不让须眉。而清照之所以肯定项羽"不肯过江东",旨在反衬南宋小朝廷之丧权辱国南渡而逃也,以表示对统治者的不满。这亦是本诗的主旨。

咏　史

两汉本继绍,^①　新室如赘疣。^②

所以嵇中散,③　至死薄殷周。④

【注释】

①两汉：指西汉与东汉。继绍：继承。唐白居易《为崔相陈情书》："德宗皇帝念臣亡伯位高无后，以犹子之义，命臣继绍，仍赐臣名。"此谓东汉是对西汉的继承，暗喻南宋乃继承北宋之正统。②新室：指王莽新朝。《汉书·律历志下》："王莽居摄，盗袭帝位，窃号曰新室。"王莽定国号为"新"，"新室"即新朝。赘疣：肉瘤，多馀无用之物。《庄子·大宗师》："彼以生为附赘悬疣。"此明指"新"朝，暗指当时被金人扶植的张邦昌伪楚、刘豫伪齐政权。③嵇中散：嵇康，字叔夜。仕三国魏为中散大夫，故称嵇中散。晋司马氏执政，嵇康"每非汤武而薄周孔"(嵇康《与山巨源绝交书》)。　④薄殷周：嵇康"非汤、武"，表面是不满商汤伐夏桀、周武王伐殷周，实是不满司马氏取代曹魏。而清照则借此典讥刺当时的张邦昌伪楚、刘豫伪齐政权。

【品评】

此诗当作于宋建炎四年(1130)九月，据《建炎以来系年要录》卷三十七，是年九月戊申载："是日，刘豫僭位于北京(今河北大名东北)。初，军民闻刘豫至，杀金人，闭门以拒豫。豫击而降之，遂即皇帝位，国号'大齐'。"李清照闻信乃愤而作此诗。

此诗虽小，但"寸铁杀人"，是一首犀利的政治诗。诗借古讽今，用典精当。前两句以两汉喻两宋，以篡权王莽之"新室"，喻刘豫之伪齐，亦包括其前张邦昌之伪楚，可谓恰如其分。后两句则以"至死薄殷周"之嵇康,喻反对刘豫卖国求荣之爱国人士,亦毫不牵强。而作者的贬与褒尽在不言中,可谓含蓄深厚。

此诗四句全是议论,但饱含爱憎之情,故"是佳境,出宋人表"(明王世贞《艺苑卮言》卷四)。以清照一女子能写出如此等语,实在是胆识不凡,故明田艺蘅称"非妇人所能道者"(《诗女史》卷十一),亦充满钦佩之意。

偶　成①

十五年前花月底,② 相从曾赋赏花诗。
今看花月浑相似， 安得情怀似往时?③

【注释】

①偶成:偶然灵感袭来而成此诗。　②十五年前:此诗作于宋绍兴二年(1132)春,十五年前为宋政和七年(1117)前后,时李清照与赵明诚正屏居青州。三年前赵明诚病故。　③"今看"、"安得"两句:有唐刘希夷《代悲白头翁》"年年岁岁花相似,岁岁年年人不同"之感慨。浑,完全,简直。

【品评】

诗人一生中最觉幸福、最值得怀念的是与赵明诚屏居青州十年的日子。那时他们琴瑟和谐,伉俪情深,又远离官场,生活安定,可尽情满足精神需求。但是自南渡特别是夫婿病逝之后,美好的生活已成为历史,诗人心境发生了巨变。而当春季再次来临,花好月圆一如"往时"之时,又勾起了诗人美好的回忆,并加重了今日身孤影单的感伤,于是有此偶成之诗,其中明显有悼亡之意。

诗前两句乃触景生情,追忆十五年前与赵明诚"屏居乡里十年,仰取俯拾,衣食有馀","共同校勘,整集签题"(《〈金石录〉后序》)、观花赋诗的甜蜜生活,以及夫妻"相从"、形影不离的恩爱之情,充满了幸福感与满足感。但后两句一转折又回到今日,虽然花亦艳,月仍圆,与当年十分"相似",可"情怀"却已不"似往时"。因为如今物是人非、夫婿已作古,独留一个未亡人。对此诗人以"安得"之反诘,强调旧梦不可重圆,历史不可重复,悲凉亦不可消除也。其无可奈何之意不难体会。

此诗采用今昔对照的手法,达到了以乐衬悲的效果。

上枢密韩公、工部尚书胡公并序①

绍兴癸丑五月,②枢密韩公、工部尚书胡公使虏,③通两宫也。④有易安室者,⑤父、祖皆出韩公门下。⑥今家世沦替,⑦子姓寒微,⑧不敢望公之车尘。⑨又贫病,但神明未衰落,⑩见此大号令,⑪不能忘言,作古、律诗各一章,以寄区区之意,⑫以待采诗者云。⑬

其　一

三年夏六月，⑭　天子视朝久。⑮
凝旒望南云，⑯　垂衣思北狩。⑰
如闻帝若曰：⑱　“岳牧与群后。⑲
贤宁无半千，⑳　运已遇阳九。㉑
勿勒燕然铭，㉒　勿种金城柳。㉓
岂无纯孝臣，㉔　识此霜露悲？㉕
何必羹舍肉，㉖　便可车载脂。”㉗
土地非所惜，㉘　玉帛如尘泥。㉙
谁可当将命，㉚　币厚辞益卑？㉛
四岳佥曰俞，㉜　臣下帝所知。
中朝第一人，㉝　春官有昌黎。㉞
身为百夫特，㉟　行足万人师。㊱
嘉祐与建中，㊲　为政有皋、夔。㊳
匈奴畏王商，㊴　吐蕃尊子仪。㊵
夷狄已破胆，㊶　将命公所宜。
公拜手稽首，㊷　受命白玉墀。㊸
曰臣敢辞难，　此亦何等时！㊹
家人安足谋，㊺　妻子不必辞。㊻
愿奉天地灵，㊼　愿奉宗庙威。㊽
径持紫泥诏，㊾　直入黄龙城。㊿
单于定稽颡，(51)　侍子当来迎。(52)
仁君方恃信，(53)　狂生休请缨。(54)

或取犬马血,⑤⑤　　　　与结天日盟。⑤⑥
胡公清德人所难,⑤⑦　　谋同德协必志安。⑤⑧
脱衣已被汉恩暖,⑤⑨　　离歌不道易水寒。⑥⑩
皇天久阴后土湿,　　　　雨势未回风势急。⑥①
车声辚辚马萧萧,⑥②　　壮士懦夫俱感泣。
闾阎嫠妇亦何知,⑥③　　沥血投书干记室。⑥④
夷虏从来性虎狼,⑥⑥　　不虞预备庸何伤。⑥⑤
衷甲昔时闻楚幕,⑥⑥　　乘城前日记平凉。⑥⑦
葵丘、践土非荒城,⑥⑧　　勿轻谈士弃儒生。⑥⑨
露布词成马犹倚,⑦⑩　　崤函关出鸡未鸣。⑦①
巧匠何曾弃樗栎?⑦②　　刍荛之言或有益。⑦③
不乞隋珠与和璧,⑦④　　只乞乡关新消息。
灵光虽在应萧萧,⑦⑤　　草中翁仲今何若?⑦⑥
遗氓岂尚种桑麻,⑦⑦　　残虏如闻保城郭。⑦⑧
嫠家父、祖生齐鲁,⑦⑨　　位下名高人比数。⑧⑩
当年稷下纵谈时,　　　　犹记人挥汗成雨。⑧①
子孙南渡今几年,　　　　飘零遂与流人伍。⑧②
欲将血泪寄山河,　　　　去洒东山一抔土。⑧③

【注释】

①枢密韩公:韩肖胄,字似夫,北宋名臣韩琦曾孙。时任工部侍郎、同签书枢密院事。胡公:胡松年,时试工部尚书。韩、胡二人时奉命出使金国。《建炎以来系年要录》卷六十五,绍兴三年五

月:"丁卯,尚书吏部员外侍郎韩肖胄为端明殿学士、同签书枢密院事,充大金军前奉表通问史;给事中胡松年试工部尚书,充副使。" ②绍兴癸丑:宋高宗绍兴三年(1133)。 ③使虏:即出使金国。虏,此指金国。 ④通两宫:打探徽宗、钦宗两帝的消息。时两帝已被金国掳至五国城(今黑龙江伊兰一带)。 ⑤易安室者:李清照自称。清照自号"易安居士",取自晋陶渊明《归去来兮辞》"审容膝之易安"句。 ⑥"父、祖"句:称自己的父、祖都出韩琦门下。黄盛璋《赵明诚李清照夫妇年谱》:"大夫及李格非,俱出韩琦门下,有声于齐鲁。赵彦卫《云麓漫钞》卷十四载清照《上韩公枢密诗序》云:'有易安室者,父、祖皆出韩公门下。'此韩公当指韩琦。"韩琦,韩肖胄曾祖,历任宋仁宗、英宗、神宗三朝宰相。清照祖曾游于韩琦之门,父格非入仕亦曾得韩公引荐。 ⑦沦替:衰落。 ⑧子姓寒微:子孙辈贫寒微贱。 ⑨"不敢"句:谓因地位悬殊,对韩肖胄望尘莫及。此为谦词。《庄子·田子方》:"夫子奔逸绝尘,而(颜)回瞠若乎其后矣。"公,指韩肖胄,而非韩琦。 ⑩神明:精神。《庄子·齐物论》:"劳神明为一,而不知其同也。" ⑪大号令:指宋高宗颁发的韩、胡二公出使金国的诏令。 ⑫区区:谦辞,微薄。 ⑬采诗者:指官方采集诗歌送达朝廷的人,目的在于了解民情。《汉书·艺文志》:"古有采诗之官,王者所以观风俗,知得失,自考正也。" ⑭三年:即宋绍兴三年(1133)。六月:五月高宗颁诏,六月韩、胡入辞启程。 ⑮"天子"句:指宋高宗于建炎元年(1127)登基,当朝已有七年之久了。 ⑯凝旒(liú):天子的冕旒静止不动,形容皇帝庄重严肃。此指代高宗。旒,古代帝王冠冕前所悬垂的玉串,人端坐不动,则旒亦凝止不动。望南云：喻思亲。晋陆机《思亲赋》："指南云以寄钦,望归风而效诚。"此指思念徽宗、钦宗二帝。　⑰垂衣：指皇帝无为而治。《易·系辞》："黄帝、尧、舜垂衣裳而天下治,盖取诸乾坤。"此指代宋高宗。北狩：被俘的婉称,指被金国掳去的徽、钦二帝。⑱帝：指宋高宗。若：如此。　⑲岳牧：传尧、舜时有四岳、十二州牧,分别管理政务和各诸侯。《尚书·周官》："曰唐、虞稽古,建官惟百,内有百揆四岳,外有州牧侯国。"此指百官。群后：诸侯。《尚书·舜典》："班瑞于群后。"此指群臣。　⑳贤宁无半千：群臣中难道没有员半千这样的贤者吗？宁,岂,难道。半千,员馀庆,后改员半千。《新唐书·员半千传》："半年始名馀庆……长与何彦光同事王义方,以迈秀见赏。义方常曰：'五百载一贤者生,子宜当之。'因改今名,凡举八科,皆中。"　㉑阳九：厄运。《汉书·律历志上》："《易九厄》曰：初入元,百六,阳九。"术数家认为4617岁为一元,初入元106岁,内有旱灾九年,谓"阳九"。此当指靖康之难。　㉒"勿勒"句：借二帝之口道出高宗旨意,不要北伐金国。燕然铭,据《后汉书·窦宪传》："窦宪、耿秉与北单于战于稽落山,大破之……宪、秉遂登燕然山,出塞三千馀里,刻石勒功,纪汉威德,令班固作铭。"燕然,燕然山,即今蒙古杭爱山。　㉓"勿种"句：亦是借二帝之口道出高宗旨意,不要北伐而主和。金城柳,据《世说新语·言语》："桓公北征,经金城,见前为琅玡时种柳,皆已十围,慨然曰：'木犹如此,人何以堪？'攀枝执条,泫然流泪。"金城,今甘肃皋兰西南。　㉔纯孝臣：语本《左传·隐公元年》："颍考叔,纯孝也,爱其母,施其庄公。"此指宋高宗。　㉕霜露悲：指悲苦凄怆之情。《礼记·祭义》："霜露既降,君子履之,必有凄怆之心,非其寒之谓也。" ㉖"何必"句:意谓勿以亲属为念。羹舍肉,用颍考叔不吃肉以启发郑庄公对其母的孝心。《左传·隐公元年》:"颍考叔为颍谷封人,闻之,有献于公,公赐之食,食舍肉。公问之,对曰:'小人有母,皆尝小人之食矣,未尝君之羹,请以遗之。'公曰:'尔有母遗,繄我独无!'颍考叔曰:'敢问何谓也?'公语之故,且告之悔。对曰:'君何患焉? 若阙地及泉,隧而相见,其谁曰不然?'公从之。公入而赋:'大隧之中,其乐也融融。'姜出而赋:'大隧之外,其乐也泄泄。'遂为母子如初。" ㉗"便可"句:谓早日派使节出使金国。车载脂,用油脂涂抹车轴使车行快捷。㉘"土地"句:指高宗旨意为与金求和,不惜土地。 ㉙"玉帛"句:指高宗旨意求和,不在乎金玉绸帛。 ㉚当:承担。将命:语本《礼记·少仪》:"某国愿闻名于将命者。"《疏》曰:"将命,谓传辞出入,通客主之言语者也。"即传递主客间话语者。 ㉛"币厚"句:谓送给金人钱财甚厚,但使臣在金人面前的言辞却更显卑谦。㉜四岳:语本《尚书·尧典》:"帝曰咨,四岳。"孔《传》:"四岳,即上羲和之四子,分掌四岳之诸侯。"此指群臣。佥曰:都说。《尚书·舜典》:"佥曰:伯禹作司空。"俞:表示允许、答应的语气词。《尚书·尧典》:"帝曰:俞,予闻,如何?" ㉝"中朝"句:唐韦绚《刘宾客嘉话录》:"卢新州(杞)为相,令李揆入蕃……揆即至蕃,蕃长问:'唐家第一人李揆,公是否?'揆曰:'非也。他那个李揆争肯到此?'恐其拘留,以此诬之也。揆门户第一、文学第一、官职第一。"此以李揆比喻使臣韩肖胄。 ㉞"春官"句:谓礼部有韩愈。春官,原周代官职,唐代改称礼部。昌黎,唐韩愈郡望昌黎,世称昌黎先生。此指代韩肖胄。 ㉟百夫特:众人中的杰出人物。《诗·

秦风·黄鸟》:“维此奄息,百夫之特。”此指韩肖胄。 ㊱“行足”句:意谓韩肖胄的行为足为万人师表。 ㊲嘉祐:宋仁宗年号(1056—1063)。时韩肖胄曾祖韩琦任宰相。建中:建中靖国(1101),宋徽宗年号,时韩肖胄祖父韩忠彦任宰相。 ㊳皋、夔:皋陶与夔,分别为舜时狱官与乐官,皆贤臣,此喻韩琦与韩忠彦。㊴匈奴:少数民族,此指金人。王商:汉蠡吾(今河北蠡县)人,字子威,汉成帝时任宰相。《汉书·王商传》:“长八尺有馀,身体鸿大,容貌甚过绝人。河平四年,单于来朝,引见白虎殿。丞相商坐未央殿中,单于前,拜谒商。商起,离席与言。单于仰视商貌,大畏之,迁延却退。天子闻而叹曰:‘此真汉相矣!’”王商,指代韩琦与韩忠彦。 ㊵“吐蕃”句:当为“回纥尊子仪”。《旧唐书·郭子仪传》:永泰元年(765)八月,党项族首领仆固怀恩诱吐蕃、回纥等三十馀万南下,京师震怒,天子下诏亲征,并命子仪屯于泾阳。子仪以数十骑徐出,免胄而劳之,“回纥皆舍兵下马齐拜曰:‘果吾父也!’”此子仪指代韩琦与韩忠彦。 ㊶夷狄:此指金人。 ㊷稽首:跪拜礼节。指韩肖胄跪别宋高宗辞行。 ㊸白玉墀(chí):白玉台阶。指韩肖胄辞行处的宫殿。 ㊹何等时:什么时候,指非同寻常之时。 ㊺“家人”句:谓哪里还会考虑家人。《建炎以来系年要录》卷六十六:“肖胄母安郡太夫人文氏闻肖胄当行,为言:‘韩氏世为社稷臣,汝当受命即行,勿以老母为念。’” ㊻妻子:妻与儿女。辞:告别。 ㊼“愿奉”句:谓愿意秉承天地之气。㊽“愿奉”句:谓愿意秉承赵宋祖宗的神威。 ㊾紫泥诏:用紫泥所封的诏书。唐李白《玉壶吟》:“凤凰初下紫泥诏,谒帝称觞登御筵。”此指宋高宗颁布的出使金国的诏书。 ㊿黄龙城:金国国都名，今吉林农安。《宋史·岳飞传》："直捣黄龙府，与诸君痛饮耳。" (51)单于：少数民族首领。此指金国皇帝。稽颡（sǎng）：一种屈膝下跪以头叩地的礼节。颡，前额。 (52)侍子：指金国派到南宋入侍皇帝的太子，类似人质。 (53)仁君：指宋高宗。恃信：讲究信用。此指遵守与金国和议的信诺。 (54)"狂生"句：谓主战的狂生不要请求向金国开战。请缨，要求参军杀敌。《汉书·终军传》："南越与汉和亲，乃遣（终）军使南越，说其王，欲令入朝，比内诸侯。（终）军请愿受长缨，必羁南越王而致之阙下。" (55)犬马血：古人盟誓所用的犬马之血。《史记·平原君列传》："毛遂谓楚王之左右曰：取鸡狗马之血来。"此指为与金盟誓作准备。(56)"与结"句：指与金指天立盟议和。 (57)"胡公"句：谓胡松年德望甚高，人所难及。《宋史·胡松年本传》："方秦桧秉政，天下识与不识，率以疑忌置之死地，故士大夫无不曲意阿附为自安计。松年独鄙之，至死不通一书，世以此高之。" (58)谋同德协：指考虑问题一致，同心同德。 (59)"脱衣"句：用《史记·淮阴侯列传》典："汉王受我上将军印，予我数万众，解衣衣我，推食食我，言听计用，故吾得以至于此。夫人深亲信我，我倍（背）之不祥，虽死不易。幸为信谢项王。"此指代胡公深受国恩，当效忠宋朝。脱衣，即解衣。汉恩，代宋恩。 (60)"离歌"句：谓胡公使金不会像荆轲那样悲壮。反用《战国策·燕三》典：战国时燕太子丹使荆轲入秦刺秦王，太子丹与宾客皆白衣冠送之，至易水饯别，高渐离击筑，荆轲和而歌之："风萧萧兮易水寒，壮士一去兮不复还。" (61)"皇天"、"雨势"两句：以天阴地湿、雨回风急的自然现象比喻韩、胡出使地政治形势险恶。"皇天"句，本楚宋玉《九辩》："皇天淫溢而秋霖兮,后土何时而得干?"皇天,对天及天神的尊称。后土,对大地的尊称。　㉂"车声"句:语本唐杜甫《兵车行》:"车辚辚,马萧萧,行人弓箭各在腰。"辚辚,形容车行声。萧萧,形容马鸣声。此句形容使金车队出发时情景。　㉃间阎嫠(lí)妇:民间的寡妇。此李清照自称。　㉄沥血投书:写血书投送。唐韩愈《归彭城》:"刳肝以为纸,沥血以书辞。"此形容一腔忠诚,投书给记室。干:请求,此有干扰意。记室:官名。掌书记,相当于今日秘书。　㉅不虞预备:预备不虞,指提高警惕,防范预料不到的危险。《左传·桓公十七年》:"疆场之事,慎守其一而备其不虞。"　㉆"衷甲"句:用《左传·襄公二十七年》典:"辛巳,将盟于宋西门之外,楚人衷甲。"谓楚与晋盟会时,楚人将铠甲穿在衣服里面,准备袭击晋。衷甲,铠甲隐藏在衣中,衷,通"中"。此指金人可能背叛盟约袭击南宋。　㉇乘城:登城,守城。记平凉:记取平凉之盟的教训。据《资治通鉴》:唐德宗贞元三年(787)闰四月,唐与吐蕃在平凉设坛会盟,"吐蕃伏精骑数万于坛西,游骑贯穿唐军,出入无禁。唐骑入房军,悉为所擒"。此典谓要警惕金国像吐蕃一样背盟。㉈葵丘:春秋时宋国地名,在今河南兰考东。《左传·僖公九年》:"秋,齐侯(桓公)盟诸侯于葵丘。"践土:春秋时郑国地名,在今河南原阳西南,僖公二十七年(前633)晋文公于此会盟诸侯。此句葵丘、践土皆喻韩、胡与金人结盟之处。　㉉谈士:有口才善辩驳的文士。谈士与"德生"皆指随同韩、胡使金参与谈判的文士。㉊露布:不封口的报捷文书、布告。唐封演《封氏闻见录》卷四:"露布,捷书之别名也。诸军破贼,则以帛书建诸竿上,兵部谓之露布。盖自汉以来有其名。所以名露布者,谓不封检而宣布,欲四方速知。"马犹倚:形容文思敏捷,撰文倚马可待。《世说新语·文学》:"桓宣武(温)北征,袁虎时从,被责免官。会须露布文,唤袁(虎)倚马前令作。手不辍笔,俄得七纸,殊可观。东亭(王珣)在侧,极叹其才。"此指希望韩肖胄迅速报捷。 ⑦"崤函"句:用《史记·孟尝君传》典:"孟尝君得出,即驰去,更封传,变名姓以出关。夜半至函谷关。秦昭王后悔出孟尝君,求之已去即使人驰传逐之。孟尝君至关,关法鸡鸣而出客。孟尝君恐追至,客之居下坐者有能为鸡鸣,而鸡齐鸣,遂发传出。出如食顷,秦追果至,已后孟尝君出,乃还。"崤,崤山,在今河南洛宁南。函,函谷关,在今河南灵宝南。此句写金使臣出行艰难。 ⑦"巧匠"句:自谦不才。巧匠,喻韩肖胄。樗栎(chū lì),无用之材。《庄子·逍遥游》:"吾有大树,人谓之樗,其大本拥肿而不中绳墨,其小枝卷曲而不中规矩。立之途,而匠者不顾。"又《庄子·人间世》:"匠石之齐,至于曲辕,见栎社树,其大蔽数千牛,絜之百围……散木也。以为舟则沉,以为棺椁则速腐,以为器则速毁,以为门户则液樠,以为柱则蠹。是不材之木也。"此喻自己的建议。 ⑦刍荛(chú ráo)之言:谦词,谓自己以上的建议是草民之言。刍荛,割草砍柴的人。《诗·大雅·板》:"先民有言,询于刍荛。" ⑦隋珠:传世宝珠。汉刘安《淮南子·览冥训》:"譬如隋侯之珠,和氏之璧,得之者富,失之者贫。"注曰:"隋侯,汉东之国,姬姓诸侯也。隋侯见大蛇伤断,以药敷之。后蛇于江中衔大珠以报之,因曰'隋侯之珠',盖月明珠也。"和璧:和氏璧。春秋时楚国人卞和所献之美玉。事见《韩非子·和氏》:楚人和氏得玉璞楚山中,初献厉王,被认为是石,和氏遭砍左足;再献武王,又被认为是石,和氏遭砍右足。直至文王即位,才"理其璞而得宝焉",遂命曰"和氏之璧"。此句指不乞求金国的珍珠财宝。　㉕灵光:殿名。汉景帝之子鲁恭王所建,故址在今山东曲阜东。此指代北宋旧殿。萧萧:形容萧条冷落。　㉖翁仲:传说为秦时的巨人。汉刘安《淮南子·氾论训》:"秦皇帝二十六年,初兼天下,有长人见于临洮,其高五丈,足迹六尺。仿写其形,铸金人以象之,翁仲君何是也。"后指宫门铜像或墓道石像。此指墓道石像。　㉗遗氓:遗民。指生活在北方的宋朝百姓。　㉘残虏:指金兵。如:好像。　㉙嫠家:寡妇之家。此李清照自指。齐鲁:今山东,指李清照故乡。　㉚位下名高:地位低而名声高。人比数:谓父、祖可与地位高者同列。㉛"当年"、"犹记"两句:描写当年清照父、祖讲学盛况。稷下,战国时齐之都城,今在山东临淄。《史记·田敬仲完世家》:"是以齐稷下学士复盛,且数百千人。"挥汗成雨,形容人多。《史记·苏秦传》:"临淄之途,车毂击,人肩摩,连衽成帷,举袂成幕,挥汗成雨,家殷人足,志高气扬。"　㉜流人:逃难在外的流民。　㉝东山:山名,在今山东曲阜东。《孟子·尽心上》:"孔子登东山而小鲁,登泰山而小天下。"宋朱熹《集注》:"东山,盖鲁城东之高山。"此指故里。一抔(póu)土:一捧土。抔,用手捧。此指祖坟。

【品评】

从诗序可知,宋绍兴三年(1133)诗人因见到宋高宗遣韩公与胡公充大金军前正、副奉表通问使之诏书,感觉到此乃国家大事;而自己"父、祖又皆出韩公门下",似有点"特殊关系"。这才促使诗人作古、律诗各一章,"以寄区区之意"。用同一题写古、律体二首诗,这并不多见,可见作者对韩、胡二公出使金国之事的高度重视,以及欲寄之意十分丰富。

此诗为古体,又兼有五古与七古两种体裁,似亦不多见。全诗长达80句,从内容上划分,可分为三部分:从"三年夏六月"至"币厚辞益卑"计18句为第一部分;从"四岳金曰俞"至"壮士懦夫俱感泣"计36句为第二部分;从"闾阎嫠妇亦何知"至结尾"去洒东山一抔土"计26句为第三部分。

第一部分先交代韩、胡二公出使金国的原因与政治背景。这部分从"天子"宋高宗"纯孝臣"的角度写其派人至金国议和。由于徽、钦二帝被掳金国已有六年之久,"运已遇阳九",深感"霜露悲",故借二"帝"的口吻代高宗道出派使赴金只是尽孝;而"勿勒燕然铭,勿种金城柳",说明意不在北伐抗金。这是诗人巧妙之处,以避免"犯上"之罪。为实现此假"纯孝"真"求和"之行,又写高宗不惜代价:"土地非所惜,玉帛如尘泥",表面是颂高宗不愧为"孝子贤孙",其实是揭露其骨子里惧怕金国的虚弱本质,只能以土地钱财讨好金国。诗人讽刺之意,如绵里藏针。然而出使金国并非易事,有巨大危险,使者既要有勇气,又要会巧于周旋,所以"谁可当将命"成为替宋高宗"尽孝"的首要问题。

由此第二部分自然推出本诗的主人公,即可承担出使重任的韩公及胡公。诗五古部分赞颂韩公的勇气与品德,主要借用历史上抗击异族侵略的名臣猛将王商、郭子仪来比附韩公,其勇气足以使金人"破胆";并从与家人关系角度赞誉韩公之公而忘私的高尚品德。然后又想像韩公此去必能震慑单于完成此行使命的情景,表明诗人相信韩公堪当重任。此外,又以七古诗句简略赞扬胡公之清德,定能与韩公同心同德。最后又描写二公出使的情景,十分悲壮。诗人对南宋天子的软弱无能与韩、胡二公的忠诚、勇敢是分得很清楚的,甚至二者亦有对比的意思。

第三部分抒发诗人的爱国感情。这是写此诗的主旨。其中包括了对国家的一腔热血,满腹忠诚,对金人虎狼本性的清醒认识与高度警惕;亦包括对韩、胡二公此行安危的担忧,对其完成使命的期盼。又因二公出使的是北方,所以还包括对"乡关"的关切与牵挂。最后则回归到自己家族,以当年的荣耀,反衬"南渡"之后的可悲境遇;特别是尾句"欲将血泪寄山河,去洒东山一抔土",充满乡国之思的深情与山河破碎的悲凉。

此诗熔叙事、议论、抒情于一炉,既驱遣大量历史典故,以古喻今;又采用白描手法,借助想像刻画人物场景;还有直抒胸臆,宣泄激情。无论思想还是艺术都堪称李清照诗歌的压卷之作。近代陈衍评曰:"雄浑悲壮,虽起杜、韩为之,无以过也。古今妇女,文姬外无第三人。然文姬所遇,悲愤哀痛,千古无两,私情公谊,又自不同矣。"(《宋诗精华录》卷四)评价十分中肯,不仅此诗风格之雄浑、感情之悲壮,杜、韩无以过之;即使同为妇人的蔡文姬与之相比,又有"私情"与"公谊"之别,李清照此诗不是抒写个人恩怨,而是表达爱国之心,故其格调、境界自然胜出蔡文姬一筹。

其 二

想见皇华过二京,① 壶浆夹道万人迎。②
连昌宫里桃应在,③ 华萼楼前鹊定惊。④

但说帝心怜赤子,⑤ 须知天意念苍生。⑥
圣君大信明如日,⑦ 长乱何须在屡盟?⑧

【注释】

　　①皇华:光华极强,颂使节之辞。《诗·小雅·皇皇者华》小序:"皇皇者华,君遣使臣也。送之以礼乐,言远而有光华也。"此颂韩肖胄、胡松年。过二京:指出使途经原北宋之南京(今河南商丘)与东京(今河南开封)。　②"壶浆"句:指北方百姓手持酒浆食品欢迎南宋使者。壶浆,代箪食壶浆。《孟子·梁惠王下》:"以万乘之国,伐万乘之国,箪食壶浆,以迎王师。"　③"连昌"句:唐元稹《连昌宫词》:"连昌宫中满宫竹,岁久无人森似束。又有墙头千叶桃,风动落花红簌簌。"连昌宫,唐高宗置,故址在今河南宜阳。此指北宋宫殿。　④华萼楼:唐玄宗建,位兴庆宫西,题"花萼相辉之楼"。旧址在今陕西西安兴庆公园。此指北宋宫苑之楼。鹊定惊:鹊惊起。唐钱起《裴迪南门对月》:"鹊惊随月散,萤远入烟流。"此指韩、胡使臣途经北宋旧宫,喜鹊亦惊起欢迎。　⑤帝心:皇帝之心。赤子:原指婴儿。《尚书·康诰》:"若保赤子,惟民其康乂。"后引申为百姓。　⑥苍生:指百姓。《尚书·益稷》:"光天之下,至于海隅苍生,万邦黎献。"　⑦圣君:指宋高宗。⑧"长乱"句:反用《诗·小雅·巧言》典:"君子屡盟,乱是用长。"宋朱熹《集传》:"言君子不能已乱,而屡盟以相要,则乱是用长矣。"长乱,滋长动乱。屡盟,多次与金国订立盟约。

【品评】

此诗为七律。前半首充分发挥想像力,诗中的情景仿佛是诗人亦出使北方,亲眼目睹一样,甚是真切。开篇"想见"二字点明以下所写皆是诗人"精骛八极,心游万仞"(晋陆机《文赋》)的结晶。

首联想像南宋使节途经中原"二京",受到北方遗民夹道欢迎的感人场景,这一想像反映了北方遗民不忘故国、渴望光复的强烈愿望。颔联则想像北宋萧条的官殿中乌鹊飞起的景象,似亦在欢迎南宋使节。但北方人民欢迎使节是误以为光复有望,是高宗将北伐,救他们于水火之中。诗下半篇从"想见"转向议论,即对韩、胡二公出使议和之事进行评说。李清照对韩、胡二公使金议和之事似乎是矛盾的:由于韩、胡二公人品出众,又冒险赴金,所以是值得敬佩、赞赏的;但对于高宗议和的策略又是不首肯的,是讥讽的。所以在诗中往往是反话正说,委婉含蓄。此诗的议论即是如此。颈联认为与金议和是皇帝怜爱百姓,亦是上天顾念苍生;尾联亦认为圣君信守承诺,坚持与金结盟,不一定会滋长祸乱,但这皆是表面文章。通过上半篇突出描写北方遗民对光复神州之渴望,就意味着议和是不能实现百姓愿望的,而应该北伐抗金。但这一点诗人不能明言,只能采取明颂暗讽的手法,由人们自己去品味了。

夜 发 严 滩①

巨舰只缘因利往,扁舟亦是为名来。②

往来有愧先生德,③特地通宵过钓台。④

【注释】

①此诗一名《钓台》。严滩:又名严陵濑。在今浙江桐庐富春江畔。传西汉末年严光(子陵)与刘秀同学。后刘秀称帝,请严光出来做官,严婉拒而隐居于富春江。其隐居处称"严滩"。②"巨舰"、"扁舟"两句:明郎瑛《七修类稿》卷三十:"汉严子陵钓台,在富春江之涯。有过台而咏者,曰:'君为利名隐,我为利名来。羞见先生面,黄昏过钓台。'"又,清梁绍壬《两般秋雨盦随笔》"《钓台》诗"条,载有宋范仲淹《钓台》诗,与上引诗相同,惟"君"改为"子",意思无异,所以"过台而咏者"当为范仲淹。 ③先生德:指严子陵高尚品德。宋范仲淹守桐庐时,为严建严先生祠堂,并作《严先生祠堂记》,云:"先生之德,山高水长。" ④通宵:连夜,与"黄昏"同义,皆"羞见先生面"也。钓台:严滩岸畔富春山上有东西两钓鱼台。宋祝穆《方舆胜览》卷七:"钓台,在桐庐东南二十九里,东西二台,各高数百尺。"

【品评】

宋绍兴四年(1134)十月,诗人因"闻淮上警报"(李清照《〈打马图经〉序》),而自杭州水路赴金华,途经富春江严滩,有感而作此诗。

严滩是东汉严光隐居之地,其所在地桐庐又是宋贤臣范仲淹出仕之处。此诗不仅有感于严光之德,亦有感于范仲淹对严光之态度,可谓一石双鸟,构思巧妙。前两句借用范仲淹《钓台》诗之当年所感,写出当今世俗追名逐利的现实,无论是高官大吏,还是普通百姓,追逐名利已成风气。国难当头,人们还为名利奔走,不顾社稷兴亡,此为诗人所鄙视而深感痛心的。于是诗人不能不想到斩断名缰利锁、德行如"山高水长"的严光。严光之德是如此之高,相比之下连自己也似"羞见先生面",而"通宵过钓台"了。在清照心目中,严光是当今名利之徒的对立面,是淡泊名利的典范,是自己无比钦慕的隐逸之士。淡泊名利诚然远高于追逐名利,但是在民族危亡之时,隐逸并非救国良策,"先生之德"实不足为训。此次清照"难得糊涂"了一次。当然其批评"因利往"、"为名来"还是有现实意义的。

此诗基本上采用"以故为新"之法,化用范仲淹《钓台》诗意,而赋予了新的内涵。

题八咏楼①

千古风流八咏楼,② 江山留与后人愁。③
水通南国三千里,④ 气压江城十四州。⑤

【注释】

①八咏楼:原名元畅楼,南朝齐隆昌元年(494)沈约知婺州时建。因沈约有《元畅楼八咏》,故元畅楼后被婺州知府冯伉改称为"八咏楼"。 ②风流:风采。 ③"江山"句:时李清照因金兵南侵避难至此,担心金华亦将沦丧,江山难守,留与后人愁也。

④水:指金华婺江。　⑤江城:指金华。十四州:《宋史·地理志》七"两浙路":"府二:平江、镇江;州十二:杭、越、湖、婺、明、常、温、台、处、衢、严、秀。"二府加十二州,共十四州(府)。

【品评】

此诗当作于宋绍兴五年(1135),作者时在浙江金华避难。

诗开篇即以"千古风流"为八咏楼"定性",此为感情之高扬:八咏楼早建于南齐,距南宋已近七百年,称其为"千古"风流,说明历史悠久;它因历史名人南朝沈约所作《元畅楼八咏》而得名,又被历代文人吟诵,确实亦可称"风流"千古。诗人对八咏楼无疑充满了感情。但次句感情却陡然低抑,大起大落。"留与后人愁",为何"愁"虽未明言,但联系当时政治形势,北方沦陷,南方亦危在旦夕,所以"江山"即将易主,当是"后人愁"的涵义,亦是一目了然的。因为诗上半已定了"愁"的感情基调,所以后两句尽管"气象宏敞"(明赵世杰《古今女史》诗集卷六);婺江贯通南国三千里,气压东南十四州,看似威武雄壮;但朝廷软弱,这"水",这"城"亦难挡住金兵的铁蹄,江山难守之忧显然可见。诗人的头脑是十分清醒的。

此诗借咏山水,抒写忧患意识,反映了女诗人心系社稷的博大胸襟;而风格雄浑,境界开阔,感情深沉,亦绝不亚于须眉之作。

贵妃阁春帖子①

金环半后礼,② 钩弋比昭阳。③

春生百子帐,④ 喜入万年觞。⑤

【注释】

①此诗与另诗《皇帝阁春帖子》原载于《诗女史》卷十一,误排成一首诗,题作《皇帝阁》。王仲闻本分开,分别题为《皇帝阁春帖子》与《贵妃阁春帖子》,今从王本。此诗为宋高宗之吴贵妃而作。贵妃:指吴贵妃,后升为皇后。阁:宫中便殿。春帖子:立春所进帖子词。帖子词,宋代八节内宴时翰林院侍臣献给宫中的诗,粘贴于阁中门壁上。《建炎以来系年要录》卷一百四十八,绍兴十三年(1143):"辛丑立春节,学士院始进帖子词,百官赐春幡胜,自建炎以来久废,至是始复之。"此乃李清照代人所进帖子。 ②金环:后妃进御或妊娠时所佩标志性饰物。《太平御览》卷一百三十五引《五经要义》:"古者后夫人必有女史彤管之法。后妃群妾以礼御于君所,女史书其日,授其环,以示进退之法。生子月娠,则以金环退之。当御者,以银环进之,着于左手;既御,着于右手。左者阳也,亦当就男,故着于左手。右手阴也,既御而复故。此女史之职也。"半后礼:后,皇后。此指贵妃享受的待遇仅次于皇后。宋乐史《杨太真外传》:"册太真宫女道士杨氏为贵妃,半后服。" ③"钩弋(yì)"句:钩弋,原为汉宫名。此指代钩弋夫人赵氏,汉武帝贵妃。据《史记·外戚世家》:"钩弋夫人姓赵氏,河间人也。得幸武帝,生子一人,昭帝是也。"昭阳,汉宫名。汉武帝时后宫八区中有昭阳殿,汉成帝宠妃赵飞燕居住。此当指赵飞燕。 ④百子帐:帐子美称。宋程大昌《演繁露》卷十三:"唐人婚礼,多用百子帐,特贵其名与婚宜,而其制度则非有子孙众多之义。"此取其子

孙众多之义。　⑤万年觞:进酒祝皇帝长寿。《后汉书·班超传》:"陛下举万年之觞。"

【品评】

徐培均本收李清照于宋绍兴十三年(1143)写的帖子词4首,兹选其中之《贵妃阁春帖子》,以尝鼎一脔。

应酬之什,罕有佳作。此帖乃李清照"为内夫人者,代进帖子"(清俞正燮《易安居士事辑》),于立春时呈给吴贵妃。首句点明吴贵妃的贵妃身份,次句以汉代钩弋夫人与赵飞燕喻其正得皇帝宠爱。第三四句祝吴贵妃多子多孙,并祝皇帝万寿无疆。此诗四句,几乎句句有来历,可谓多"故实"(《词论》)之作。

佚　句(四则)

诗情如夜鹊,　三绕未能安。①

【注释】

①两句本于三国曹操《短歌行》:"月明星稀,乌鹊南飞。绕树三匝,无枝可依。"

【品评】

这两断句当作于北宋时期,描写创作构思的情感活动。晋陆机《文赋》说"诗缘情而绮靡",诗乃感情的艺术。当灵感袭来之时,诗人感情活跃,不能自已,各种意象联翩而至,就如同深夜的乌鹊一样,绕枝翻飞,不肯停下,等待诗人的妥帖安排。只有当诗人构思结束,诗篇完成,"诗情"才能像夜鹊一样安歇。这两句诗以生动的比喻形象地展示了诗人创作构思的心理活动,甚是精彩,实乃诗人创作的心得之言。清陈锡路称:"二句新色照人,却能抉出诗人神髓,而得之女子,尤奇。"(《黄妳馀话》卷八)

南渡衣冠欠王导,① **北来消息少刘琨。**②

【注释】

①南渡:公元317年晋愍帝司马邺被刘聪杀于平阳(今河南洛阳),晋室南渡,司马睿在建邺(今南京)即皇帝位,建立东晋,为元帝,改元建武,史称"南渡"。此诗则指宋室于建炎初南渡,建都建康(今南京)。衣冠:指士大夫。唐李白《登金陵凤凰台》:"晋代衣冠成古丘。"王导:字茂弘,山东临沂人。晋元帝朝历官丞相、太傅。《世说新语·言语》:"过江诸人,每至美日,辄相邀新亭,藉卉饮宴。周侯中座而叹曰:'风景不殊,正自有山河之异。'皆相视流泪。惟王丞相(导)愀然变色曰:'当共戮力王室,克复神州,何至作楚囚相对?'"此处王导比喻被高宗罢官的主战派代表人物丞相李纲。 ②刘琨:字越石,晋愍帝时任大将军;都督并、冀、幽三州军事。晋室南渡,迁升侍中太尉,仍坚守并州,与石勒、刘曜对抗后兵败投冀州,被段匹磾所害。《世说新语·言语》:"刘琨虽隔阂寇戎,志存本朝。谓温峤曰:'班彪识刘氏之复兴,马援知光武之可辅。今晋祚虽衰,天命未改。吾欲立功于河北,使卿延誉于江

南,子其行乎?'温曰:'峤虽不敏,才非昔人。明公以桓、文之姿,建匡立之功,岂敢辞命?'"此喻留守东京(今河南开封)坚持抗金的将军宗泽已死。

【品评】

此两断句乃宋建炎二年(1128)作于江宁(今南京)。时北宋灭亡不久,诗人内心愤懑不已,对朝廷软弱无能十分不满,乃以此诗巧用史实,借古讽今,清俞正燮所谓"忠愤激发,意悲语明,所非刺者众"(《易安居士事辑》)。诗人既为南宋王朝缺乏王导那样具有"戮力王室,克复神州"之志的文官而忧虑,亦为北方不再有像刘琨那样"志枭逆虏"(《世说新语·赏誉》注引《晋阳秋》载刘琨《与亲旧书》语)的武将而遗憾。诗虽只有两句,但对仗工整,感情深沉,真切地表现了作者渴望光复北方的爱国之情。

南游尚觉吴江冷,① 北狩应觉易水寒。②

【注释】

①南游:即南渡。吴江冷:语本唐崔信明断句:"枫落吴江冷。"吴江,指吴淞江,太湖支流,今称苏州河。此指代江南。②北狩:指宋徽宗、钦宗二帝被金人掳至北方。易水寒:《史记·刺客列传》:荆轲歌曰:"风萧萧兮易水寒,壮士一去兮不复还。"亦见《战国策·燕三》。

【品评】

  此两断句乃宋建炎二年(1128)春作于江宁(今南京)。两句诗表现了诗人南渡后的悲凉心境。上句写虽时届春季,又地处江南,却仍"觉吴江冷"。此"冷"实际上是写内心的"冷",是北宋灭亡的凄冷之感。下句写对身陷金国之宋徽宗、钦宗的担忧并为之悲哀。"易水寒"实指北方环境之恶劣,反映了诗人忠君爱国的思想。王仲闻认为这两句是说"南来的人,不应忘记被俘去的赵佶、赵桓",直接谴责了赵构害怕父兄回来,自己做不了皇帝,则思想意义更加深刻。两诗句皆化用前人成句,又写得含蓄蕴藉,沉郁之至。

  露花倒影柳三变,① 桂子飘香张九成。②

【注释】

  ①"露花"句:此句写柳永。柳永,北宋著名词人。其初名三变,字景庄,后改名永,字耆卿。排行第七,故人称柳七。祖籍河东(今山西永济),徙居崇安(今属福建)。柳永年轻时,行为放荡,为教坊填词。宋胡仔《苕溪渔隐丛话后集》卷三九引《艺苑雌黄》云:"柳三变……喜作小词,然薄于行。当时有荐其才者,上(宋仁宗)曰:'得非填词柳三变乎?'曰:'然。'上曰:'且去填词。'由是不得志,日与儇子纵游倡馆酒楼间,无复俭约,自称云'奉旨填词柳三变'。"后于宋景祐元年(1034)中进士,官终屯田员外郎,世号柳屯田。有《乐章集》传世。"露花倒影",见于柳永《破阵乐》词。②"桂子"句:此句写张九成。张九成,字子韶,号横浦居士。南宋

钱塘(今浙江杭州)人。宋绍兴二年(1132)进士,讲殿策试被宋高宗擢为第一。"桂子飘香",见于张九成《中兴纲目》对策:"……陛下之心,臣得而知之。方当春阳昼敷,行宫别殿,花气纷纷,窃想陛下念两宫之在北边,尘沙漠漠,不得共(此)融和也,其何安乎?盛夏之际,风窗水院,凉气凄清,窃想陛下念两宫之在北边,蛮毡拥蔽,不得共此疏畅也,亦何安乎?澄江泻练,夜桂飘香,陛下享此乐时,必曰:'西风凄动,两宫得无忧乎!'"此诗因对仗关系,把"夜桂飘香"改为"桂子飘香"。

【品评】

此诗乃宋绍兴二年(1132)三月作于临安(今浙江杭州),为嘲讽新科状元张九成而作,故宋陆游《老学庵笔记》卷二载:"张子韶对策,有'桂子飘香'之语,赵明诚妻嘲之曰:'露花倒影柳三变,桂子飘香张九成。'"但诗对张并无明显贬词,可谓"不着一字,尽得风流"(唐司空图《二十四诗品·含蓄》)。柳三变乃词人,其词有"露花倒影"一类绮靡之词,本不足为奇,或曰情有可原。而张九成乃状元,策试题为《中兴纲目》,为严肃之策论,事关国家复兴大计,应该认真地向朝廷提出如何"中兴"的建议。但张却在策试中卖弄文采,极尽华丽之致,满篇虚言,于社稷民生毫无益处。此李清照之所以嘲讽而恶之也。而如此策论又被宋高宗擢为第一,皇帝之昏庸亦可见一斑。此两断句当是七律之一联,对仗极其工整、讲究,特别是人名中数字之对尤妙。此联堪称的对,可见诗人功力不凡。

文　选

词　论

乐府、声诗并著,①最盛于唐。开元、天宝间,②有李八郎者,③能歌擅天下。④时新及第进士开宴曲江,⑤榜中一名士先召李,⑥使易服隐名姓,⑦衣冠故敝,⑧精神惨沮,⑨与同之宴所,⑩曰:"表弟愿与座末。⑪"众皆不顾。既酒行乐作,歌者进,时曹元谦、念奴为冠。⑫歌罢,众皆咨嗟称赏。⑬名士忽指李曰:"请表弟歌。"众皆哂,⑭或有怒者。及转喉发声,歌一曲,众皆泣下,罗拜,⑮曰:"此李八郎也。"

自后郑、卫之声日炽,⑯流靡之变日烦,⑰已有《菩萨蛮》、《春光好》、《莎鸡子》、《更漏子》、《浣溪沙》、《梦江南》、《渔父》等词,⑱不可遍举。五代干戈,⑲四海瓜分豆剖,⑳斯文道熄,㉑独江南李氏君臣尚文雅,㉒故有"小楼吹彻玉笙寒"、"吹皱一池春水"之词,㉓语虽奇甚,所谓"亡国之音哀以思"也。㉔

逮至本朝,㉕礼乐文武大备,又涵养百馀年,㉖始有柳屯田永者,㉗变旧声作新声,㉘出《乐章集》,㉙大得声称于世,㉚虽协音律,㉛而词语尘下。㉜又有张子野、宋子京兄弟,㉝沈唐、元绛、晁次膺辈继出,㉞虽时时有妙语,而破碎何足名家?㉟至晏元献、欧阳永叔、苏子瞻,㊱学际天人,㊲作为小歌词,真如酌蠡水于大海,㊳然皆句读不葺之诗尔,㊴又往往不协音律者。何耶? 盖诗文分平侧,㊵而歌词分五音,㊶又分五声,㊷又分六律,㊸又分清浊轻重。㊹且如近世所谓《声声慢》、《雨中花》、《喜迁莺》,㊺既押平声韵,又押入声韵;《玉楼春》本押平声韵,㊻又押上、去声韵,又押入声。本押仄声韵,如押上声则协,如押入声则不可歌矣。王介甫、曾子固,㊼文章似西汉,若作一小歌词,㊽则人必绝倒,㊾不可读也。乃知别是一家,㊿知之者少。后晏叔原、贺方回、秦少游、黄鲁直出,㉛始能知之。又晏苦无铺叙,㉜贺苦少典重。㉝秦即专主情致,㉞而少故实,㉟譬如贫家美女,虽极妍丽丰逸,㊱而终乏富贵态。黄即尚故实,而多疵病,㊲譬如良玉有瑕,㊳价自减半矣。

【注释】

①乐府:古代管理音乐的官署。秦及西汉惠帝时均设"乐府令"。汉武帝时扩大乐府规模,掌管朝会宴飨、道路游行时所用的音乐,兼收集各地诗歌、乐曲。此处当指音乐。声诗:指被采作歌词入乐演唱的五言、七言诗。著:著称。　②开元、天宝:唐玄宗李隆基年号。开元:713—741年,天宝:742—756年。　③李八郎:即李衮。唐李肇《国史补》卷下:"李衮善歌,初于江外而名动京师。崔昭入朝,密载而至。乃邀宾客,请第一部乐及京邑之名倡,以为盛会。绐言表弟,请登末座。令衮弊衣以出,合坐嗤笑。顷命酒,昭曰:'欲请表弟歌。'坐中又笑。又转喉一发,乐人皆大

惊,曰:'此必李八郎也。'遂罗拜阶下。" ④擅天下:天下最擅长歌唱者。 ⑤曲江:地名,在长安南,旧址在今陕西西安大雁塔南。唐代于此为新进士举行曲江宴。唐李肇《国史补》卷下:"进士既捷,大宴于曲江亭中,谓之曲江宴。" ⑥榜中一名士:指中新科进士榜的崔昭。详见注③。 ⑦易服:改换衣服。 ⑧衣冠故敝:特地穿戴破衣帽。 ⑨惨沮:忧伤沮丧。唐元稹《献荥阳公诗五十韵》:"自伤魂惨沮,何暇思幽玄。" ⑩之:动词到、往。宴所:举行宴会之所,即曲江亭。 ⑪与:陪同。座末:末尾的座位。⑫曹元谦:唐代歌者,生平不详。念奴:唐代著名歌伎。五代王裕仁《开元天宝遗事》卷上:"念奴者,有姿色,善歌唱,未尝一日离帝左右。每执板当席顾眄,帝谓妃子曰:'此女妖丽,眼色媚人。'每转声歌喉,则声出于朝霞之上,虽钟鼓笙竽嘈杂而莫能遏。宫妓中帝之钟爱者也。"为冠:最杰出者。 ⑬咨嗟:赞叹。楚屈原《天问》:"何亲揆发,定周之命以咨嗟?" ⑭哂(shěn):嘲笑。 ⑮罗拜:环绕下拜。唐段成式《酉阳杂俎·壶史》:"其人悉罗拜尘中,曰:不敢,不敢。" ⑯郑、卫之声:春秋时郑国与卫国的乐歌,被认为是淫靡之音。《礼记·乐记》:"郑、卫之音,乱世之音也。"日炽:日益兴盛。 ⑰流靡:指辞采过于华丽。唐刘知几《史通·杂说下》:"词采壮丽,音句流靡。"日烦:日益增加。 ⑱"《菩萨蛮》"句:所列皆为词调名。《菩萨蛮》,原是唐教坊曲,开元、天宝从西南传入,后用为词调。《春光好》,唐玄宗制曲。《莎鸡子》,词调名,已失传。《更漏子》,词调名,因晚唐温庭筠此词中多咏更漏而得名。《浣溪沙》,唐教坊曲名,后用为词调。《梦江南》,词调名,又名《忆江南》。《渔父》,词调名,唐张志和制。 ⑲五代:后梁、后唐、后晋、后汉、后周,史称"五代",时在907—960年。干戈:原为两种兵器。《诗·周颂·时迈》:"载戢干戈,载櫜弓矢。"后引申为战争。 ⑳瓜分豆剖:喻五代十国时军阀割据,国土分裂,如瓜豆被分开。南朝宋鲍照《芜城赋》:"出入三代,五代馀载,竟瓜剖而豆分。" ㉑斯文:此文。晋王羲之《兰亭集序》:"后之览者,亦将有感于斯文。"此指词创作。熄:熄灭。此指衰落。 ㉒"江南"句:指南唐中主李璟、后主李煜与宰相冯延巳等君臣,皆好作词。文雅:指高雅的词创作。 ㉓"故有"句:"小楼吹彻玉笙寒",见李璟《摊破浣溪沙》。"吹皱一池春水",见冯延巳《谒金门》。《南唐书·冯延巳传》:"元宗(李璟)乐府辞云:'小楼吹彻玉笙寒',延巳有'风乍起,吹皱一池春水'之句,皆为精策。元宗尝戏延巳曰:'吹皱一池春水,干卿何事?'延巳曰:'未如陛下小楼吹彻玉笙寒。'元宗悦。" ㉔亡国之音哀以思:语本《礼记·乐记》:"亡国之音哀以思,其民困。" ㉕逮至:等到。本朝:指宋朝。 ㉖涵养:修养。 ㉗柳屯田永者:宋词人柳永(987—1055),初名三变,字景庄,后改名永,字耆卿,行七,人称柳七。祖籍河东(今山西永济),徙居崇安(今属福建)。景祐元年(1034)进士,历任睦州团练推官、余杭令等,官终屯田员外郎,故称"柳屯田"。有《乐章集》传世。 ㉘"变旧声"句:谓柳永利用唐宋旧曲改创,翻作新调。旧声,旧的音乐。新声,新的音乐。 ㉙《乐章集》:柳永词集。 ㉚声称:声誉。宋叶梦得《避暑录话》卷下称:"凡有井水处,即能歌柳词。"可见柳永"声称"之一斑。 ㉛虽:即使。协音律:与音律协拍。 ㉜词语尘下:指文词低俗。宋吴曾《能改斋漫录》卷十六:"柳三变好为淫冶讴歌之曲,传播四方。"此指柳词一个方面,

文选 | 157

柳不乏雅词。 ㉝张子野：宋词人张先(990—1078)，字子野，乌程(今浙江湖州)人。宋仁宗天圣八年(1030)进士，尝知安陆，故世称张安陆。有《张子野词》。因词中名句，又被称为"张三影"、"张三中"。宋子京兄弟：北宋宋郊(又名宋庠)、宋祁兄弟，开封雍丘(今河南杞县)人。宋祁(998—1061)更有名，字子京，与兄宋庠同登进士。时称"大小宋"。近人赵万里辑有《宋景文公长短句》一卷。宋庠词今不传。 ㉞沈唐：宋词人，字公述。生卒年不详。存词4首。元绛：字厚之(1009—1084)，钱塘(今浙江杭州)人。宋天圣九年(1031)进士，官至参政知事。存词2首。晁次膺：宋词人晁瑞礼(1046—1113)，字次膺，济州巨野(今属山东)人。宋熙宁六年(1073)进士。有《闲斋琴趣外编》。 ㉟破碎：指词的构思不完整。 ㊱晏元献：宋词人晏殊(991—1055)，字同叔，抚州临川(今江西临川)人。宋真宗景德元年(1004)十四岁时以神童荐，赐同进士出身。官至宰相兼枢密使，卒谥"元献"，故世称晏元献。存《珠玉词》。欧阳永叔：宋词人欧阳修(1007—1072)，字永叔，号醉翁，晚年号六一居士，庐陵(今江西吉安)人。宋天圣八年(1030)进士，累迁枢密副使，参知政事。有《六一词》、《醉翁琴趣外编》等词集。苏子瞻：宋文学家苏轼(1037—1101)，字子瞻，号东坡居士，眉山(今属四川)人。宋嘉祐二年(1057)进士。官至翰林学士、兵部尚书。有《东坡乐府》三卷。 ㊲学际天人：指学识兼通自然科学(天)与人文科学(人)。际，会合。《易·坎》："樽酒簋贰，刚柔际也。" ㊳酌蠡水于大海：语本汉东方朔《答客难》："以蠡测海。"此指以小部分精力从事词创作。蠡，瓢；大海，喻才大。 ㊴句读(dòu)不葺(qì)：句子长短不齐。句读，断句；葺，修整。 ㊵平侧(zè)：平仄。古汉语分平、上、去、入四声。平为平声，上、去、入为仄声。 ㊶五音：古乐的五个音阶，宫、商、角、徵、羽。 ㊷五声：汉语五种声调，指阴平、阳平、上、去、入。南朝沈约《答陆厥问声韵书》："以累万之繁，配五声之约。" ㊸六律：古代音乐有十二律，阴六阳六，阴为吕，阳为律。六律指黄钟、太簇、姑洗、蕤宾、夷则、无射。此指代十二律吕。 ㊹清浊轻重：指清音、浊音与轻音、重音。 ㊺"《声声慢》"句：所列皆词调名。㊻《玉楼春》：词调名。 ㊼王介甫：宋文学家王安石(1021—1086)，字介甫，抚州临川(今江西临川)人。宋仁宗庆历二年(1042)进士。宋神宗年间主持变法，官至宰相。晚年居金陵半山园，自号半山老人。宋元丰三年(1080)封荆国公，世称王荆公。卒谥"文公"，故又称王文公。曾子固：宋诗文家曾巩(1019—1083)，字子固，南丰(今属江西)人。宋嘉祐二年(1057)进士，官至中书舍人。仅存词1首。 ㊽小歌词：即词。 ㊾绝倒：俯仰大笑。 ㊿别是一家：指词有别于诗，是特殊的文体。 (51)晏叔原：宋词人晏几道(约1030—1106)，字叔原，号小山。抚州临川(今江西临川)人。晏殊第七子。有《小山词》。贺方回：宋词人贺铸(1052—1125)，字方回，号庄湖遗老。祖籍山阴(今浙江绍兴)，出生于卫州共城(今河南辉县市)。以承议郎致仕。有《东山词》。秦少游：宋词人秦观(1049—1100)，字太虚，改字少游，号淮海居士。高邮(今属江苏)人。宋元丰八年(1085)进士，官至秘书省正字，兼国史院编修。有《淮海居士长短句》。黄鲁直：宋文学家黄庭坚(1045—1105)，字鲁直，号涪翁，又号山谷。分宁(今江西修水)人。宋治平四年(1067)进士，历官秘书郎、校书郎等职。存

《山谷琴趣外编》。　㊾无铺叙：长调可铺陈叙述，晏几道多小令，少长调，故称。　㊽典重：风格典雅庄重。　㊼情致：情趣。　㊻故实：典故。　㊺丰逸：富厚佚乐，生活优裕。　㊹疵病：毛病。　㊸瑕：玉上斑点。喻小疵。

【品评】

　　此文作于李清照南渡之前，已为学界认同，而徐培均进一步考证作于宋政和三年(1113)，可备一说。这是一篇极其重要的词论，不仅是宋代词坛第一篇系统而有独立见解的词学论文，而且是中国女性文学批评史上首篇文学理论专文。文章虽为词之"论"，但又并非枯燥的高头讲章，其辅以叙事，巧用比喻，使文章生动可读。

　　文章第一段以唐代轶事作为开端，通过对善歌者李八郎先隐名易服，后出奇制胜，富有传奇色彩的描述，点出"乐府、声诗并著"的观点，强调词之音乐性的重要。为突出李八郎音乐造诣之高，成功地采用了以当时称冠的"曹元谦、念奴"，以及前倨后恭的众人作陪托的手法。

　　文章第二段则简略勾勒出词自唐开元、天宝以后的流变史，以其"郑、卫之声日炽，流靡之变日烦"，乃至五代后"斯文道熄"，来反衬"本朝"词体之兴盛。于是第三四段自然过渡到对北宋词坛的评价，进入文章的主体。

　　其论词标举词"别是一家"之旨，乃借助对北宋词坛十六位名家——评骘的方法予以论证，十分大胆，似乎"藐视一切"(裴畅语)，实际上有胆有识。所谓词"别是一家"颇有为"词"正名之意。

它主要是针对苏轼"以诗为词,要非本色"与柳永"浅近卑俗"的词风而发的。词"别是一家"的内涵大致包括重典雅、"主情致"、"协音律"、"尚故实"、善"铺叙"、重浑成等诸因素。其中重典雅的思想是词"别是一家"说的重要论旨。它包括对词体的思想内容与艺术风貌颇高的要求。它实际是倡导词思想内容的雅正与语言风格的清新奇俊。清沈祥龙《论词随笔》说得好:"欲俚固非雅,即过于浓艳,亦与雅远。雅者其意正大,其气和平,其趣渊深也。"五代词颇多"郑、卫之声",或者刻红剪翠,脂粉气浓,词彩亦"过于浓艳",正所谓"不无清绝之辞,用助娇娆之态;自南朝之宫体,扇北里之倡风。何止言之不文,所谓秀而不实"(五代欧阳炯《花间集序》)。故李清照指责其"流靡之变日烦"。直至南唐"李氏君臣"登上词坛始别开生面,清俊而去俗艳,突破了花间派脂粉香浓之藩篱,故李清照对他们基本上持肯定态度。但北宋词坛风气与李清照重典雅的思想反出现一定距离。为此她批评贺方回"少典重",更不满柳永的"词语尘下"。所谓"词语尘下"即指语言形式的卑俗,亦包括思想内容之淫靡而近于"郑、卫之声",与"典重"、典雅相悖。柳永词在向民间词学习、反映社会下层妇女的心声等方面自有其功绩,李清照亦肯定其"作新声"、"协音律",因此才会有"凡有井水饮处,即能歌柳词"(宋叶梦得《避暑录话》)之佳话。但是柳词又确有庸俗尘下之弊。宋陈振孙批评柳永"词格固不高"(《直斋书录题解》卷二十一),宋严有翼认为"柳之乐章,人多称之,然大概非羁旅穷愁之词,则闺门淫媟之语……彼其所以传名者,直以言多近俗,俗子易悦故也"(《艺苑雌黄》)。诸人之评虽不无偏颇之处,但指出柳词思想内容于语言风格有卑俗不雅的消极方面毕竟是客观事实。李清照欲反柳词卑俗之道而行之,因此要揭橥"典重"、典雅之旨。此旨与词"别是一家"说的其他诸因素亦是相互联系的,它同样要"主情致"、"协音律"、善铺叙、重浑成等。文章对于"协音律"亦特别重视,所以不满于苏轼等词"皆句读不葺之诗尔",且于音律强调得十分细致,以至有过分之嫌。其本人亦未能做到词应分五音、五声、六律、轻重、清浊等苛刻要求。不过其词富于情致,亦不乏故实与典雅文词,倒是与其观点一致。

要之,此论的目的是要保持词婉约的传统风格,固守词特有的疆域,与诗划清界限,有其合理因素。

祭赵湖州文①

白日正中,叹庞翁之机捷;②坚城自堕,怜杞妇之悲深。③

【注释】

①赵湖州:即赵明诚。赵明诚于宋建炎三年(1129)夏五月于池阳(池州,治所在今安徽贵池)时,被任命为湖州知府。六月十三日赴建康(今南京),拜见过宋高宗后上任。途中奔波劳累而感疾,八月十八日病卒(参见《〈金石录〉后序》)。李清照写此祭文,因为赵明诚已被任命为湖州知府,故称"赵湖州"。此文当为断句,全文不存。 ②"白日"、"叹庞翁"两句:宋释道原《景德传灯录》卷八记庞蕴居士:"将入灭,令女灵照出,视日早晚,及午以报。

女遽报曰:'日已中矣,而有蚀也。'居士出户观次,灵照即登父座,合掌坐亡。居士笑曰:'我女锋捷矣。'于是更延七日(亡)。"日正中,喻赵明诚正当壮年。庞蕴,当喻赵明诚。机捷,同"锋捷",机智敏捷,佛家语。三国刘劭《人物志·材理》:"质性警彻,权略机捷。"实指"坐亡",去世。但原指庞女灵照锋捷,此移至庞翁。③"坚城"、"怜杞妇"两句:坚城,坚固的城池。《韩非子·五蠹》:"万乘之国,莫敢自顿于坚城之下。"此喻赵明诚还是有能力的人。杞妇,春秋齐大夫杞梁妻。《左传·襄公二十三年》:"莒子亲鼓之,从而伐之,获杞梁。莒人行成,齐侯归,遇杞梁之妻于郊,使吊之。"又传为汉刘向撰《列女传·贞顺》中有:"齐杞梁殖之妻也。庄襄公袭莒,殖战而死。庄公归,遇其妻,使使者吊于路。杞梁妻曰:'今殖有罪,君何辱命焉。若令殖免于罪,则贱妾有先人之弊庐在下,妾不得与郊吊。'于是金公乃还车,诣其室,成礼然后去。杞梁之妻无子,内外无五属之亲,既无所归,乃枕其夫之尸于城下而哭。内诚动人,道路过者,莫不为之挥涕。十日而城为之崩。"此故事后演变为孟姜女哭长城。此处杞妇乃李清照自喻。

【品评】

此文乃《祭赵湖州文》之断句,虽仅两句,却颇有特点。一是采用骈体文四六对偶方式,此乃祭文常用的句法,可达到南朝刘勰所谓"四字密而不促,六字格而非缓"(《文心雕龙·章句》)的艺术效果。故宋谢伋称李清照为"妇人四六之工者"(《四六谈麈》卷一),表现出李清照深湛的文字功力。二是两句连用两个典故,多典亦是四六文的特色,前典喻赵明诚之去世,后典表自己的悲哀,都很恰当。三是抒发了对丈夫遽然病故,自己措手不及的悲哀之情,令人泫然欲涕,极具感染力。

投翰林学士綦崇礼启①

清照启:素习义方,②粗明《诗》、《礼》。近因疾病,欲至膏肓,③牛蚁不分,④灰钉已具。⑤尝药虽存弱弟,⑥应门惟有老兵。⑦既尔苍皇,⑧因成造次。⑨信彼如簧之舌,⑩惑兹似锦之言。⑪弟既可欺,持官文书来辄信;⑫身几欲死,非玉镜架亦安知。⑬倦俛难言,⑭优柔莫决。⑮呻吟未定,强以同归;⑯视听才分,⑰实难共处。忍以桑榆之晚节,⑱配兹驵侩之下才。⑲

身既怀臭之可嫌,⑳惟求脱去;彼素抱璧之将往,决欲杀之。㉑遂肆侵凌,日加殴击。可念刘伶之肋,㉒难胜石勒之拳。㉓局天扣地,㉔敢效谈娘之善诉;升堂入室,㉕素非李赤之甘心。㉖外援难求,自陈何害?岂期末事,乃得上闻。㉘取自宸衷,㉙付之廷尉。㉚被桎梏而置对,㉛同凶丑以陈词。㉜岂惟贾生羞绛、灌为伍,㉝何啻老子与韩非同传。㉞但祈脱死,莫望偿金。友凶横者十旬,㉟盖非天降;居囹圄者九日,㊱岂是人为!抵雀捐金,㊲利当安往?将头碎璧,㊳失固可知。实自谬愚,分知狱市。㊴此盖伏遇内翰承旨,㊵搢绅望族,㊶冠盖清流,㊷日下无双,㊸人间第一。奉天克复,本原陆贽之词;㊹淮蔡底平,实以会昌之诏。㊺哀怜无告,虽未解骖;㊻感戴鸿恩,如真出己。㊼故兹白首,得免丹书。㊽清照敢不省过知惭,扪心识愧。责全责智,㊾已难逃万世之讥;败德败名,何以见中朝之士!㊿虽南山之竹,51岂能穷多口之谈?52惟智者之言,可以止无根之谤。53

高鹏尺鷃,本异升沉;54火鼠冰蚕,难同嗜好。55达人共悉,56童子皆知。愿赐品题,57与加湔洗。58誓当布衣蔬食,温故知新。59再见江山,依旧一瓶一钵;60重归畎亩,61更须三沐三薰。62忝在葭莩,63敢兹尘渎。64

【注释】

①翰林学士:官名。专掌由皇帝发出的机密文件,参与机要事务,有"内相"之称。綦(qí)崇礼:字叔厚,一作处厚,高密(今属山东)人,后徙潍之北海(今属山东)。宋徽宗重和元年(1118)登太学之上舍第。南渡后宋绍兴二年(1132)二月以吏部侍郎兼权直(学士)院,七月任兵部侍郎兼权直(学士)院,九月任翰林学士。启:书函。此启是李清照错误改嫁张汝舟(时为右承奉郎监诸军审计司属吏)后,因惨遭虐待,乃向官府揭露张汝舟为升职上报材料中舞弊即"妄增举数"之"私罪",并诉讼要求离婚。按照宋代《刑统》规定,妻状告丈夫即使丈夫有罪,妻子亦将被判刑两年。但由于綦崇礼援助,李不仅如愿与张离异,且仅系狱九日即被释放。 ②义方:做人之道。《左传·隐公三年》:"爱之教之以义方,弗纳于邪。"后用以指家教。 ③膏肓(huāng):中医称心脏下部为膏,膈膜为肓。《左传·成公十年》:"疾不可为也,在肓之上,

文 选 | 165

膏之下,攻之不可,达之不及,药不至焉,不可为也。"病情严重不可治,称病入膏肓。 ④牛蚁不分:指病情严重,看不清床头蚂蚁。《世说新语·纰漏》:"殷仲堪父病虚悸,闻床下蚁动,谓是牛斗。"牛蚁,后引申为病虚,精神恍惚。宋苏轼《次韵朱光庭〈初夏〉》:"牛蚁新除病后聪。" ⑤灰钉已具:石灰和铁钉已准备好,用作敛尸封棺。此指病重将死,准备后事。《梁书·徐勉传·论丧疏》:"故属纩才毕,灰钉已具。" ⑥"尝药"句:《礼记·曲礼下》:"亲有疾,饮药,子先尝之。"此指比自己年少很多的同父异母弟弟李远侍奉自己服药时,先尝了再给自己喝。 ⑦应门:照应门户。晋李密《陈情表》:"内无应门五尺之童。"老兵:老仆。 ⑧苍皇:仓促。唐杜甫《破船》:"苍皇避乱兵,缅邈怀旧丘。" ⑨造次:轻率,随便。唐韩愈《学诸进士作精卫衔石填海》:"人皆讥造次,我独赏专精。"此当指改嫁张汝舟之事太轻率。 ⑩如簧之舌:《诗·小雅·巧言》:"巧言如簧,颜之厚矣。"簧,乐器里的薄片,振动时乐器发出动听的声音。此喻张汝舟之簧舌。 ⑪似锦之言:《诗·小雅·巷伯》:"萋兮斐兮,成是贝锦。彼谮人者,亦已太甚!"锦,贝锦,像贝的文采一样美丽的织锦。原指诬陷他人的谗言。此指张汝舟巧言迷惑李清照。 ⑫持官文书来:指张汝舟持授官文书来骗婚。官文书,类似委任状。用唐韩愈《试大理评事王君墓志铭》所记侯氏女故事:"(王适)妻上谷侯氏,处士高女……处士将嫁其女,怃曰:'吾以龃龉穷,一女怜之,必以嫁官人,不以与凡子。'君曰:'吾求妇氏久矣,唯此翁可人意,且闻其女贤,不可以失。'即谩谓媒妪:'吾明经及第,且选,即官人。侯翁女幸嫁,若能令翁许我,请进百金为谢。'妪诺许,白翁。翁曰:'诚官人耶,取文书来。'君计穷吐实。妪曰:'无苦。翁大人,不疑人欺。我得一卷书。粗若告身者,我袖以往,翁见,未必取视,幸而听,我行其谋。'翁望见文书衔袖,果信不疑,曰:'足矣!'以女与王氏。" ⑬玉镜架:即玉镜台。用《世说新语·假谲》故事:"温公(峤)丧妇。从姑刘氏家值乱离散,唯有一女,甚是姿慧。姑以属公觅婚,公密有自婚意,答云:'佳婿难得,但如峤比,云何?'姑云:'丧败之馀,气粗存活,便是慰吾馀年,何敢希汝比。'却后少日,公报姑云:'已觅得婚处,门第粗可,婿身名宦,尽不减峤。'因下玉镜台一枚,姑大喜。既婚,交礼,女以手披纱扇,抚掌大笑曰:'我固疑是老奴,果如所卜。'玉镜台,是公为刘越石长史,北征刘聪所得。"此指代张汝舟所下聘礼。 ⑭俛(mǐn)俛:须臾,片刻。南朝颜延之《秋胡诗》:"孰知寒暑积,俛俛见荣枯。" ⑮优柔:犹豫,不果断。《新唐书·褚遂良传》:"昔汉武帝行岱礼,优柔者数年。" ⑯同归:原意为同返回。《诗·豳风·七月》:"女心伤悲,殆及公子同归。"此指勉强出嫁。 ⑰视听才分:看到听到的才开始分明、清楚。 ⑱桑榆:《太平御览》卷三引《淮南子》:"日西垂,影在树端,谓之桑榆。"指日暮。此引申为晚年。三国曹植《赠白马王彪》:"年在桑榆间,影响不能追。" ⑲兹:此。驵侩(zǎng kuài):做牲畜买卖的中介人。《新唐书·王君廓传》:"少孤贫,为驵侩,无行,善盗。"此喻张汝舟。下才:低劣之才。北朝刘昼《刘子·说符》:"臣之子皆下才也,可告以良马,不可告以天下之马也。" ⑳怀臭:大臭,如狐臭类。《吕氏春秋·遇合》:"人有大臭者,其亲戚、兄弟妻妾、知识,无能与居者。"此喻自己错嫁而身染臭气。 ㉑"彼素"、"决欲"两句:《左传·哀公十七年》:"(卫庄公)入于戎州己氏。初,公自城上见己氏之妻发美,使髡之,以为吕姜髢。既入焉,而示之璧,曰:'活我,吾与女(汝)璧。'己氏曰:'杀女(汝),璧其焉往?'遂杀之而取其璧。"璧,美玉。此以己氏喻张汝舟,张欲强夺李清照保存之金石宝器。　㉒刘伶之肋:刘伶,字伯伦,西晋沛国(今安徽宿州市)人,竹林七贤之一。用《世说新语·文学》典:"刘伶著《酒德颂》,意气所寄。"注引《竹林七贤论》:"伶处天地间,悠悠荡荡,无所用心。尝与俗士相语,其人攘袂而起,欲必筑之。伶和其色曰:'鸡肋岂足以当尊拳!'其人不觉废然而返。"肋,鸡肋,此自喻身体瘦弱。　㉓石勒之拳:石勒,字世龙,羯族,上党武乡(今山西榆社北)人。十六国后赵国主。《晋书·石勒载记》:"初,(石)勒与李阳邻居,岁常争麻池,迭相殴击。至是,谓父老曰:'李阳,壮士也,何以不来?沤麻是布衣之恨。孤方崇信天下,宁仇匹夫乎!'乃使召阳,既至,日与欢谑,引(李)阳臂笑曰:'孤往日厌卿老拳,卿亦饱孤毒手。'"按此"老拳"是指李阳,非石勒也。其意是指自己遭受张汝舟老拳"殴击"。　㉔局天扣地:化用《诗·小雅·正月》"谓天盖高,不敢不局;谓地盖厚,不敢不蹐"意。局天,被天压得弯曲。扣地,以脚顿地。此指自己被张汝舟束缚而愤恨不已。　㉕谈娘:踏摇娘。唐韦绚《刘宾客嘉话录》:"隋末,有河间人魗鼻酗酒,自号郎中,每醉必殴其妻。妻美而善歌,每为悲怨之声,辄摇顿其身。好事者乃为假面以写其状,呼为踏摇娘,今谓之谈娘。"此李清照自喻。　㉖升堂入室:用《论语·先进》"由也升堂矣。未入于室也"字面意思。　㉗李赤:唐柳宗元《李赤传》:"李赤,江湖浪人也,尝曰:'吾善为歌诗,诗类李白。'故自号李赤。"其人狂易,曾欲娶友人妻,又用丝巾勒友人妻咽喉使舌尽出。后入厕而死。此喻张汝舟疯狂凶狠。甘心:快意。 ㉘"岂期"、"乃得"两句:意谓未料到自己状告张汝舟之小事,被皇帝知晓。 ㉙宸(chén)衷:帝王的心意。《魏书·王椿传》:"宸衷恳切,备在丝纶,祗承兢感,心焉靡厝。" ㉚付之廷尉:指将李清照交付大理寺审理。廷尉,九卿之一,掌刑狱事,又称大理寺卿。 ㉛被桎梏(gù):戴上脚镣手铐。桎,镣;梏,铐。置对:对问,答辩。 ㉜凶丑:凶恶不善之人。《陈书·孔奂传》:"岂可取媚凶丑,以求全乎?"此指张汝舟。 ㉝"岂惟"句:《史记·贾谊列传》:"天子议以贾生任公卿之位,绛、灌、东阳侯、冯敬之属尽害之。"又,《史记·淮阴侯传》:"(韩信)居常鞅鞅,羞与绛、灌并列。"此处把"韩信"事误用"贾生"上。贾生,西汉贾谊。此李清照喻羞与张汝舟同堂受审。 ㉞"何啻(chì)"句:指《史记》有《老子韩非子列传》,后人认为老子属道家,韩非为法家,两人不应该放同一传记内。此亦比喻自己与张汝舟非同类人。何啻,何止。友,原指两只兽在一起。《诗·小雅·吉日》:"儦儦俟俟,或群或友。"此喻与张汝舟同关在一个监狱。 ㉟凶横者:指张汝舟。十旬:百日。 ㊱囹圄(líng yǔ):牢狱。 ㊲抵雀捐金。以金子投掷雀鸟。此化用《庄子·寓言》"以随侯之珠,弹千仞之雀,世必笑之"典,喻损失甚大。 ㊳将头碎璧:《史记·廉颇蔺相如列传》:"秦王坐章台见相如,相如奉璧奏秦王……王授璧,相如因持璧却立,倚柱,怒发上冲冠,谓秦王曰:'……臣观大王无意偿赵城邑,故臣复取璧。大王必欲急臣,臣头今与璧俱碎于柱矣!'"此谓自己不惜一切与张汝舟斗争到底。 ㊴分知:清楚地知道。狱市:狱讼。《史记·曹相国世家》:"惠帝二年,萧何卒……使者果召参。参

文选 | 169

去,属其后相曰:'以齐狱市为寄,慎勿扰也。'后相曰:'治无大于此乎?'参曰:'不然。夫狱市者,所以并容也,今君扰之,奸人安所容也?吾是以先之。'"宋朱翌《猗觉寮杂记》卷下:"狱如教唆词讼,资给盗贼,市如用私斗秤欺谩变易之类,皆奸人图利之所,若穷治则事必枝蔓,此等无所容必为乱,非省事之术也。"可见狱讼黑暗的一面。　㊵伏:敬词。内翰承旨:官职名。此指綦崇礼。㊶搢绅望族:指綦崇礼出身名门望族。《史记·封禅书》:"其语不经见,搢绅者不道。"搢绅,士大夫。　㊷冠盖:礼帽与车篷。此指代官僚。汉班固《西都赋》:"冠盖如云,七相五公。"清流:喻德行高洁的士大夫。　㊸日下无双:京城无第二人可比。《南史·伏挺传》:"(伏挺)博学有才思,为五言诗,善效谢康乐体。父友乐安、任昉深相叹异,尝曰:'此子日下无双。'"此赞綦崇礼德行高尚,才情杰出。　㊹"奉天"、"本原"两句:据《旧唐书·德宗纪》:唐建中四年(783)十月,方镇泾原(治所在泾州,今甘肃泾州北)兵变,唐德宗避难奉天(今陕西乾县),翌年(兴元元年,784)平乱后返回长安(今陕西西安)。陆贽,据《新唐书·陆贽传》:"陆贽,字敬舆,苏州嘉兴人。十八第进士,中博学宏辞……帝(德宗)在东官,已闻其名矣,召为翰林学士……从狩奉天,机务填总,远近调发,奏报下,书诏日数百,贽初若不经思,速成,皆周尽事情,衍绎欸复,人人可晓……由是帝亲倚,至解衣衣之,同类莫敢望。虽外有宰相主大议,而贽常居中参裁可否,时号'内相'。"此以陆贽喻善于写草诏的綦崇礼,据宋楼钥《攻愧集·北海先生文集序》称,南渡之行綦崇礼"在帝(宋高宗)侧,实代王言。诏旨所至,读者感动,诸将奔走承名,如陆宣公(贽)之在奉天也"。　㊺"淮蔡"、"实以"两句:此两句用典有误。唐平淮蔡之吴元济,在元和年间,与会昌相去二十馀年。王仲闻曰:"淮蔡"疑当作"泽潞"。《旧唐书·李德裕传》:"自开成五年春,回纥至天德,至会昌四年八月平泽潞,首尾五年。其筹度机宜,选用将帅,军中书诏,奏请云合,起草指踪,皆独决于德裕,诸相无预焉。"此以李德裕喻綦崇礼善拟文书。 ㊻解骖:解脱骖马赠人。喻以财物救人困急。《史记·管晏列传》:"越石父贤,在累绁中。晏之出,遭之途,解左骖赎之。""未解骖",是说綦崇礼没有以财物赎救自己。 ㊼如真出己:《左传·成公三年》:"荀䓨之在楚也,郑贾人有将置诸褚(锦衣)中以出。既谋之,未行,而楚人归之。贾人如晋,荀䓨善视之,如实出己。""真"化为"实"。此谓实际是綦崇礼帮助自己出狱。 ㊽丹书:用朱笔书写的罪人名册。《左传·襄公二十三年》:"裴豹,隶也,著于丹书。"注:"盖犯罪没为官奴,以丹书其罪。""得免丹书",即得免罚,无罪也。 ㊾责全责智:指要求自己对人尽量周全,对己明于自处。 ㊿中朝:内朝。《汉书·刘辅传》颜师古注引孟康曰:"中朝,内朝也。大司马、左右前后将军、侍中、常侍、散骑诸吏为中朝。" ㉛南山之竹:形容竹简极多。《汉书·公孙贺传》:"南山之竹不足受我辞,斜谷之木不足为我械。" ㉜多口:多言。《孟子·尽心下》:"无伤也,士憎兹多口。" ㉝无根之谤:无根据的诽谤。无根,没有依据。宋苏轼《李氏山房藏书记》:"后生科举之士,皆束书不观,游谈无根。" ㉞"高鹏"、"本异"两句:《庄子·逍遥游》:"有鸟焉,其名为鹏,背若泰山,翼若垂天之云,抟扶摇羊角而上者九万里,绝云气,负青天,然后图南,且适南溟也。斥鷃笑之曰:'彼且奚适也?我腾跃而上,不过数仞而下,翱

文选 | 171

翔蓬蒿之间，此亦飞之至也。而彼且奚适也？'"尺鷃即"斥鷃"。指大鹏与鷃鸟一升一沉，本自相异，喻自己与张汝舟品性"本异"。(55)"火鼠"、"难同"两句：火鼠，传说中的异鼠，其毛可织火浣布。《太平御览》卷八百二十引晋张勃《吴录》："日南比景县有火鼠，取毛为布，烧之而精，名火浣布。"冰蚕，古代传说的一种蚕。晋王嘉《拾遗记·员峤山》："有冰蚕长七寸，黑色，有角有鳞，以霜雪覆之，然后作茧，长一尺，其色五彩，织为文锦，入水不濡，以之投火，经宿不燎。"宋苏轼《喜雨赋》："冰蚕不知寒，火鼠不知暑。"此以火鼠与冰蚕之迥异喻自己与张汝舟嗜好难同。 (56)达人：通达事理的人。《左传·昭公七年》："圣人有明德者，若不当世，其后必有达人。" (57)品题：品评人物之高下。《后汉书·许劭传》："劭与靖俱有高名，好共覈论乡党人物，每月辄更其品题，故汝南俗有'月旦评'焉。" (58)湔(jiān)洗：洗雪。《资治通鉴·后晋高祖天福七年》："中外皆言陛下受彦泽所献马百匹，听其如是，臣窃为陛下惜此恶名，乞正彦泽罪法，以湔洗圣德。"后綦崇礼于李清照送给其观赏的唐吴道子《天龙八部图》上所作题跋以"赵淑间"誉李清照，即是其"赐品题，与加湔洗"之举，因为"淑间"意谓令德美名，且仍视清照为赵氏夫人。 (59)温故知新：《论语·为政》："子曰：温故而知新，可以为师矣。"此指吸取教训。 (60)一瓶一钵：唐释贯休《陈情献蜀皇帝》："一瓶一钵垂垂老，万水千山得得来。" (61)重归畎亩：指归隐田园。 (62)三沐三薰：再三沐浴熏香。"薰"同"熏"。《国语·齐语》："严公将杀管仲，齐使者请曰：'寡君欲亲以为戮。若不生得以戮于群臣，犹未得请也。请生之。'于是严公使束缚以予齐使。齐使受而退。比至，三衅三浴之。"唐韩愈《答吕医山人书》:"方将坐足下三浴而熏之。"此表示对綦崇礼崇敬之意。(63)忝:谦词,辱。葭莩(jiā fú):《汉书·中山靖王传》:"今群臣非有葭莩之亲,鸿毛之重,群居党议,朋友相为,使夫宗室摈却,骨肉冰释。"颜师古注:"葭,芦也。莩者,其筩中白皮,至薄者也。葭莩喻薄,鸿毛喻轻,轻薄甚也。"后世指亲戚。李清照夫婿赵明诚与南宋参知政事谢克家有表兄弟关系,谢克家子谢汲为綦崇礼女婿,故李与綦有远房亲戚关系。　(64)尘渎:麻烦,打扰。尘,污;渎,慢。

【品评】

此文作于宋绍兴二年(1132)十月。李清照于此启中真实地反思了于赵明诚逝世三年后误嫁张汝舟的教训,并表达了对綦崇礼感恩戴德的由衷之言。

关于李清照于49岁时改嫁张汝舟一事,于宋绍兴年间李清照去世后不久,即有记载。如宋胡仔云:"易安再适张汝舟,未几反目。"(《苕溪渔隐丛话前编》卷十六)宋王灼说李因"赵死,再嫁某氏,讼而离之"(《碧鸡漫志》卷二),不一而足。宋赵彦卫则更于《云麓漫钞》卷十四抄录清照《投翰林学士綦崇礼启》。可见李清照晚年改嫁乃是不争的事实,当然由于封建传统观念作祟,清照改嫁之事又被讥为"传者不无笑之"(宋胡仔,同上),"晚年颇失节"(宋陈振孙《直斋书录解题》卷二十一),"晚节流荡无归"(宋王灼,同上),云云。而明、清文人却多怀疑清照改嫁的真实性,竭力辩解此事乃无中生有。这固然有爱惜人才的因素,但也是封建保守观念的另一种反映。如明徐𤊹认为清照此启"殊谬妄不可信",认为李"老矣,清献公(按,当为清宪公)之妇,郡守之妻,必无更嫁之理",乃"太诬贤媛也"(《徐氏笔精》卷七),就是颇具代表性的说法。又如清俞正燮云:"读《云麓漫钞》所载《谢綦崇礼启》文笔劣下,中杂有佳语,定是窜改本……余素恶易安改嫁张汝舟之说,雅雨堂刻《〈金石录〉序》,以情度易安不当有此事。"(清俞正燮《易安居士事辑》)诸如此类的辩解之词甚夥。其出发点自然有好心的一面,但称"易安改嫁,千古厚诬"(清陆心源《仪顾堂题跋·〈癸巳类稿·易安居士事辑〉书后》),只是感情用事,并无翔实的证据。

本启第一段主要是陈述误嫁张汝舟的原因,记叙上当受骗的来龙去脉,充满"一失足成千古恨"之意。开头以"素习义方,粗明《诗》、《礼》"自许,含有自我辩白的味道,似乎说此事本不该发生,与自己素来的品性、学养不符。接着把"失足"原因归结为客观:一是病几入膏肓,使自己头脑发昏,理智不清;二是受弱弟影响,而弱弟实被张汝舟欺骗;三则是最重要的,张汝舟此人巧舌如簧,善于伪装,自己一时未能识破。因此虽然自己亦曾犹豫莫决,但最后还是糊里糊涂与张"同归",以致造成"以桑榆之晚节,配兹驵侩之才"的悲剧。清照婉转述说,哀哀动人,意在博得对方的同情与理解。而言词中隐然可感清照羞愧啮心之态,这又反映了一代才女此时强烈的自尊心。

第二段记述自己婚后的悲惨境况,意在表明自己坚决与张汝舟离婚的原因,并向帮助自己实现离婚愿望的綦崇礼表白感激之情与崇敬之意。由于张汝舟之娶李清照,意在谋夺其珍宝之物,但婚后发现其企图落空,于是原形毕露,大打出手,令清照饱尝"老拳"。两人本无感情,又遭殴击,这就道出清照必欲与其分道扬镳的原因。李清照为达到与张汝舟离婚的目的,乃采取控告

"其妄增举数人"之"私罪"而得以入官的策略。但文中对此并未明说,甚至没有点出"张汝舟"一个字,此乃囿于"地告天"即妻告夫亦属犯上的忌讳而有意回避。这是文章的聪明之处。对于自己与张汝舟同堂受审、共关一狱的遭遇,李清照愤愤不平,连用两个典故形容自己羞耻之感,可见对张不共戴天之恨。最后在綦崇礼的暗中帮助下,皇帝亲自过问此事,下诏将张汝舟罢官除名,流放到柳州编管,而清照与张的婚姻关系亦被解除,且免除坐牢之灾,綦崇礼真是鸿恩无量。故此启对綦说了些赞美之词是完全可以理解的,亦是发自内心的。但清照对自己名誉十分看重,在感激綦"如真出己"之余,仍期盼綦崇礼以"智者之言""止无根之谤",再为自己说些好话。

第三段是本启的小结性文字。一是再次强调自己与张汝舟水火不容,意在说明与张离婚的合理性;二是再申请綦为自己"湔洗"耻辱之恳求;三是表白此后将吸取教训,安度馀生,并铭记綦氏之鸿恩。

此文一个鲜明特点是感情色彩强烈,特别是对张汝舟的不齿与愤恨,充溢字里行间;对綦崇礼的感激与崇敬亦发自肺腑。语言则文采斐然,颇多四六对偶句式,对仗工整,言简意赅,又富音韵铿锵之美。读完此文,觉一个受尽屈辱而又不失自尊的坚强才女形象栩栩如生。

《金石录》后序[①]

右《金石录》三十卷者何?赵侯德父所著书也。[②]取上自三代,③下迄五季,④钟、鼎、甗、鬲、盘、匜、樽、敦之款识,⑤丰碑大碣、显人晦士之事迹,⑥凡见于金石刻者二千卷,皆是正讹谬,⑦去取褒贬;上足以合圣人之道,下足以订史氏之失者皆载之,⑧可谓多矣。呜呼!自王涯、元载之祸,书画与胡椒无异;⑨长舆、元凯之病,钱癖与《传》癖何殊。⑩名虽不同,其惑一也。

余建中辛巳,⑪始归赵氏,时先君作礼部员外郎,⑫丞相时作吏部侍郎,⑬侯年二十一,⑭在太学作学生。⑮赵、李族寒,素贫俭。每朔望谒告出,⑯质衣取半千钱,⑰步入相国寺,⑱市碑文果实归,⑲相对展玩咀嚼,自谓葛天氏之民也。⑳后二年,出仕宦,便有饭疏衣练,㉑穷遐方绝域,㉒尽天下古文奇字之志。日就月将,㉓渐益堆积。丞相居政府,㉔亲旧或在馆阁,㉕多有亡诗逸史,鲁壁、汲冢所未见之书,㉖遂尽力传写,浸觉有味,㉗不能自已。后或见古今名人书画、三代奇器,亦复脱衣市易。尝记崇宁间,㉘有人持徐熙《牡丹图》,㉙求钱二十万。当时虽贵家子弟,求二十万钱,岂易得邪?留信宿,㉚计无所出而还之。㉛夫妇相向惋怅者数日。

后屏居乡里十年,㉜仰取俯拾,衣食有馀。连守两郡,㉝竭其俸入,以事铅椠。㉞每获一书,即同共校勘,整集签题。㉟得书画彝鼎,㊱亦摩玩舒卷,指摘疵病,夜尽一烛为率。㊲故能纸札精致,字画完整,冠诸收书家。㊳余性偶强记,每饭罢,坐归来堂烹茶,㊴指堆积书史,言某事在某书某卷、第几页第几行,以中否角胜负,为饮茶先后。中即举杯大笑,至茶倾覆怀中,反不得饮而起。甘心老是乡矣,⑩虽处忧患贫穷,而志不屈。收书既成,归来堂起书库大橱,簿甲乙,⑪置书册。如要讲读,即请钥上簿,⑫关出卷帙。⑬或少损污,必惩责揩完涂改,不复向时之坦夷也。⑭是欲求适意而反取憀慄。⑮余性不耐,⑯始谋食去重肉,⑰衣去重采,⑱首无明珠翡翠之饰,室无涂金刺绣之具。遇书史百家字不刓阙、本不讹谬者,⑲辄市之储作副本。自来家传《周易》、《左氏传》,故两家者流,文字最备。于是几案罗列,枕席枕藉,⑳意会心谋,目往神授,乐在声色狗马之上。

至靖康丙午岁,㉑侯守淄川,㉒闻金人犯京师,㉓四顾茫然,盈箱溢箧,且恋恋,且怅怅,知其必不为己物矣。建炎丁未春三月,㉔奔太夫人丧南来,㉕既长物不能尽载,㉖乃先弃书之重大印本者,又去画之多幅者,又去古器之无款识者,后又去书之监本者,㉗画之平常者,器之重大者:凡屡减去,尚载书十五车。至东海,㉘连舻渡淮,又渡江,至建康。㉙青州故第尚锁书册什物,用屋十馀间,期明年春再具舟载之。十二月,金人陷青州,㉚凡所谓十馀屋者,已皆为煨烬矣。㉛

建炎戊申秋九月,㉜侯起复知建康府。己酉春三月罢,㉝具舟上芜湖,㉞入姑孰,㉟将卜居赣水上。㊱夏五月,至池阳,㊲被旨知湖州,㊳过阙上殿,㊴遂驻家池阳,独赴召。六月十三日,始负担,舍舟坐岸上,葛衣岸巾,㊵精神如虎,目光烂烂射人,望舟中告别。余意甚恶,呼曰:"如传闻城中缓急,⑦奈何?"戟手遥应曰⑦:"从众。必不得已,先弃辎重,次衣被,次书册卷轴,次古器;独所谓宗器者,⑦可自负抱,与身俱存亡。勿忘也。"遂驰马去。途中奔驰,冒大暑,感疾,至行在,⑦病痁。⑦七月末,书报卧病。余惊怛,⑦念侯性素急,奈何!病痁或热,必服寒药,疾可忧。遂解舟下,一日夜行三百里。比至,果大服柴胡、黄芩药,⑦疟且痢,病危在膏肓。⑦余悲泣,仓皇不忍问后事。⑦八月十八日,遂不起。取笔作诗,绝笔而终,殊无分香卖履之意。⑧

葬毕,余无所之。⑧朝廷已分遣六宫,⑧又传江当禁渡。时犹有书二万卷,金石刻二千卷,器皿、茵褥,⑧可待百客,他长物称是。⑧余又大病,仅存喘息。事势日迫,念侯有妹婿任兵部侍郎,⑧从卫在洪州,⑧遂遣二故吏,先部送行李往投之。冬十二月,金人陷洪州,遂尽委弃。所谓连舻渡江之书,又散为云烟矣。独馀少轻小卷轴书帖,写本李、杜、韩、柳集,⑧《世说》,⑧《盐铁论》,⑧汉、唐石刻副本数十轴,三代鼎鼐十数事,⑨南唐写本书数箧,⑨偶病中把玩、搬在卧内者,岿然独存。⑨

上江既不可往,又虏势叵测,⑨有弟远任敕局删定官,⑨遂往依之。到台,台守已遁。⑨之剡,⑨出陆,又弃衣被,走黄岩,⑨雇舟入海,奔行朝,⑨时驻跸章安。⑨从御舟海道之温,⑩又之越。⑩庚戌十二月,⑩放散百官,遂之衢。⑩绍兴辛亥春三月,⑩复赴越。壬子,⑩又赴杭。⑩先侯疾亟时,⑩

有张飞卿学士,[108]携玉壶过视侯,便携去,其实珉也。[109]不知何人传道,[110]遂妄言有"颁金"之语;或传亦有密论列者。[112]余大惶怖,不敢言,尽将家中所有铜器等物,欲赴外廷投进。[113]到越,已移幸四明,[114]不敢留家中,并写本书寄剡。后官军收叛卒,取去,闻尽入故李将军家。[115]所谓岿然独存者,无虑十去五六矣。[116]惟有书画、砚墨可五七簏,[117]更不忍置他所,常在卧榻下,手自开阖。在会稽,[118]卜居土民钟氏舍,[119]忽一夕,穴壁负五簏去。[120]余悲恸不得活,重立赏收赎。后二日,邻人钟复皓出十八轴求赏,故知其盗不远矣。万计求之,其馀遂牢不可出。今知尽为吴说运使贱价得之。[121]所谓岿然独存者,乃十去其七八。所有一二残零不成部帙书册,三数种平平书帖,犹爱惜如护头目,何愚也邪!

今日忽阅此书,如见故人。因忆侯在东莱静治堂,[122]装卷初就,芸签缥带,[123]束十卷作一帙。[124]每日晚吏散,辄校勘二卷,跋题一卷。此二千卷,有题跋者五百二卷耳。今手泽如新,[125]而墓木已拱,[126]悲夫!昔萧绎江陵陷没,不惜国亡而毁裂书画;杨广江都倾覆,不悲身死而复取图书:[127]岂人性之所著,生死不能忘欤?或者天意以余菲薄,[128]不足以享此尤物邪?[129]抑亦死者有知,犹斤斤爱惜,不肯留人间邪?何得之艰而失之易也!

呜呼!余自少陆机作赋之二年,[130]至过蘧瑗知非之两岁,[131]三十四年之间,忧患得失,何其多也!然有有必有无,有聚必有散,乃理之常;人亡弓,人得之,[132]又胡足道?所以区区记其终始者,[134]亦欲为后世好古博雅者之戒云。

绍兴二年玄黓岁,[135]壮月朔甲寅,[136]易安室题。[137]

【注释】

①《金石录》:赵明诚著。此书共三十卷。前十卷为所收历代铜器铭文和碑刻拓本的目录,按照时代先后顺序排列。石刻目下均注明碑刻年月与撰书人名。后二十卷为辨证,是作者就部分古器物和碑刻铭文所撰写的题跋,共502篇。题跋反映了赵明诚与李清照对金石铭文的研究心得。书前有赵明诚序,此文为后序。 ②赵侯德父:赵明诚,字德父,亦作德甫、德夫。侯,原为古代五等封爵(公、侯、伯、子、男)之一。宋代为对州守的通称。赵明诚曾任淄州、莱州太守,并为建康、湖州知府,故可称其为"侯"。 ③三代:指夏、商、周三代。 ④五季:指后梁、后唐、后晋、汉、后周。 ⑤"钟、鼎"句:钟……敦,皆为铜器名。款识,青铜器上所刻的文字。《汉书·郊祀志》颜师古注:"款,刻也;识,记也。" ⑥大碣(jié):大圆顶石碑。显人:有名声的人。《墨子·所染》:"举天下之仁义显人,必称此四五者。"晦士:姓名不见于史传的人。 ⑦是正:订正、校正。三国韦昭《〈国语解〉叙》:"及刘光禄于汉成世进始更考校,是正疑谬。"讹谬:文字的讹误错谬。南朝阮孝绪《〈七录〉序》:"昔刘向校书,辄为一录,论其指归,辨其讹谬,随竟奏上,载在本书。" ⑧订史氏之失者:指对宋代刘敞《先秦古器图》、吕大临《考古图》,及欧阳修《集古录》等之失误皆有所订正。 ⑨"自王涯"、"书画"两句:王涯,字广津,太原(今属山西)人。唐贞元进士,唐文宗时拜司空,加开府仪同三司,死于"甘

露之变"。《旧唐书》本传:"(王)涯家书数万卷,侔于秘府。前代法书名画,人所保惜者,以厚货致之;不受货者,即以官爵致之。厚为垣,窾而藏之复壁。至是,人破其壁取之,或剔取函奁金宝之饰与其玉轴而弃之。"元载,字公辅,岐山(今属陕西)人。唐武宗时拜同中书门下平章事,代宗时拜中书侍郎。《新唐书》本传载,因专权纳贿,代宗赐元载自裁,"及死,行路无嗟隐者。籍其家,钟乳五百两,诏分赐中书、门下台省官。胡椒至八百石,他物称是"。⑩"长舆"、"钱癖"两句:长舆,和峤之字,西平(今属河南)人。晋武帝时任中书令,晋惠帝时拜太子太傅,加散骑常侍。《晋书》本传云:"家产丰富,拟于王者,然性至吝,以是获讥于世。杜预以为峤有钱癖。"元凯,杜预之字,京兆杜陵(今陕西西安附近)人。官荆州都督、镇南大将军,守襄阳,以平吴功拜当阳侯。著有《春秋左氏传集解》。《晋书》本传云:"时王济解相马,又甚爱之,而和峤爱聚敛。预尝称济有马癖,峤有钱癖。武帝闻之,谓预曰:'卿有何癖?'对曰:'臣有《左传》癖。'"《传》癖,即《左传》癖。 ⑪建中辛巳:宋徽宗建中靖国元年(1101)。 ⑫先君:指父亲李格非。 ⑬丞相:指赵明诚父赵挺之,字正夫,密州诸城(今属山东)人。《宋史》本传称:"入为国子司业,历太常少卿,权吏部侍郎。"吏部侍郎:吏部副长官,掌全国官吏任免、升降、考核、调动等事。 ⑭侯:即赵明诚,下同。 ⑮太学:设于京城的最高学府。 ⑯朔望:朔日和望日。农历每月初一和十五。古代每逢朔望行朝谒之礼。《汉书·萧望之传》:"其赐望之爵关内侯,食邑六百户,给事中,朝朔望。"谒告:请假。 ⑰质衣:典当衣服。 ⑱相国寺:即大相国寺,在今河南开封。原为北齐大建国寺,唐时重建改名相国寺。宋至道二年(996)重建,宋太宗题名"大相国寺"。宋孟元老《东京梦华录》卷三记载"相国寺每月五次开放,万姓交易","殿后资圣门前,皆书籍、玩好、图画","大殿两廊,皆国朝名公笔迹"。⑲市:购买。 ⑳葛天氏之民:语本晋陶渊明《五柳先生传》,谓如自由快乐的上古之民。葛天氏,《吕氏春秋·古乐》:"昔葛天氏之民。"高诱注:"葛天氏,古帝名。"《路史·前纪》卷七:"(葛天氏)其为治也,不言而自信,不化而自行,荡荡乎无能名之。" ㉑饭疏衣练(shū):饭食粗劣,衣服简朴。《论语·述而》:"饭疏食,饮水。"《陈书·姚察传》:"吾所衣着,止是麻木蒲练。"练,粗布织物。㉒遐方:远方。汉扬雄《长杨赋》:"是以遐方疏俗,殊邻绝党之域。"绝域:极远之地。唐赵嘏《昔昔盐·一去无还意》:"良人征绝域,一去不言还。" ㉓日就月将:《诗·周颂·敬之》:"日就月将,学有缉熙于光明。"意谓每日每月都有成就进步,形容逐渐。㉔丞相居政府:指赵挺之于宋崇宁元年(1102)八月任尚书左丞。㉕亲旧:据徐培均考,有赵明诚姨父陈师道、陈师道妹夫张舜民等。馆阁:指藏书、校雠之所。馆为昭文馆、史馆、集贤院,阁为秘阁。 ㉖鲁壁:孔安国《古文尚书序》:"鲁恭王好治宫室,坏孔子旧宅以广其居,于壁中得先人所藏古文虞、夏、商、周之书,及《传》、《论语》、《孝经》,皆蝌蚪文字。"汲冢:《晋书·束晳传》:"太康二年,汲郡人不准盗发魏襄王墓,或云安釐王冢,得竹书数十车。" ㉗浸:渐渐。《易·遁》:"浸而长也。"孔颖达疏:"浸者,渐进之名。" ㉘崇宁:宋徽宗年号(1102—1106)。 ㉙徐熙:钟陵(今南京)人,世为江南仕族。宋郭若虚《图画见闻志》卷四:"徐熙识度闲放,以高雅自任。善画花木、禽鱼、蝉蝶、蔬果。学究造化,意出古今。" ㉚信宿：连宿两夜。《左传·庄公三年》："凡师一宿为舍，再宿为信，过信为次。" ㉛计：考虑。无所出：无钱付予。 ㉜屏居：指不做官而退隐于乡。《史记·魏其武安侯列传》："魏其谢病，屏居蓝田南山之下数月。"十年：据徐培均考实为十三年之久，"十年"是概数。 ㉝连守两郡：指宋宣和三年(1121)八月赵明诚守莱州，靖康元年(1126)守淄州。 ㉞铅椠(qiàn)：《西京杂记》卷三："扬子云好事，常怀铅提椠，从诸计吏，访殊方绝域四方之语。"铅，铅粉笔，用以点校书文等；椠，用以书写的木版。 ㉟签题：书籍封面的标题。 ㊱彝鼎：泛指古代祭祀用的鼎、尊等礼器。《礼记·祭统》："对扬以辟之，勤大命，施于烝彝鼎。"彝，盛酒的樽。 ㊲一烛：指烧尽一根蜡烛的时间。率：限度。北齐颜之推《颜氏家训·治家》："朝夕每人肴膳，以十五钱为率。" ㊳冠：超出众人，居于首位。 ㊴归来堂：李清照青州住所之堂名。名取自晋陶渊明《归去来兮辞》。 ㊵甘心老是乡：传汉伶玄撰《飞燕外传》有："吾老是乡矣，不能效武皇帝求白云乡也。"是乡，此指金石书画之研究。 ㊶簿甲乙：指登录等级或优劣。 ㊷请钥：拿出钥匙开书橱。上簿：呈递文状。此戏言要读藏书需办手续。 ㊸关出卷帙(zhì)：即卷帙出关，指书籍通过橱门取出。此乃戏言。 ㊹向时：以前。坦夷：坦率平易。 ㊺憀(liáo)栗：凄怆，伤悲。 ㊻性不耐：当指不能忍受奢侈。"耐"后疑缺一字。如《南史·张敷传》："性不耐杂。" ㊼重肉：第二道肉食。 ㊽重采：第二件绣衣。 ㊾刓(wán)阙：磨损残缺。前蜀杜光庭《录异记·许君》："因得古碑，文字刓阙，不可复识。" ㊿枕席枕藉：此指文物书籍等纵横放在枕席间。 51靖康丙午岁：指宋钦宗靖康元年(1126)。　㊾淄川:郡名,指淄州。治所在今山东淄博淄川。　㊿金人犯京师:《宋史·钦宗纪》,靖康元年卷正月壬申:"金人犯京师……是夜,金人攻宣泽门,李纲御之,斩获百馀人,至旦始退。乙亥,金人攻通津、景阳等门,李纲督战,自卯至酉,斩首数千级,何灌战死。"京师,北宋首都汴京(今河南开封)。㊾建炎丁未:宋高宗建炎元年(1127)。　㊿奔太夫人丧南来:指赵明诚奔母丧于江宁(今南京)。　㊾长物:多馀的东西。《世说新语·言语》:"丈人不悉恭,恭作人无长物。"　㊿监本:宋国子监刻本的书。　㊾东海:海州,今江苏连云港。　㊿建康:今江苏南京。时称江宁府。建炎三年(1129)改名建康。　⑥青州:《宋史·高宗纪》二,建炎元年(1127)十二月:"丁未,金人犯青州。"青州,治所在今山东益都。　㉑煨烬:灰烬。　㊽建炎戊申:宋高宗建炎二年(1128)。　㊾己酉:宋高宗建炎三年(1129)。　㊿芜湖:今属安徽。　㊾姑孰:今安徽当涂。　㊿卜居:选择住所。《史记·鲁周公世家》:"周公往营成周、雒邑,卜居焉。"赣水:今江西赣江。　㊾池阳:今安徽贵池。　㊿被旨知湖州:指奉诏任湖州知府。　㊾过阙上殿:入京见皇帝。　㊿葛衣岸巾:指装扮朴素。葛衣,葛麻衣,夏衣。岸巾,岸帻。《晋书·谢奕传》:"岸帻啸咏。"古人巾帻覆额,头巾不覆额曰岸巾。　㊾缓急:偏义词,实指紧急。《史记·绛侯周勃世家》:"即有缓急,周亚夫真可任将兵。"㊿戟手:《左传·哀公二十五年》:"褚师出,公戟其手,曰:'必断而足。'"注:"抵徒手屈肘如戟形。"指以手撑于腰间,一说伸出食指和中指指人,其形似戟。　㊾宗器:祭器。《左传·襄公二十二年》:"寡君尽其土实,重之以宗器。"　㊿行在:皇帝所在地方。汉蔡邕《独断》卷上:"天子自谓曰行在所。"此指宋高宗赵构所在地建康(今南京)。 ⑦⑤病痁(shān):患疟疾。痁,疟疾的一种。 ⑦⑥惊怛(dá):惊恐。唐裴铏《传奇·裴航》:"航惊怛,植足而不能去。" ⑦⑦芷(chái)胡、黄芩:皆中药名。芷胡,又作柴胡。 ⑦⑧膏肓(huāng):古代中医以心尖脂肪为膏,心脏与膈膜之间为肓。《左传·成公十年》:"疾不可为也,在肓之上,膏之下,攻之不可,达之不及,药不至焉,不可为也。"此指不治的严重疾病。 ⑦⑨仓皇:仓促。 ⑧⑩分香卖履:晋陆机《吊魏武帝文》引曹操《遗令》:"馀香可分与诸夫人。诸舍中无所为,学作履组卖也。"履组,鞋带。此有临死遗嘱不忘妻妾之意。 ⑧①之:往。 ⑧②朝廷:指宋高宗。分遣六宫:分遣皇帝后宫。据《宋史·高宗纪》二,"壬寅,命李邴、滕康权知三省、枢密院事,扈从太后如洪州,杨惟忠将兵万人以卫",八月己未,"太后发建康"。 ⑧③茵褥:床垫子。 ⑧④称是:与此相当、相称。唐袁郊《甘泽谣·红线》:"明日遣使赍缯帛三万匹,名马二百匹,他物称是,以献于嵩。" ⑧⑤"妹婿"句:据《建炎以来系年要录》卷二十九:建炎三年(1129)十一月,敌骑至大冶县(今属湖北),江西安抚制置使、知洪州王子献弃城遁走,"于是中书舍人李公彦、徽猷阁待制权兵部侍郎李擢皆遁"。妹婿即李擢。兵部侍郎,兵部次官,掌管选用武官及军械、军令等。 ⑧⑥洪州:治所在今江西南昌。 ⑧⑦李、杜、韩、柳集:唐李白、杜甫、韩愈、柳宗元集子。 ⑧⑧《世说》:南朝刘义庆编撰的《世说新语》。 ⑧⑨《盐铁论》:汉桓宽根据汉昭帝时盐铁会议文献整理而成,内容涉及当时政治、经济、军事、文化等各个方面。 ⑨⑩鼎鼐:古代两种烹饪器具。《战国策·楚策四》:"故昼游乎江湖,夕调乎鼎鼐。"

㉛箧(qiè):小箱子。　㉜岿然独存:经过变故后唯一存在的人或物。汉王延寿《鲁灵光殿赋》:"自西京未央、建章之殿,皆见隳坏,而灵光岿然独存。"　㉝虏势叵(pǒ)测:指金国的侵略态势不可推测。　㉞弟远(háng):李清照弟李远。敕局删定官:官名。《宋史·百官志》称其"掌裒集诏旨,纂类成书"。　㉟"到台"、"台守"两句:台,台州,治所今浙江临海。台守已遁,据《宋史·高宗纪》三:建炎四年(1130)正月:"丁卯,台州守臣晁公为弃城遁。"㊱剡(shàn):剡县,今浙江嵊州。　㊲黄岩:县名,当时属台州府。今属浙江。　㊳行朝:即行在。皇帝所在之所。　㊴驻跸章安:指宋高宗驻扎在台州章安镇。驻跸,驻扎。唐李世民《重幸武功》:"驻跸田畯。"　㊵御舟:指皇帝高宗之船。之温:往温州。《宋史·高宗纪》三:建炎四年(1130)正月,御舟"发章安镇,壬戌,雷雨又作。甲子,泊温州港口"。温州,今属浙江。　㊶之越:往越州。越州,绍兴府,治所在今浙江绍兴。　㊷庚戌:宋建炎四年(1130)。　㊸之衢:往衢州。衢州,今属浙江。　㊹绍兴辛亥:宋高宗绍兴元年(1131)。　㊺壬子:绍兴二年(1132)。　㊻杭:杭州,今属浙江。　㊼疾亟:疾病严重、危险。　㊽张飞卿:王仲闻认为张飞卿为阳翟(今河南禹县)人。徐培均疑为张汝舟。学士:官名。侍从皇帝,以备顾问,并无实职。　㊾珉(mín):似玉的石头。　㊿传道:转述,传说。屈原《天问》:"遂古之初,谁传道之?"⑪颁金:王仲闻认为"意义不明"。徐培均认为是"高宗欲以黄金向清照求购玉壶等古玩",故清照"尽将家中所有铜器等物,欲赴外廷投进"。可从。颁,分赐。　⑫论列:评议。汉司马迁《报任安书》:"论列是非,不亦轻朝廷,羞当世之士邪?"　⑬外廷:国君

听政的地方。此指宋高宗行在。　⑭四明：明州，今浙江宁波。　⑮故李将军：未详。　⑯无虑：大概。　⑰筥(lǚ)：用竹、藤等编成的盛器。　⑱会稽：县名，属绍兴府。今浙江绍兴。　⑲土民：当地人。　⑳穴壁：墙上打洞。　㉑吴说：字傅明，钱塘（今浙江杭州）人，以书法著称，书法自成一体，曰"游丝书"。运使：吴说任福建路转运判官，故称之为"运使"。　㉒东莱：古地名。此指代莱州。静治堂：赵明诚夫妇在莱州时宅第名，取"静心治家"之意。　㉓芸签：书签。唐李商隐《为贺拔员外上李相公启》："登诸兰署，辖彼芸签。"缥带：淡青色带子。　㉔帙(zhì)：线装书的函套。　㉕手泽：手汗，后谓先人手迹。《礼记·玉藻》："父没而不能读父之书，手泽存焉耳。"　㉖墓木已拱：谓人死已矣，坟头的树已有一拱之粗。《左传·僖公三十二年》："蹇叔哭之曰：'孟子！吾见师之出，而不见其入也。'公使谓之曰：'尔何知？中寿，尔墓之木拱矣。'"拱，合两手。　㉗"昔萧绎"、"不惜"两句：萧绎，梁元帝，都江陵（今属湖北），为周所杀。《隋书·牛弘传》："萧绎据有江陵，遣将破平侯景，收文德（殿）之书，及公私典籍重本七万馀卷，悉送荆州。及周师入郢，绎悉焚之。"此写萧绎毁书。　㉘"杨广"、"不悲"两句：杨广，隋炀帝。隋大业十四年（618）被宇文化及杀于江都（今江苏扬州）。《太平广记》引《大业拾遗记》："武德四年东都平后，观文殿宝厨新书八千许卷，将载还京师。上官魏梦见炀帝，大叱云：'何因辄将我书向京师！'于时太府监宋遵贵监运东都调度，乃于陕州下书著大船上，欲载往京师。于河随风覆没，一卷无遗。上官魏又梦见帝，喜曰：'我已得书。'帝平存之日爱惜书史，虽积如山丘，然一字不许外出。及崩亡之后，神道犹怀爱吝。"此

文　选　|　187

写杨广虽死犹爱书。　㉙菲薄：德才鄙陋。楚屈原《远游》："质菲薄而无因兮,焉托乘而上浮?"　㉚尤物：原指绝色美女。此指珍奇之物。《晋书·江统传》："高世之主,不尚尤物。"　㉛"余自少"句：陆机,字士衡,吴郡吴(今江苏苏州)人,西晋文学家。赋,指其文学理论名篇《文赋》。唐杜甫《醉歌行》云"陆机二十作《文赋》",清照自称少其"二年",则为十八岁。　㉜"至过"句：蘧瑗,字伯玉,春秋时卫国人。汉刘安《淮南子·原道训》："蘧伯玉年五十,而有四十九年非。"高诱注："伯玉,卫大夫蘧瑗也。今年所行是也,则还顾知去年之所行非也。岁岁悔之,以至于死,故有四十九年之非。"此李清照谓已五十二岁。　㉝人亡弓,人得之：亡,丢失。《孔子家语》卷二："楚王出游,亡弓,左右请求之。王曰：'止。楚王失弓,楚人得之,又何求之?'孔子闻之,曰：'惜乎其不大也!不曰人遗人得之而已,何必楚也?'"此为清照于金石失去后之旷达语。　㉞区区：一心一意。宋梅尧臣《金陵有美堂》："愿公乐此殊未央,慎勿区区思故乡。"　㉟绍兴二年玄黓(yì)岁：绍兴二年(1132)岁在天干壬的别称。绍兴二年为壬子,据《尔雅·释天·岁阳》："太岁在壬曰玄黓。"　㊱壮月朔：农历八月十五。壮月,《尔雅·释天·月阳》："八月为壮。"朔：农历十五。甲寅：指八月甲寅日。古代以天干地支记年、月,亦用以记日,采用六十甲子一轮换法,两个月六十日为一个干支周期。　㊲末尾所署年月、姓名,今人王瑢《〈金石录〉后序作年辨正》认为是后人所补(见《李清照研究论文选》第 366 页,上海古籍出版社 1986 年版),并不可靠。

【品评】

此文作年虽于文末有"绍兴二年玄黓岁"字样,但被认为是后人所补,故今有宋绍兴二年(1132)、四年(1134)、五年(1135)作诸说。宋洪迈认为其作于"绍兴四年,易安年五十二矣"(《容斋四笔》卷五《赵德甫〈金石录〉》),比较可信。不管如何,其作于赵明诚亡故之后则是无疑问的。关于作此文之缘起,宋洪迈说赵明诚著《金石录》,"妻易安李居士,平生与之同志。赵没后,愍悼旧物之不存,乃作《后序》,极道遭罹变故本末"(同上),诚然不错,但并不限于此。

此文开门见山,开篇即点题,介绍《金石录》作者、内容、价值,并对前人视"书画与胡椒无异"及把"《传》癖"等同于"钱癖"的两种态度予以批评,因其皆为不懂得金石价值的表现。

第二段乃追忆亡夫与自己节衣缩食,尽力搜集历代金石书画的往事,而所写无力购买徐熙《牡丹图》之事,遗憾之意亦宛然可见:皆反映出对金石书画的钟情。

第三段回忆夫妻二人屏居乡里十年,共同编撰《金石录》的情景,描写委曲有致,"往往于琐屑处极意摹写,故文字有精神色态"(清王士禄《宫闺氏籍艺文考略》引《神释堂脞语》)。如写"余性偶强记",与夫婿指"堆积书史",猜某事在某书某卷等,"以中否角胜负,为饮茶先后"之琐事,细节生动,情趣盎然,亦寄寓着对亡夫的思念之情。

第四段回忆金人入侵至北宋沦亡而南渡时期,夫妻千辛万苦所收藏的金石书画多化为灰烬的劫难。其由起初的"且恋恋,且怅怅,知其必不为己物"之担忧,至宝物"已皆为煨烬矣"之痛惜,写得情真意切,真令人扼腕叹息!

第五段回忆夫婿六月十三日赴湖州任与自己告别时情景,时赵明诚尚"精神如虎,目光烂烂射人",并不忘叮嘱自己情况危急时该如何处理金石书画,切记宗器"与身俱存亡",绘声绘色,生动如画。而两个月后明诚竟因"感疾"而"不起",更是哀婉动人。文章在不离言"金石"主旨的情况下,描绘了赵明诚病故的原因与临终情景,弥补了史传的缺失,具有史料价值,诚如清刘文如所言:"易安此序,言德甫(父)夫妇之事甚详。《宋史·赵挺之传》传后无明诚之事,若非此序,则德甫(父)一生事迹、年月,今无可考。"(《〈宋刻金石录〉跋》)

第六七两段进而写南渡后金石书画丧失殆尽。先是写所带之金石书画,因金人陷洪州而"散为云烟",仅存少量轻小卷轴书帖等物;后是写在追随宋高宗途中,或被官军夺去,或被土民盗走,最后只剩"一二残零不成部帙书册,三数种平平书帖"而已。所述"备极凄惨,至今读之,尤觉怦怦"(清符兆纶语)。

金石书画虽已丧失,幸而《金石录》尚"岿然独存"。第八段文笔乃回归《金石录》此书。清照睹物思人,"手泽如新,而墓木已拱",不禁生怆然之悲。而萧绎不惜亡国而毁书画与杨广死而取图书两个典故的运用,从一反一正说明"人性"与图书、书画的不解之缘。其"得之艰而失之易"之慨叹,充满对失去的金石书画的眷恋之情。

最后一段乃因金石书画由得而失的遭际引发的哲理性认识:所谓有无、聚散之变化,乃人间"常理",且自己"亡弓",未必他人不"得之",亡与得皆不足道也。此议论固然是清照旷达之言,视世间万事终归于一空,被宋曹安评为"有识如此,丈夫独无所见哉"(《谰言长语》卷下);但亦未尝不是清照的自我安慰之词。

此文乃李清照之杰作,备受后人赞赏,明郎瑛称李易安"文妇中杰出者,亦能博古穷奇,文词清婉","予观其叙《金石录》,诚然也"(《七修类稿》卷十七)。更有人妙语解颐:"迄今学士每读《金石录(后)序》,顿令精神开爽。何物老妪,生此宁馨,大奇大奇!"(明张丑《清河书画舫》申集引《才妇录》)此文"奇"在不仅将对《金石录》的评介与对金石书画的劫难之记载紧密联系,更将国家存亡之感与夫妻同志之情、人生散聚之理融于一体;记事则淋漓曲折,叙述错综:真乃大家手笔,确可谓"宋以后闺阁之文,此为观止"(清李慈铭《越缦堂读书记》卷九《艺术》)也!

《打马图经》序①

慧则通,通即无所不达;②专则精,精即无所不妙。故庖丁之解牛,③郢人之运斤,④师旷之听,⑤离娄之视,⑥大至于尧舜之仁,⑦桀纣之恶,⑧小至于掷豆起蝇,⑨巾角拂棋,⑩皆臻至理者何?⑪妙而已。后世之人,不惟学圣人之道不到圣处;⑫虽嬉戏之事,亦不得其依稀仿佛而遂止者多矣。⑬夫博者,⑭无他,争先术耳,⑮故专者能之。予性喜博,凡所谓博者皆耽之,昼夜每忘寝食。且平生多寡未尝不进者何?⑯精而已。

自南渡来,⑰流离迁徙,尽散博具,⑱故罕为之,然实未尝忘于胸中也。今年冬十月朔，⑲闻淮上警报，⑳江浙之人，自东走西，自南走北，居山林者谋入城市，居城市者谋入山林，旁午络绎，㉑莫不失所。易安居士亦自临安溯流，㉒涉严滩之险，㉓抵金华，㉔卜居陈氏第。㉕乍释舟楫而见轩窗，意颇适然。㉖更长烛明，㉗奈此良夜何？㉘于是博弈之事讲矣。㉙

且长行、㉚叶子、㉛博塞、㉜弹棋，㉝近世无传。若打揭、㉞大小猪窝、㉟族鬼、㊱胡画、㊲数仓、㊳赌快之类，㊴皆鄙俚不经见。藏酒、㊵摴蒲、㊶双蹙融，㊷近渐废绝。选仙、㊸加减、㊹插关火，㊺质鲁任命，㊻无所施人智巧。大小象戏，㊼弈棋，㊽又惟可容二人。独采选、㊾打马，特为闺房雅戏。尝恨采选丛繁，㊿劳于检阅，(51)故能通者少，难遇勍敌；(52)打马简要，而苦无文采。(53)

按打马世有二种：一种一将十马者，谓之“关西马”；一种无将二十马者，谓之“依经马”。流行既久，各有图经凡例可考；行移赏罚，互有同异。又宣和间人取二种马，(54)参杂加减，大约交加侥幸，古意尽矣。所谓“宣和马”者是也。予独爱“依经马”，因取其赏罚互度，(55)每事作数语，随事附见，使儿辈图之。(56)不独施之博徒，(57)实足贻诸好事，(58)使千万世后知命辞打马，始自易安居士也。

时绍兴四年十一月二十四日，易安室序。

【注释】

①此题原作《打马图经》或《打马图序》。李清照有《打马图经》一卷,此文为序,应为《〈打马图经〉序》,此从徐培均本标题。打马:古代博戏名。或谓即"打双陆",因双陆棋子称"马"。宋陈振孙《直斋书录解题》:"今之打马,大约与古之摴蒲相似。"宋陆游《乌夜啼》:"冷落秋千伴侣,阑珊打马心情。"图经:指打马博戏的图解与文字说明,包括《采色例》、《铺盆例》、《下马例》、《行马例》、《打马例》、《倒行例》、《入夹例》、《落堑例》、《倒盆例》、《赏帖例》、《赏掷例》等图经。 ②"慧则"、"通即"两句:语本旧题汉伶玄《赵飞燕外传·自序》引樊通德云:"慧则通,通则流,流而不得其防,则百物变态,为沟为壑,无所不往焉。"意谓头脑聪慧即通晓事物奥秘,通晓事物奥秘则无往不胜。 ③"庖丁"句:庖丁,厨师;解牛,解剖牛。《庄子·养生主》:"庖丁为文惠君解牛,手之所触,肩之所倚,足之所履,膝之所踦,砉然响然,奏刀騞然,莫不中音,合于《桑林》之舞,乃中《经首》之会。文惠君曰:'嘻,善哉!技盖此乎?'庖丁释刀对曰:'臣之所好者道也,进乎技矣。'"此讲庖丁解牛技艺入神。 ④"郢人"句:郢人,郢地(楚国首都,今湖北江陵)人。运斤,用斧。《庄子·徐无鬼》:"郢人垩墁其鼻端,若蝇翼,使匠石斫之。匠石运斤成风,听而斫之,尽垩而鼻不伤。郢人立不失容。"此讲石匠用斧技艺高超。庖丁、郢人技艺皆后天所成。 ⑤师旷之听:师旷,春秋时晋国乐师,字子野,生下目盲,但听力极佳,善辨乐声。《孟子·离娄上》:"师旷之聪,不以六律,不能正五音。" ⑥离娄之视:离娄,又名离朱,视力极佳。《孟子·离娄上》:"离娄之明,公输子之巧,不以规矩,不能成方圆。"赵岐注:

"离娄者,古之明目者,盖以为黄帝时人也。黄帝亡其玄珠,使离朱索之。离朱即离娄也,能视于百步之外,见秋毫之末。"此讲师旷与离娄皆是先天有特异功能者。 ⑦尧舜之仁:《礼记·大学》:"尧舜率天下以仁,而民从之。"此指尧舜对百姓施仁政。尧,唐尧;舜,虞舜:皆远古部落联盟首领,传说中的圣明君主。 ⑧桀纣之恶:《孟子·离娄上》:"桀纣之失天下也,失其民也。"此指桀纣对百姓残暴凶恶。桀,夏朝君主;纣,商朝君主:皆为暴君。按此例似不当。 ⑨掷豆起蝇:唐段成式《酉阳杂俎续集》卷四:"予未亏齿时,尝闻亲故说:张芬中丞在韦南康皋幕中,有一客于席上以筹碗中绿豆击蝇,十不失一,一坐惊笑。芬曰:'无费吾豆。'遂指起蝇,拈其后脚,略无脱者。又能拳上倒碗,走十间地不落。《朝野佥载》云:'伪周藤州录事参军袁思中,平之子,能于刀子锋杪倒筯,挥蝇起,拈其后脚,百不失一。'"此讲张芬技艺非凡。 ⑩巾角拂棋:《世说新语·巧艺》:"弹棋始自魏,宫内用妆奁戏。文帝于此戏特妙,用手巾角拂之,无不中。有客云自能,帝使为之。客着葛巾角,低头拂棋,妙逾于帝。"此讲文帝与某客用巾角移动棋子,技艺惊人。 ⑪臻:达到。至理:真理,精深的道理。南朝梁沈约《与陶弘景书》:"至理深微,暧焉难睹。" ⑫圣人之道:《孟子·滕文公下》:"尧舜既没,圣人之道衰。"圣人,指德最高尚、智慧最高超者,如尧、舜。圣:超越凡人,事无不通,光大而化。《孟子·尽心下》:"充实而有光辉之谓大,大而化之之谓圣,圣而不可知之谓神。" ⑬依稀仿佛:相像,类似。宋田锡《贻宋小著书》:"或依稀于元、白,或仿佛于李、杜。" ⑭博:博戏,一种用棋子玩的游戏。 ⑮争先术:争先的技艺。唐段成式《酉阳杂俎前集》卷十二:"一行公本不解弈,因会燕公宅,观王积薪棋一局,遂与之敌,笑谓燕公曰:'此但争先术耳,若念贫道四句乘除语,则人人为国手。'" ⑯未尝不进:未尝不获胜。进,博胜。《汉书·陈遵传》:"祖父遂,字长子,宣帝微时与有故,相随博弈,数负进。及宣帝即位,用遂,稍迁至太原太守,乃赐遂玺书曰:'制诏太原太守,官尊禄厚,可以偿博进矣。'" ⑰南渡:指宋高宗赵构于宋靖康二年(1127)北宋灭亡后,渡长江至建康(今南京)建立南宋,改元建炎。 ⑱博具:博戏用具。《汉书·五行志下》:"京师郡国民聚会,里巷阡陌,设张博具,歌舞祠西王母。" ⑲今年:即篇末所言宋绍兴四年(1134)。朔:农历初一。 ⑳闻淮上警报:指江淮一带传来金人侵犯警报。据《宋史·高宗纪》四:绍兴四年九月辛酉"金兵合兵自淮阳分道来犯。壬申,渡淮,楚州守臣樊叙弃城去。韩世忠自承州退保镇江府","冬十月丙子朔,与赵鼎定策亲征"。此句说闻说金人侵犯江淮。 ㉑旁午:交错,纷繁。《汉书·霍光传》:"受玺以来二十七日,使者旁午。"颜师古注:"一纵一横为旁午,犹言交横也。" ㉒易安居士:作者自称。临安:府名。治所在今杭州。溯流:指于富春江逆水而上。 ㉓严滩:在浙江桐庐富春江畔,传为东汉严光(子陵)钓鱼处。江边富春山上有严子陵钓台。 ㉔金华:府名。治所在今浙江金华。 ㉕卜居:选择居所。陈氏第:陈氏府第。 ㉖适然:舒畅的样子。 ㉗更(gēng)长烛明:语本唐杜甫《今夕行》:"今夕何夕岁云徂,更长烛明不可孤。"更长,即夜长。更,夜间计时单位,一夜分五更,每更约两小时。 ㉘"奈此"句:谓如何打发此良夜。奈,处置。良夜,长夜。唐杜甫《腊日》:"纵酒欲谋良夜醉,还家初散紫宸朝。"何,疑问代词,怎么样。　㉙讲:演习。《国语·鲁语上》:"终则讲于会,以正班爵之义。"韦昭注:"讲,习也。"此有研究编书之意。　㉚长行:古博戏名。唐李肇《国史补》卷下:"今之博戏,有长行最盛。其具有局有子,子有黄黑各十五。掷采之骰有二。其法生于握槊,变于双陆。"唐温庭筠《南歌子》:"井底点灯深烛伊,共郎长行莫围棋。"　㉛叶子:叶子戏。清赵翼《陔馀丛考》卷三十三《叶子戏》:"纸牌之戏,唐已有之。"　㉜博塞:古代六博等游戏,即掷采下棋之戏。唐杜甫《今夕行》:"咸阳客舍一事无,相与博塞为欢娱。"　㉝弹棋:汉魏时博戏名。《后汉书·梁统传》附梁冀:"能挽满、弹棋、格五、六博、蹴鞠、意钱之戏。"注引《艺经》:"弹棋,两人对局,白黑棋各六枚,先列棋相当,更先弹也。其局以石为之。"　㉞打揭:宋代民间博戏名。宋黄庭坚《鼓笛令·戏咏打揭》:"酒阑命友闲为戏。打揭儿,非常惬意。各自输赢只赌是,赏罚采,分明须记。　小五出来无事,却跋翻和九底。若要十一花下死,那管十三,不如十二。"　㉟大小猪窝:博戏名,又名除红。元杨维桢《除红谱·序》:"猪窝者,朱河所撰也。后世讹其音,不务察其本,始谓之猪窝者,非也。朱河,字天明,宋大儒朱光庭之裔,南渡时始迁建业,遂世家焉。河少有才望,落魄不羁,仕至天官冢宰。此书世传河所作,本名《除红谱》。除红者,以除四红言之也。"　㊱族鬼:古代博戏名。具体不详。宋高承《事物纪原·博弈嬉戏部》有"买鬼"条,云"凡掷投子,必使鬼物,持其形,应呼而成,随其所欲也"。族鬼殆属此类。　㊲胡画:古代博戏名。具体不详。　㊳数仓:古代博戏名。具体不详。　㊴赌快:古代博戏名。《资治通鉴》卷一百三十九《齐纪》五,明帝建武元年正月:

"帝自山陵之后,即与左右微服游走市里,好于世宗崇安陵隧中掷涂(泥)、赌跳、放鹰走狗杂狡狯。"注:"跳,跃也。赌跳者,以跳跃高出者为胜。"赌快,疑即"赌跳"。 ㊵藏酒:古博戏名,疑即藏钩。《采兰杂志》:"每月下九,置海为妇女之欢,女子以夜为藏钩诸戏,以待月明,至有忘寝而达曙者。" ㊶摴(chū)蒲:古代博戏名。唐李肇《国史补》卷下:"洛阳令崔师本,又好为古之摴蒲,盛行于晋代。" ㊷双蹙(cù)融:古代博戏名。蹙融,又作"蹙戎"。唐李匡义《资暇集》卷中:"今有弈局,取一道,人行五棋,谓之'蹙融'。'融'宜作'戎'。此戏生于黄帝蹙鞠,意在军戎也,殊非圆融之义。庚元规著《座右方》所言蹙戎者,今之蹙融也,学者固已知之。" ㊸选仙:古代博戏名。具体不详。 ㊹加减:古代博戏名。具体不详。 ㊺插关火:古代博戏名。具体不详。 ㊻质鲁:质朴鲁钝。任命:听从命运安排。晋挚虞《思游赋》:"信天任命兮,理乃自得。" ㊼大小象戏:古代博戏名。《隋书·经籍志》著录北周武帝撰《象经》一卷。北周庾信《进〈象经〉赋》:"臣伏读圣制《象经》,并观象戏,私心踊跃,不胜抃舞。" ㊽弈棋:围棋。《艺文类聚》卷七四《巧艺部》引《左传》曰:"太叔文子谓宁喜曰:'视君不如弈棋,其何以免乎?弈者举棋不定,不胜其耦,而况置君而不定乎?'" ㊾采选:唐宋时博戏名,又称"彩选"、"采选格"。宋徐度《却扫编》卷下:"彩选格起于唐李郃。本朝踵之者,有赵明远、尹师鲁。元丰官制行,有宋保国,皆一时官制为之。至刘贡父独因其法,取西汉官秩升黜,次第为之;又取本传所以升黜之语注其下。局终,遂可类次其语为一传。博戏中最为雅驯。"徐培均按:其法乃列大小官位于纸上,另掷骰子,计点数彩色以定升降。

㊿丛繁:繁杂。 ㊾检阅:查看。 ㊼勍(qíng)敌:强敌。《左传·僖公二十二年》:"勍敌之人,隘而不列,天赞我也。" ㊽文采:艳丽的色彩。《墨子·辞过》:"刻镂文采,不知喜也。" ㊿宣和:宋徽宗年号(1119—1125)。 ㉕度(duó):推测,算计。㉖儿辈:清照无子女,此指清照弟李迒之子。图:模仿。南朝宋鲍照《尺蠖赋》:"高贤图之以隐沦,智士以之而藏见。" ㉗博徒:赌徒。唐白居易《悲哉行》:"朝从博徒饮,暮有倡楼期。" ㉘好(hào)事:指有某种爱好的人。《后汉书·郭太传》:"后之好事,或附益增张,故华辞不经。"此指喜欢博戏的人。

【品评】

  此文为李清照晚年消遣之作,反映了其创作与流离生活之外的另一种情趣,予人别开生面之感。李清照擅小词,工诗文,能书画,人所共知;其实她还好"闺房之雅戏"(《打马赋》)即"喜博",且甚专精。此序就是李清照于"打马为戏"深有研究的证明。

  文章开篇立意甚高:"慧则通,通即无所不达;专则精,精既无所不妙。"这里先提出一条人生"至理":凡事人皆须慧通,而技艺皆应专精。接着以庖丁解牛、郢人运斤、师旷之聪、离娄之视,乃至尧舜之仁、掷豆起蝇,作为专精可达"妙"境的有力论据。此段写得"历落警至",堪称"妙笔"(清王士禄《官闺氏籍艺文考略》)。此论是"打马"之前提。因为"打马"博戏亦须慧通、专精才能入妙境。这样"打马之戏"即如同庖丁解牛一样,亦可"进乎技"而臻"道",故不可小觑。而李清照颇以不仅"性喜博",而且专精之为傲。这表明她完全有资格讲"博弈之事"。

此文虽为论,但第二段却插入南渡流离之记事。此并非无端,而有其用意。写"尽散博具,故罕为之,然实未尝忘于胸中也",于颠沛之中犹不忘博戏,可证明其"性喜博"言之不虚;而写卜居陈氏第,稍得空闲,良夜无聊,乃讲"博弈之事",则道出其编写《打马图经》的客观原因。这一段叙事,文词雅洁清隽,富有诗情画意。

自第三段起乃转入对博戏之研究。首先是对诸种博戏的评判,对大多数博戏皆持批评态度:或"近世无传",或"鄙俚不经见",或"近渐废绝",或"无所施人智巧",或"惟可容二人",此旨在反衬惟有"采选、打马,特为闺房雅戏"。然后又于采选、打马二戏之间进行评判:"恨采选丛繁","能通者少,难遇勍敌",而偏好"打马简要",尽管其"苦无文采",但"简要"则易懂易学,所以要专门研究打马之戏。这段文字反映了清照对博戏确实有专精的造诣;而排比句式的运用,亦使其评论井然有序,读来朗朗上口。

最后一段则正式介绍其《打马图经》。打马世有两种,一"关西马",一"依经马",而此书内容是专写"依经马",并介绍编写体例,如"取其赏罚互度,每事作数语,随事附见",结尾特别强调此书的意义:"使千万世后知命辞打马,始自易安居士也。""打马"之旧法已被其改造创新,故俨然有"为博家作祖"(明赵世杰等《古今女史》卷三引朱锡虹评)之意,而其自豪得意之态亦不难想见矣!

此文虽然思想意义不大,但内容新鲜,可称是博彩之戏的宝贵历史资料;文字则精研、清丽,工雅可读。若仿清秦恩复所称"易安著作甚少",《打马图经》"可与《金石录》并传矣"(《打马图跋》之评),则可称此序亦可与《〈金石录〉后序》"并传矣"。

打马赋①

予性专博,昼夜每忘食事。南渡金华,②侨居陈氏,讲博弈之事,③遂作《依经打马赋》曰:④

岁令云徂,⑤卢或可呼。⑥千金一掷,⑦百万十都。⑧樽俎具陈,⑨已行揖让之礼;主宾既醉,不有博弈者乎?⑩打马爰兴,⑪摴蒱遂废。⑫实小道之上流,乃闺房之雅戏。齐驱骥骤,疑穆王万里之行;⑬间列玄黄,类杨氏五家之队。⑭珊珊佩响,⑮方惊玉镫之敲;⑯落落星罗,⑰忽见连钱之碎。⑱

若乃吴江枫冷,⑲胡山叶飞,⑳玉门关闭,㉑沙苑草肥。㉒临波不渡,似惜障泥。㉓或出入用奇,有类昆阳之战;㉔或优游仗义,㉕正如涿鹿之师。㉖或闻望久高,㉗脱复庚郎之失;㉘或声名素昧,便同癡叔之奇。㉙亦有缓缓而归,㉚昂昂而出;㉛鸟道惊驰,㉜蚁封安步。㉝崎岖峻坂,㉞未遇王良;㉟踢促盐车,㊱难逢造父。㊲且夫丘陵云远,白云在天;㊳心存恋豆,㊴志在着鞭。㊵止蹄黄叶,何异金钱?㊶用五十六采之间,㊷行九十一路之内。㊸明以赏罚,核其殿最。㊹运指麾于方寸之中,㊺决胜负于几微之外。㊻

且好胜者人之常情,游艺者士之末技。㊼说梅止渴,㊽稍疏奔竞之心;㊾画饼充饥,㊿少谢腾骧之志。㊿将图实效,故临难而不回;欲报厚恩,故知机而先退。㊿或衔枚缓进,㊿

已逾关塞之艰;㉞或贾勇争先,㉟莫悟阱堑之坠。㊱皆由不知止足,㊲自贻尤悔。㊳当知范我之驰驱,㊴勿忘君子之箴佩。㊵况为之贤已,事实见于正经;㊶用之以诚,义必合于天德。㊷牝乃叶地类之贞,㊸反亦记鲁姬之式。㊹鉴髻堕于梁家,㊺溯浒循于岐国。㊻故绕床大叫,五木皆卢;㊼沥酒一呼,六子尽赤。㊽平生不负,遂成剑阁之师;㊾别墅未输,已破淮、淝之贼。㊿今日岂无元子,明时不乏安石。㊼又何必陶长沙博局之投,㊽正当师袁彦道布帽之掷也。㊾

辞曰:㊿佛狸定见卯年死,㊼贵贱纷纷尚流徙。㊽满眼骅骝杂骆驵,㊾时危安得真致此?㊿木兰横戈好女子!㊼老矣谁能志千里,㊽但愿相将过淮水。㊾

【注释】

①打马:古代博戏名。 ②南渡金华:指宋高宗绍兴四年(1134)十月,"自临安溯流,涉严滩之险,抵金华"(《〈打马图经〉序》)。 ③博弈:六博和围棋。 ④依经打马:即"依经马"。《〈打马图经〉序》:"打马世有二种:一种一将十马者,谓之'关西马';一种无将二十马者,谓之'依经马'。" ⑤岁令云徂:一年将尽。语本唐杜甫《今夕行》:"今夕何夕岁云徂,更长烛明不可孤。"岁令,一年;云,助词;徂,往。 ⑥卢或可呼:此指博戏中彩。《晋书·刘毅传》:"(毅)因掷五木久之,曰'老兄试为卿答',既而四子俱黑,其一子转跃未定,(刘)裕厉声喝之,即成卢焉。"卢,古时樗蒲戏彩名,掷五子全黑者称"卢",得彩十六,为头彩。 ⑦千金一掷:指赌注大。唐张说《三邕湖山寺》:"千金赌一掷。" ⑧百万十

都:百万钱、十都筹码。都,计算单位。此亦言赌注大。《晋书·何无忌传》:"刘毅家无儋石之储,摴蒲一掷百万。" ⑨樽俎:古代盛酒与盛肉的器皿。《庄子·逍遥游》:"庖子虽不治庖,尸祝不越樽俎而代之矣。" ⑩"不有"句:语本《论语·阳货》:"饱食终日,无所用心,难矣哉!不有博弈者乎,为之犹贤乎已。" ⑪爰(yuán)兴:于是兴起。 ⑫摴蒲:古代博戏名。 ⑬"齐驱"、"疑穆王"两句:《史记·秦本纪》:"造父以善御幸于周缪(穆)王曰,得骥、温骊、骅駵、騄耳之驷,乐而忘归。"骥与騄,又名赤骥、騄耳,为八骏之二。万里之行,《逸周书》:"穆王乘八骏,宾于西王母,觞于瑶池之上,一日行万里。"此以八骏喻"打马"之马(棋子)。
⑭"间列"、"类杨氏"两句:玄黄,喻棋子之色。杨氏五家,唐玄宗朝杨国忠兄妹。《旧唐书·杨贵妃传》:"玄宗每年十月幸华清宫,国忠姊妹五家扈从,每家为一队,着一色衣,五家合队,照映如百花之焕发。"此以杨氏兄妹合队喻棋子排列。 ⑮珊珊:玉佩声。唐杜甫《郑驸马宅宴洞中》:"自是秦楼压郑谷,时闻杂佩声珊珊。"此喻敲棋子声。 ⑯玉镫:马鞍两旁脚镫的美称。唐张祜《少年乐》:"闲敲玉镫游。" ⑰落落星罗:喻棋子分布似天星罗列。唐刘轲《玄奘塔铭》:"至于星罗棋布,五法三性……各有攸处,曾未暇也。" ⑱连钱:形容马的花纹似相连的铜钱。《南史·梁本纪·简文帝》:"项毛左旋,连钱入背。"此喻棋子相连的花纹。
⑲吴江枫冷:语本唐崔信明断句:"枫落吴江冷。"吴江,又名吴淞江,出自江苏太湖,东入大海。今苏州河。 ⑳胡山叶飞:唐乔彝《渥洼马赋》:"一喷生风,下胡山之乱叶。"胡山,当为胡地之山。㉑玉门关闭:玉门关在今甘肃敦煌西北。《汉书·李广利传》:"太

初元年,以广利为贰师将军,发属国六千骑及郡国恶少年数万人以往,期至贰师城取善马……人少不足以拔宛,愿且罢兵,益发而复往。天子闻之大怒,使使遮玉门关曰:'军有敢入,斩之!'贰师恐,因留敦煌。"此即"玉门关闭",喻下棋守势。　㉒沙苑草肥:沙苑,在今陕西大荔县南一带适宜放牧之草地。唐宋为屯兵牧马处。唐杜甫《沙苑行》:"苑中骒牝三千匹,丰草青青寒不死。"此当喻棋盘适于"马"驰骋。　㉓"临波"、"似惜"两句:《世说新语·术解》:"王武子(济)善解马性,尝乘一马,着连钱障泥,前有水,终日不肯渡。王云:'此必是惜障泥。'使人解去,便径渡。"障泥,马鞍鞯,衬马鞍的垫布。此喻下棋时进攻迟缓。　㉔昆阳之战:汉代刘秀击败王莽之大战。昆阳,汉县名,今河南叶县。《后汉书·光武帝纪》:"时(昆阳)城中唯有八九千人,光武乃使成国上公王凤、廷尉大将军王常留守夜,自与骠骑大将军宗佻、五威将军等十三骑出城南门,于外收兵。时莽军到城下者且十万,光武几不得出",后光武"乃与敢死者三千人,从城西水上攻其中坚,寻、邑阵乱,乘锐崩之,遂杀王寻。城中亦鼓噪而出,中外合势,震呼动天地,莽兵大溃。"　㉕优游:从容致力于某事。唐杨炯《〈王勃集〉序》:"经营训导,乃优游于圣作。"仗义:主持正义。《汉书·贾谊传》:"顾行而忘利,守节而仗义。"　㉖涿鹿之师:涿鹿,山名,在今河北涿鹿县东南。《史记·五帝本纪》:"蚩尤作乱,不用帝命。于是黄帝乃征师诸侯,与蚩尤战于涿鹿之野,遂擒杀蚩尤。"　㉗闻望:声望。《诗·大雅·卷阿》:"如圭如璋,令闻令望。"　㉘脱复:或许。庾郎之失:《世说新语·雅量》:"庾小征西尝出未还,妇母阮,是刘万安妻,与女上安陵城楼上。俄顷,翼归,策良马,盛舆术。阮语女:'闻庾郎能骑,我何由得见?'妇告翼。翼便为于道开卤薄,盘马,始两转,坠马堕地,意色自若。"此写技高骑手亦有失利之时。　㉙"或声名"、"便同"两句:用《世说新语·赏誉》玉湛、王济叔侄故事:"(王湛)答对甚有音辞,出(王)济意外……济虽俊爽,自视缺然。乃喟然叹曰:'家有名士三十年而不知。'济去,叔送至门。济从骑有一马,绝难乘,少能骑者。济聊问:'叔好骑乘不?'曰:'亦好尔。'济又使骑难乘马。叔姿形既妙,回策如萦,名骑无以过之。济益叹其难测,非无一事……武帝每见济,辄以湛调之,曰:'卿家痴叔死未?'济常无以答。既而得叔后,武帝又问如前,济曰:'臣叔不痴。'称其实美。帝曰:'谁比?'济曰:'山涛以下,魏舒以上。'于是显名。"声名素昧,即"三十年而不知";痴叔之奇,即王湛善骑难乘之马。　㉚缓缓而归:宋苏轼《陌上花三首引》:"吴越王妃每岁必归临安。王以书遗妃曰:'陌上花开,可缓缓归矣。'"　㉛昂昂而出:楚屈原《卜居》:"宁昂昂若千里之驹乎?"王逸注"昂昂"曰:"志行高也。"　㉜鸟道:山间陡峭的羊肠小道。北朝庾信《秦州天水郡麦积崖佛龛铭》:"鸟道乍穷,羊肠或断。"　㉝蚁封:蚂蚁巢穴上的封土。《世说新语·赏誉》"王汝南"句注引邓粲《晋记》:"王湛字处冲,太原人……(侄)济性好马,而所乘马骏驶,意甚爱之。湛曰:'此虽小驶,然力薄不堪苦。近见督邮马,当胜此,但养不至耳。'济取督邮马,谷食十数日,与湛试之。湛未尝乘马,卒然便驰骋,步骤不异于济,而马不相胜。湛曰:'今直行车路,何以别马胜不,唯当就蚁封耳。'于是,就蚁封盘马,果倒踣。"此指督邮马可于蚁封安步。　㉞峻坂:陡坡。㉟王良:春秋晋国善于骑马的人。《荀子·王霸》:"王良、造父,善服驭者也。"有人说王良就是伯乐。　㊱踬踣：处境窘迫。盐车：运载盐的车。《战国策·楚策四》："君亦闻骥乎？夫骥之齿至矣，服盐车而上太行。蹄申，膝折，尾湛，漉汗汁洒地，白汗交流，中阪迁延，负辕不能上。"　㊲造父：古代善于骑马的人。参见注㉟。㊳"且夫"、"白云"两句：《穆天子传》："乙丑，天子觞西王母于瑶池之上。西王母为天子谣曰：'白云在天，山陵自出。道路悠悠，山川间之。将子无死，尚能复来。'"　㊴心存恋豆：即驽马恋栈豆，指留恋禄位，无远大志向。《三国志·魏书·曹爽传》："桓范出赴（曹）爽，宣王谓蒋济曰：'智囊往矣。'济曰：'范则智矣。驽马恋栈豆，爽必不能用也。'"　㊵志在着鞭：即"先我着鞭"，指先人一步。《世说新语·赏誉》"刘琨称祖车骑"注引《晋阳秋》："刘琨与亲旧书曰：'吾枕戈待旦，志枭逆虏，常恐祖生（逖）先吾着鞭耳。'"㊶"止蹄"、"何异"两句：据宋胡仔《苕溪渔隐丛话前集》卷五十引《王直方诗话》云："少游尝以真字题……一绝于邢敦夫扇上。山谷见之，乃于肩背作小草题'黄叶委庭观九州，小虫催女献功裘。金钱满地无人费，百斛明珠薏苡秋'一绝，皆自所作诗也。少游后见之，复云：'逼我太甚。'"此以"止蹄黄叶"喻金钱即赌资甚多，有好胜争强之意。　㊷五十六采：据《打马图经·采色例》，共有五十六采。其中赏色十一条，罚色二采，杂色四十三采，皆骰子所掷之色。　㊸九十一路：据《打马图谱》，行马（走棋子）有九十一路。㊹核其殿最：古代考核政绩或军功等级。殿，下等；最，上等。汉班固《答宾戏》："犹无益于殿最也。"此指考量博弈如何得最大利益。　㊺方寸：指心，脑海。唐刘知几《史通·自叙》："始知流俗之士，难与之言。凡有异同，蓄储方寸。"　㊻几微：预兆。《汉书·萧望之传》:“愿陛下选明经术,温故知新,通于几微谋虑之士以为内臣,与参政事。” ㊼末技:不足道的小技。汉班固《幽通赋》:“操末技犹必然兮,矧耽躬于道真。” ㊽说梅止渴:《世说新语·假谲》:“魏武行役,失汲道,军皆渴,乃令曰:‘前有大梅林子,饶子,甘酸可以解渴。’士卒闻之,口皆出水,乘此得及前源。” ㊾奔竞:奔走以竞争名利。晋干宝《晋纪总论》:“悠悠风尘,皆奔竞之士;列官千百,无让贤之举。” ㊿画饼充饥:徒有虚名,并无实用。《三国志·魏志·卢毓传》:“选举莫取有名,名如画地作饼,不可啖也。”宋释惟白《续传灯录·行瑛禅师》:“谈玄说妙,譬如画饼充饥。”此有空想自慰之意。 (51)少谢:稍微去除。腾骧(xiāng):奔腾。汉张衡《西京赋》:“奋筝业而馀怒,乃奋驰而腾骧。”《文选》薛综注:“腾,超也;骧,驰也。” (52)知机:同“知几”。谓有预见,看出事物变化的隐微征兆。《易·系辞下》:“知几其神乎!君子上交不谄,下交不渎,其知几乎?几者,动之微、吉之先见者也。” (53)衔枚:把枚横衔在口中,以防喧哗。枚,形如筷子,两端有带子,可系在头颈上。《周礼·大司马》:“群司马振铎,车徒皆作,遂鼓行,徒衔枚而进。”此指“马”缓进。 (54)“已逾”句:关塞,即边关、边塞。此句指《打马图》有类似函谷之关,须叠成十马才可过关。 (55)贾勇:谓有馀勇可卖,即还有勇气可发挥。《左传·成公二年》:“齐高固入京师,桀石以投入,擒之,而乘其车,系桑木焉,以徇齐垒,曰:‘欲勇者,贾余馀勇。’” (56)阱堑:宋王得臣《麈史》卷下引《摴蒲经》:“凡进关及后一子谓之堑,近关及前一子谓之坑。落坑堑非贵采不出。凡一马打一马,如遇退六踏马,则一马可踏三马。故世指不循理者,谓之踏坑堑云。”阱堑,坑堑,沟蝥。此指冒进争先将失利。 (57)知止足：知止知足。《老子》第四十四章："知足不辱，知止不殆。" (58)自贻尤悔：自取其咎。贻，造成，致使。尤悔，过失与悔恨。《论语·为政》："言寡尤，行寡悔，禄在其中矣。" (59)"当知"句：《孟子·滕文公下》："昔者赵简子使王良与嬖奚乘，终日而不获一禽。嬖奚反命曰：'天下之贱工也。'或以告王良，良曰：'请复之。'强而后可，一朝而获千禽。嬖奚反命曰：'天下之良工也。'简子曰：'我使掌与汝乘。'谓王良，良不可，曰：'吾为之范我驰驱，终日不获一；为之诡遇，一朝而获十。'"范，纳入规范，依规矩行事。此句意谓按规范打马。 (60)箴佩：当指规谏，告诫。此句谓打马要有警戒之心。 (61)"况为"、"事实"两句：为之贤已，见《论语·阳货》孔子语，参见本文注⑩。贤已即"贤乎已"，指打马比"饱食终日，无所用心"好。已，停止，不干事。正经，指《论语》。 (62)"用之"、"义必"两句：语本《礼记·中庸》："唯天下之至诚，为能经纶天下之大经，立天下之大本，知天下之化……苟不固聪明圣知达天德者，其孰能知？"诚，诚信，指打马者的品德。义，理应。天德，天的德性，指宇宙真理。 (63)"牝乃"句：牝，牝马，母马；叶(xié)地类，牝马与地相类。地和牝皆为阴，要与天、牡马(公马)之阳相合。贞，贞正。语本《易·坤》，"坤，元亨，利牝马之贞，君子有攸往，先迷后得……牝马地类，行地无疆，柔顺利贞。君子攸行，先迷失道，后顺得常。""利牝马之贞"，说阴性坤卦以守顺阳性乾卦之贞正为利。"君子"句说君子在有所作为时要为后不为先，顺乾而行。此句是喻打马的技艺活动要遵循阴阳相合之理，才能先迷后顺。 (64)"反亦"句：晋姬，淑姬，鲁女，齐侯舍之母。式，规格。《春秋·宣公五年》："秋九月，齐高固来逆淑姬……冬，齐高固及子淑姬来。"《集解》："礼：送女留其送马，谦不敢自安。三月庙见，遣使返马。"此句说打马要先留马而后送马，讲究礼。 (65)"鉴髻"句：髻堕，堕马髻。梁家，梁冀家。《后汉书·梁统传》附梁冀："诏遂封冀妻孙寿为襄城君……寿色美而善为妖态，作愁眉，啼妆，堕马髻，折腰步，龋齿，笑以为媚惑。"此句喻打马落堑，参见本文注(56)。 (66)"溯浒"句：浒，水边。岐国，岐山下之地。岐山在今陕西岐山县境内。语本《诗·大雅·大明》："古公亶父，来朝走马。率西水浒，至于岐下。"比喻打马转移地盘。 (67)"故绕床"、"五木"两句：《太平御览》卷七百五十四《工艺部》引《晋书》曰："刘毅于东府聚摴蒲大掷，一判应至数百万，馀人并黑犊以还，唯刘裕及毅在后。毅次掷，得雉，大喜，褰衣绕床叫，谓同座曰：'非不能卢，不事此耳。'裕恶之，因挪五木久之曰：'老兄试为卿答。'既而四子皆黑，其一子转跃未定，裕喝之，即成卢焉。"五木，古代博具，一具五枚，即后来的骰子。赌博时用五木掷彩打马，掷后以色彩赌胜负。卢，打马五子全黑者称"卢"，得彩十六，为头彩。 (68)"沥酒"、"六子"两句：沥酒，洒酒于地。唐王建《岁晚自感》："沥酒愿从今日后，更逢三十度花开。"六子尽赤，宋郑文宝《南唐近事》：刘信攻南康，"凯旋之日，师至新林浦，犒赐不至，亦无所存劳。他日谒见，义祖（徐温）命诸元勋为六博之戏，以纾前意。（刘）信酒酣，掬六骰于手曰：'令公疑信欲背者，倾西江之水，终难自涤。不负公，当一掷遍赤。诚如前言，则众彩而已，信当自拘，不烦刑吏耳。'义祖免释不暇，投之于盆，六子皆赤。义祖赏其精诚昭感，复待以忠贞焉。"此指打马掷骰技艺高超。 (69)剑阁之师：指桓温伐蜀事。剑阁，县名。此指代蜀地（今四川）。

《世说新语·鉴识》:"桓公(温)将伐蜀,在事诸贤,咸以李势在蜀既久,承藉累叶,且形据上流,三峡未易可克。唯刘尹曰:'伊必能克蜀,观其蒲博,不必得则不为。'"此写桓温伐蜀事与其赌博品性的关系。　⑦"别墅"、"已破"两句:《晋书·谢安传》:"(苻)坚后率众号百万,次于淮、淝。京师震怒,加安征讨大都督。玄入问计,安夷然无惧色,答曰:'已别有旨。'既而寂然。玄不敢复言,乃命张玄重请。安遂命驾出山墅,亲朋毕集,方与玄围棋赌别墅。安棋常劣于玄。是日玄惧,便为敌手,而又不胜。安顾谓其甥羊昙曰:'以墅乞汝。'安遂游涉,至夜乃还。指授将师,各当其任。玄等既破坚,有驿书至。安方对客围棋,看书既竟,便摄放床上,了无喜色,棋如故。客问之,徐答曰:'小儿辈遂已破贼。'"此写谢安胜淝水之战与赌博的关系。　⑪"今日"、"明时"两句:元子,桓温字。桓温,东晋大将,谯国龙元(今安徽怀远)人。安石,谢安字。谢安,东晋名相,陈郡阳夏(今河南太康)人。此两句是以历史名将名相喻南宋名将名相,可以担当中兴大业。　⑫陶长沙:晋代陶侃,曾为长沙太守,故称。《晋书·陶侃传》:"诸参佐或以谈戏废事者,乃命取其酒器、蒲博之具,悉投之于江,吏将则加鞭扑,曰:'摴蒲者,牧猪奴戏耳!'"因陶侃反对摴蒲,故作者称"何必"。　⑬袁彦道:《晋书·袁瑰传》:"耽字彦道,少有才气,俶傥不羁,为士类所称。桓温少时游于博徒,资产俱尽,尚有负进……欲求济于耽,而耽在艰,试以告焉。耽略无难色,遂变服,怀布帽,随温与债主戏。耽素有艺名,债者闻之而不相识,谓之曰:'卿当不办作袁彦道也。'遂就局,十万一掷,直上百万。耽投马绝叫,挥布帽掷地,曰:'竟识袁彦道不?'其通脱若此。"此写袁彦道豪赌。

⑭辞曰：此为总结性提示。　⑮"佛狸"句：语本《宋书·臧质传》引童谣："虏马饮江水，佛狸死卯年。"佛狸，北魏太武帝拓拔焘之子。此指代金人。卯，地干第四位。　⑯"贵贱"句：此指南渡后贵贱皆四处逃难。流徙，迁移。《史记·酷吏列传》："山东水旱，贫民流徙。"　⑰"满眼"句：骅骝与骡骃皆马名。此指真马。⑱"时危"句：语本唐杜甫咏马诗《题壁上韦偃画马歌》："一匹龁草一匹嘶，坐看千里当霜蹄。时危安得真致此？与人同生亦同死。"时危，指当时南宋政治形势危急。安得，怎能。　⑲木兰：北魏太武帝时女子，女扮男装，代父从军。《木兰诗》有"愿为市鞍马，从此替爷征"之句。　⑳志千里：三国曹操《龟虽寿》："老骥伏枥，志在千里。烈士暮年，壮心不已。"　㉑相将：相偕，相共。汉王符《潜夫论·救边》："相将诣阙，谐辞礼谢。"过淮水：指北渡中兴。此乃清照期盼之词。

【品评】

此赋乃宋绍兴四年（1134）作于金华，与《〈打马图经〉序》同。为李清照仅存的一篇赋，被后人誉之为"神品"（清王士禄《宫闺氏籍艺文考略》引《神释堂脞语》），甚是珍贵。

赋先以小序交待作赋的缘起：一是"性专博"，于博弈极有研究兴趣；二是侨居金华陈氏第，正在研究"博弈之事"，即编写《打马图经》，乃趁热打铁而作此赋，成为书的一部分内容。

赋开篇先声夺人，既凸显博者中彩的激情、一掷千金的豪气；又描写棋局众"马"齐驱、色彩纷呈、敲棋佩响、棋布星罗的场面，十分引人入胜。而采用以大物喻小棋之修辞手法，显得联想奇妙,气势恢宏,生动地表现了"打马之戏"为"小道之上流,闺房之雅趣",可见清照对"打马之戏"的极度喜爱。

第二段乃描绘"打马之戏"双方交战情景,着重于外在的、技艺的表现,极尽比喻、用典之能事,且多与马的意象相关。先是用吴江、胡山、玉门、沙苑之典写打马之"战场"——棋盘,渲染阴冷的气氛,勾勒攻守的环境。这是写博弈的前奏。"临波"两句写开局时双方谨慎的态势,不敢轻易渡河。而一旦开战,则千变万化,百相迭出,表现各异:或奇出奇入,或从容仗义;或打马高手马失前蹄,或无名之辈出奇制胜;或棋风迟缓,或棋风高昂;或走险棋,如惊驰鸟道;或下慢子,似安步蚁封。有人骑技不高,行进艰难;有人目光短浅,急于求成;还有人投注甚多,争强好胜。在五十六条之间、九十一路之内,博者都运筹于心,绞尽脑汁,以趋利避害,决心胜负。描写生动有致。

第三段进而揭示博者的心态,使内容得以深化。"打马"不仅要技艺高,而且要心态好。心态乃决定胜负的关键。博者总的心态是"好胜",但李清照认为好的心态包括:疏淡追逐名利之心,减弱争强好胜之意;须有临难不回的意志,知几先退的机敏;打马要稳健,不可冒进。要之,要懂得知足、知止。此外还要遵守规范,存有戒之心;以诚心合于"天德",遵循阴阳相合之理,等等。有这样良好的心态才能"五木皆卢"、"六子尽赤",无往不胜。写到此处本已完结,但清照更借题发挥,拈来桓温伐蜀与谢安破淮、淝之贼的典故,貌似喻"打马之戏",实际寄托北伐之志;渴望桓、谢式的名将贤臣东山再起,完成中兴大业。此段文字写得"意气豪荡,不类帼国人语"(清王培荀《乡园忆旧录》卷四)。

最后的"辞曰"即沿借题发挥之意作结,其渴望北伐中兴之意更加明显。此时所写的马已由博弈之马转为真马。除"满眼"句明写马外,馀皆暗写。如因童谣有"虏马饮长江"句而想到"佛狸(喻金人)死卯年",表现出对金国早亡的期盼。"时危"句引自杜甫咏马诗,亦是写马应在时危时有所作为。"木兰"句乃有效仿木兰"市鞍马"出征之意,亦是因马而产生的豪情。"老矣"句反用"老骥伏枥,志在千里"之典,为年老力衰、不能奋起而扼腕叹息,只能待北伐胜利后再"过淮水"了。作者的志向与遗憾都是真情至性,令人感动。

此文是骈赋,全文由四六句对偶式组成,可见清照能"四六"(清俞正燮《易安居士事辑》)的才气。其对有言对与事对、正对与反对,具有"理圆事密,联璧其章,迭用奇偶,节以杂佩"(南朝刘勰《文心雕龙·丽辞》)之妙,富玲玲如振玉、累累如贯珠之美。另外作者才高学博,腹笥极丰,故赋中典故络绎,几乎句句用事。刘勰说用典旨在"据事以类义,援古以证今"(《文心雕龙·事类》),此文属"据事以类义"类,即以大量典故比喻打马之技艺、说明打马之道理,十分新颖,富有创造性。此赋最难能可贵之处在于作者虽赋"打马之戏",但并未忘自己"身际乱离,去国怀土,天涯迟暮",而是因"国破家亡感慨多,中兴汗马久蹉跎",而由棋盘之"马"引申至真马,由博弈之戏升华至时局之忧,寄托了中兴之志,所谓"既随事以行文,亦因文以见志"(清李汉章《黄檗山人诗集·题李易安〈打马图〉并跋》)。

贺人孪生启①

无午未二时之分,②有伯仲两嵆之侣。③既系臂而系足,④实难弟而难兄。⑤玉刻双璋,⑥锦挑对襁。⑦

【注释】

①此启原载署"元伊士珍"之《琅嬛记》。王仲闻认为是否李清照所作,尚可疑,但并无论据推翻。徐培均本收录,今从之。孪生:生双胞胎。启:文体名。此指书函。 ②午未二时之分:原注云:"任之二子孪生,德卿生于午,道卿生于未。"午,十二时辰之一,指11时至13时。未,十二时辰之一,指13时至15时。分,区分。 ③伯仲两嵆:《琅嬛记》原注:"张伯楷(嵆)、仲楷(嵆)兄弟,形状无二。" ④系臂、系足:《琅嬛记》原注:"白汲兄弟,母不能辨,以五彩绳一系于臂,一系于足。" ⑤难弟、难兄:《世说新语·德行》:"陈元方子长文有英才,与季方子孝先,各论其父功德,争之不能决,咨于太丘(陈寔)。太丘曰:'元方难为兄,季方难为弟。'"此指二子孪生,难以确定谁为兄谁为弟。 ⑥双璋:一双宝玉。璋,玉器名。《诗·小雅·斯干》:"乃生男子,载寝之床,载衣之裳,载弄之璋。"后世以生男曰"弄璋"。 ⑦对襁:一对襁褓,即一对背负婴儿的布兜。

【品评】

　　此文作年不详。这是用骈体写成的短信,题旨是祝贺某家生了双胞胎。一二两句点出"孪生"之意:一写其几乎同时降生,二写其相貌无二。三四两句写因为孪生子相貌极像,母亲采用以彩绳一系于臂、一系于足的方法以便辨别。五六两句则恭贺所生双胞胎皆为"弄璋"之男,这在重男轻女的封建社会尤其是对方所乐闻的。此启无甚大义,但可见作者闲文之一斑。李清照一生未育,"贺人孪生",其羡慕之意自寓其中。而用笔幽默,亦反映其对孪生子的喜爱之意。启采用对偶句式,十分工整;选用典故,亦甚为贴切。

名家精注精评本已出书目

书名	主要编选者
李白集	郁贤皓（中国李白研究会原会长）
杜甫集	张忠纲（中国杜甫研究会原会长）
韩愈集	卞孝萱（中国韩愈研究会原会长）
白居易集	严　杰（南京大学教授）
王维集	董乃斌（上海大学教授、中国唐代文学学会副会长）
李商隐集	周建国（中国李商隐研究会理事）
柳宗元集	尚永亮（武汉大学教授、博导）
刘禹锡集	吴在庆（厦门大学教授、中国唐代文学学会理事）
杜牧集	罗时进（中国唐代文学学会副会长）
柳永集	王星琦（南京师范大学教授）
欧阳修集	刘扬忠（中国宋代文学学会副会长）
苏轼集	陶文鹏（中国社科院文学所研究员、博导）
三曹集	张可礼（山东大学中文系教授、博导）
陶渊明集	陈庆元（福建师大教授、博导）
二李集	蒋　方（湖北大学教授）
辛弃疾集	刘乃昌（中国李清照辛弃疾学会原会长）
王安石集	王兆鹏（武汉大学教授、博导）
陆游集	蒋　凡（复旦大学教授、博导）
李清照集	王英志（苏州大学教授、博导）
黄庭坚集	蒋　方（湖北大学教授）
李贺集	吴企明（苏州大学教授）
纳兰性德集	施议对（澳门大学教授）